LALY WADE

Conviction
4. Espoirs & Désillusion

Dédicace

Conviction
Espoirs & Désillusion
Partie 4

Illustration : © Tinkerbell Design
Source image : © Adobestock
ISBN : 9798863957708
Marque éditoriale : Independently published

« Pour le bon déroulement de l'histoire, certains lieux sont le fruit de l'imagination de l'auteur, tandis que d'autres sont bels et bien réels. Cependant, les noms des personnages ainsi que leurs personnalités sont entièrement fictifs. Toute ressemblance avec autrui ne serait que purement fortuite. »

« Le Code de la propriété intellectuelle interdit les copies ou reproductions destinées à une utilisation collective. Toute représentation ou reproduction intégrale ou partielle faite par quelque procédé que ce soit, sans le consentement de l'auteur ou de ses ayants droit ou ayant cause, est illicite et constitue une contrefaçon, aux termes des articles L.335-2 et suivants du Code de la propriété intellectuelle. Tous droits réservés. Les peines privatives de liberté, en matière de contrefaçon dans le droit pénal français, ont été récemment alourdies : depuis 2004, la contrefaçon est punie de trois ans d'emprisonnement et de 300 000 € d'amende. »

© Laly Wade, 2023

Chapitre 1

Kathleen

J'entre dans la chambre d'hôpital de Noa, officiellement pour savoir comment il va, officieusement pour faire en sorte qu'il ne porte pas plainte contre Brax. Je sais d'avance que face à un agent assermenté, la parole de Brax ne pèsera pas lourd et cela pourrait les mettre en danger, lui et Lily. Alors, même s'il me hait, j'assurerai ses arrières jusqu'à ce qu'il soit en mesure de le faire lui-même.

Quand j'avance dans la pièce, Noa est dans la salle de bains en train d'inspecter ses blessures. Son visage est tuméfié, les médecins m'ont dit qu'il avait un léger traumatisme crânien. Mais, apparemment, rien de grave. Il devrait sortir demain, et j'avoue avoir l'esprit déjà plus tranquille à cette idée. Égoïstement, encore une fois, pas pour la vie de Noa, mais pour l'avenir de Brax. Tout en soupirant, je marche jusqu'à la baie vitrée pour regarder les buildings éclairés dans la nuit.

L'homme que j'aime est en salle de réanimation, après avoir été opéré durant quatre longues heures. La balle a touché une artère et Brax a fait une grosse hémorragie. Les médecins ne se prononcent pas sur son pronostic vital. Ils restent sceptiques quant à ses facultés de récupération après un tel « accident ».

Je n'ai pas pris le temps de me changer, mes vêtements sont couverts de son sang séché, mes mains en portent, elles aussi, encore quelques traces. Et honnêtement, je m'en fous.

Extérieurement, j'essaie d'être forte, de positiver, d'encaisser pour deux et de tenir le coup, parce que si nous sommes deux à flancher, aucun de nous ne ressortira indemne de ce drame.

Mais c'est dur, trop dur !

Andrew et Cassidy attendent au service de réanimation… Quant à moi, je ne sais plus trop où est ma place. J'ai bien vu dans leurs regards qu'ils me considéraient en partie comme responsable. Même si je ne me suis pas encore expliquée sur les détails de l'altercation Brax/Noa, ils se doutent que cette histoire de paternité y est forcément pour quelque chose.

J'ai agi sans penser aux dommages que je provoquerais chez Braxton, en lui annonçant ça, j'ai vraiment été garce. De nouveau, je n'ai vu que mon intérêt personnel.

Jamais, je ne m'étais maudite autant… J'ai si mal à l'idée qu'il puisse mourir que même mes larmes n'arrivent plus à couler. Quand sa main a lâché la mienne, dans cette cage d'escalier, mon âme a quitté mon corps en même temps qu'il commençait à perdre connaissance. Et plus les minutes passent, plus j'ai l'impression de m'éteindre à mon tour.

Ce que je vois, lorsque j'imagine qu'il n'ouvrira peut-être plus jamais les yeux, me terrifie.

Il ne peut pas mourir !

Comment pourrai-je me lever le matin dans un lit vide, ne plus sentir son odeur, entendre ses mots doux ?
La seule réponse à cette question, je la connais.

Je n'en serai tout simplement pas capable.

Sa perte me consumera, à petit feu, comme la flamme consume les braises, jusqu'à les réduire en cendres.

— Ah, tu es là, dit une voix dans mon dos.

Je me retourne et fais face à Noa. Le regard noir, je balance un bref « oui » et détourne aussi rapidement les yeux. Je le hais, désormais, et sa culpabilité n'y changera rien. Même si Brax a failli le tuer, je lui en veux, parce que l'homme pour qui bat mon cœur est maintenant entre la vie et la mort à cause d'une balle qui venait de son flingue. Les faits sont les faits, les circonstances m'importent peu.
Rien que pour ça, j'aimerais l'étrangler de mes mains. Mais, comme ça ne fera pas guérir Braxton plus vite, je me contiens.

— Je suis désolé, je sais que je te l'ai déjà dit, Kath, mais…

Ma main se dresse pour l'interrompre.

— Arrête. Je viens juste m'assurer que tu vas bien.

Et que tu vas tenir ta langue.

Noa soupire, l'air dépité.

– Et toi ?
– Quoi, moi ?
– Tu devrais te changer, tu es couverte de sang, et…

Il essaie de saisir mon poignet pour que je décroise les bras, je le repousse violemment.

– Ne me touche pas !
– T'es pleine de SANG, bordel ! DU SANG, KATH ! Je te suggère juste de prendre au moins une douche !
– Une douche ? Sérieusement ? Mon mec va peut-être mourir, et tu me proposes de me laver ? Mais va te faire foutre, putain !

Je lui tourne le dos, pour essuyer une larme qui menace de rouler sur ma joue. J'entends Noa pousser un juron, puis se rapprocher de moi.

– Comment tu vas ?

Je reste interdite durant quelques secondes, puis mes émotions commencent à prendre le pas sur mon courage et mes yeux s'embuent. D'un mouvement brusque, je me retourne pour le mettre face à ses responsabilités, lui montrer les conséquences de ses actes.

– Il va peut-être y passer, Noa, tu réalises ce que tu as fait ?

Moi pas.

Le simple fait de le dire me déchire le cœur.

Une seconde larme coule sur ma joue. Il baisse les yeux et se frotte le visage.

– Je n'ai pas réfléchi, Kath, je ne voulais pas mourir…

Et j'explose en sanglots.

Noa n'est pas quelqu'un de mauvais, mais je ne peux pas lui pardonner. Il m'enlève ma seule raison de vivre et, pour ça, il mériterait de brûler en enfer.

Tandis que je pleure, il pose ses mains sur mes épaules et les frotte doucement. J'aimerais l'envoyer chier, lui arracher les yeux ou… je ne sais pas trop, quelque chose qui le ferait souffrir autant que moi, à cet instant, mais je n'en ai pas la force.

– S'il meurt… s'il meurt… suffoqué-je.
– Chhht… Calme-toi.

Noa tente de me serrer contre lui, je me laisse faire dans un premier temps, parce que pleurer, craquer, peu importe dans les bras de qui, ça fait du bien. Mais quand je commence à percevoir son souffle dans mon cou et ses doigts qui glissent au creux de mes reins, je me raidis. Une forte envie de vomir m'envahit. Avoir les mains d'un autre sur mon corps me dégoûte. Braxton devrait être le seul qui me touche, qui me console, et il est hors de question que cela change.

Je rejette Noa en arrière avec mes deux poings et me réfugie près de la fenêtre.

– Arrête ça, OK ! ça n'a aucun sens ! l'avertis-je.

Ses sourcils se froncent et il se laisse tomber sur le lit. Après avoir avalé ses antidouleurs, il repose ses yeux désolés sur moi.

– Ce sera toujours lui, pas vrai ? souffle-t-il.

Je ne comprends pas immédiatement.

– De quoi tu parles ?
– Ton choix. Ce sera toujours lui ?

Je soupire. C'est évident, non ?

– Ça a toujours été lui, Noa.
– Bien sûr… râle-t-il en resserrant rageusement ses paumes autour de ses cuisses. Dans ce cas, tu seras ravie d'apprendre que je suis… stérile.

Alors que j'étais appuyée contre le rebord de la fenêtre, tout mon buste se dresse face à lui. Qu'est-ce qu'il vient de dire ?

– Pardon ?
– Je suis stérile depuis des années. Suite à une opération.

Alors que j'essayais tant bien que mal de lui trouver des circonstances atténuantes, je ressens dans chaque parcelle de mon être la rage et la colère grimper en moi. Je m'approche du lit, à quelques centimètres de Noa, les poings serrés. Mes pensées se bousculent, je suis tentée de le gifler, mais compte tenu de son état, je me maîtrise.

Au moins une chance dans son malheur !

— Comment as-tu pu me mentir ?! hurlé-je.

— Oh, je t'en prie ! Et toi ? Pourquoi avoir fait croire à ton mec que t'avais avorté ? Question mensonge, j'ai rien à t'apprendre !

Je recule, surprise qu'il ose retourner la situation à son avantage.

— Mais j'étais perdue ! Ça n'a rien à voir ! J'ai dit n'importe quoi sur le coup de l'émotion, parce que j'avais besoin d'un temps qu'il refusait de me donner !

— Je suis amoureux de toi ! clame-t-il, hors de lui. Alors, excuse-moi d'avoir tenté de te récupérer !

— Ce ne sont pas des façons de faire, Noa !

Il lève les yeux au ciel, sa mâchoire se tend.

— Je l'ai fait de la plus mauvaise des manières, je te l'accorde, c'était une connerie ! Mais de toute façon, je parle dans le vide, pas vrai ?

— Va au bout de ta pensée, parce que j'ai la tête qui va exploser, là, soupiré-je en me massant les tempes.

— Tu te crois parfaite ? ricane-t-il, la voix teintée d'amertume. À tes yeux, seuls les autres commettent des erreurs, toi, tu sembles trouver que tu es irréprochable, alors que c'est tout sauf le cas, je me trompe ?

La gorge nouée, je ne reconnais pas le Noa calme et attentif auquel j'ai été habituée.

— Je n'ai jamais dit que j'étais un ange ! me défends-je. Mais tu n'avais pas le droit de me faire croire que ce bébé pouvait être de toi ! Si tu ne l'avais pas fait, j'aurais pu dire à Brax qu'il s'agissait de son enfant !

Noa rit encore, d'un air moqueur, sans me regarder.

– T'en es sûre cette fois ? Ou y a un autre type qui t'est passé dessus entre-temps ?

Là, c'est trop ! La claque part toute seule et me chauffe la paume.
Noa grogne légèrement de douleur, mais il tente de faire bonne figure et se reprend très vite. Il garde ce sourire suffisant aux lèvres et, même si c'est simplement une façon de ne pas montrer combien il est blessé, je n'accepte pas qu'il me manque de respect.

– Désolé, souffle-t-il. Je suis… juste, enfin tu sais.

Ouais, on va dire ça !

– J'avais besoin de temps, c'est si difficile à comprendre ?

Je pleure de nouveau, exténuée par tout ça.

– Il te suffisait de le lui demander, au lieu de provoquer un drame, non ? balance-t-il sèchement.
– Tu ne connais pas, Brax ! Quand il s'agit de sa famille, le temps n'existe plus. Alors oui, j'ai sûrement fait la pire connerie au monde, et je m'en voudrai toute ma vie, mais c'est toi qui lui as tiré dessus et j'étais à des lustres de penser que tu ferais une

telle chose ! Donc, n'inverse pas les rôles, s'il te plaît !

Noa se lève, enragé, et me plaque contre la vitre. Ses yeux verts sont sombres, il me jauge en respirant de manière erratique.

– J'ai un putain de traumatisme crânien, OK ? Ton Braxton allait m'écrabouiller la cervelle ! Et… on tourne en rond, merde ! Il n'aurait pas pété un plomb si tu n'avais pas inventé cette histoire d'avortement ! Si ton mec crève, ce sera uniquement de ta faute !

Tout mon corps reste pétrifié. J'écarquille les yeux, choquée par les propos acerbes et méchants de Noa. S'en rendant compte, il tente de m'approcher plus doucement.

– Dégage ! crié-je en le repoussant.

Mais il me retient par le bras.

– Excuse-moi, je ne voulais pas…
– Ferme-la ! T'es qu'un monstre de me dire des trucs pareils ! Tout ce que je te demande, c'est de laisser Brax tranquille et de nous oublier, tous les deux.
– Je ne vais pas porter plainte contre lui, si c'est ce qui te fait peur, murmure-t-il en me tournant le dos.
– Très bien, alors sache qu'à partir de maintenant, pour moi, tu n'existes plus.

Les larmes tapissent désormais mes joues, ma vue est floutée par le chagrin. Je sors en trombe de la chambre sans laisser le temps à Noa de dire quoi que ce soit.

Je suis à la fois soulagée et anéantie.

Braxton est le père de mon bébé. Notre famille grandit à l'intérieur de mon ventre.

Je devrais être heureuse, mais… mon homme va-t-il seulement être assez fort physiquement pour survivre à ses blessures et assister à la naissance de son enfant ? *Notre* enfant…

Je prie. J'implore tous les dieux possibles pour que l'amour de ma vie tienne le coup. Parce que, sans lui, il est certain que moi, je n'y arriverai pas.

Chapitre 2

Braxton

Malgré cette douleur cuisante qui semble lacérer ma poitrine, j'inspire, expire doucement. Mes membres sont ankylosés, la peau de mon visage me tiraille lorsque je tente de bouger. L'intégralité de mon corps me donne l'impression d'être gelé, quand une main rassurante enlace la mienne et ravive mes terminaisons nerveuses. Je sens sa présence, son parfum, je reconnais sa chaleur. Mais je n'arrive pas à sortir de la noirceur dans laquelle je suis plongé.

— *Il va réellement se réveiller d'une minute à l'autre, alors ?*
— *Oui… J'ai encore du mal à y croire, on a tellement flippé !*
— *Les médecins disent que c'est un miracle, on a vraiment un Bon Dieu au-dessus de la tête. Je ne sais pas ce que j'aurais fait si…*

Un sanglot interrompt cette phrase.

Impuissant, j'écoute ces voix qui communiquent entre elles à mon sujet, ces voix que je ne peine pas à identifier en dépit de mon état. Andrew, Cassidy… *Kathleen.*

Et soudain, tout revient en flèche dans mon esprit. Ma visite inattendue, Noa, cette nouvelle qui a ravagé mon cœur et mon âme. Mes nerfs qui explosent, ma colère qui fait rage et ce coup de feu qui me terrasse. J'ai failli mourir, mais cet enfant, lui, a bel et bien quitté le corps de sa mère, et je me maudis de n'avoir que ça en tête sitôt conscient. J'aimerais presque qu'on me replonge dans le coma pour ne plus y penser.

Mais puisqu'il le faudra tôt ou tard, je me force à ouvrir les yeux. Un grognement plaintif s'échappe de ma gorge, je sens aussitôt que l'on s'agite autour de moi.

— Brax ?!

Le ton inquiet d'Andrew provoque un frisson incontrôlable dans tout mon être. *Mon meilleur ami.* Je n'aurais jamais cru être un jour si heureux de l'entendre. Alors que je suis complètement désorienté, mon regard se jette partout, s'arrêtant sur les trois paires d'yeux qui m'examinent avec attention.

Tout près de moi, Kathleen, quasiment assise sur le matelas, serre davantage sa main autour de la mienne et une larme perle sur sa joue. Elle mime un « hello » avec ses lèvres sans émettre un son, puis c'est au tour de Cassidy de s'approcher de moi. Elle se penche pour déposer un baiser sur mon front. Avant de se redresser, elle murmure « j'ai eu si peur », puis elle s'écarte pour laisser place à son mari.

Andrew fait quelques pas.

— T'es qu'un sale enfoiré, tu le sais, ça ?

Mon meilleur pote et sa façon d'exprimer ce qu'il ressent n'ont visiblement pas pris une ride.

J'étire mes lèvres en un léger sourire qu'il me rend, et réussis à soulever mon bras pour le poser sur le sien.

— Désolé, dis-je d'une voix enrouée.

— Ne t'excuse pas d'être en vie. On n'a le droit qu'à trente minutes, donc on va vous laisser… discuter. On reviendra te voir demain, frérot. Alors, reste avec nous jusque-là, OK ?

J'acquiesce sans répondre et observe mes deux amis quitter la chambre.

Quand la porte se ferme, je me retrouve seul avec Kath, mais n'ose pas la regarder. Tout ce qu'il s'est passé, son comportement, cette décision que je ne comprendrai – que je ne pardonnerai – jamais me hantent.

— Est-ce que tu as soif ? Le chirurgien a dit qu'on pouvait te donner de l'eau par petite quantité.

Sa voix percute mes tympans et je me rends compte qu'à sa place, si j'avais failli la perdre pour toujours, j'aurais probablement été anéanti, je n'aurais pas été aussi courageux qu'elle, c'est certain. Alors, malgré ma rancœur, je tourne la tête doucement en sa direction et ancre mes yeux aux siens.

— Oui, s'il te plaît.

Kathleen s'accommode de notre proximité et glisse sa main derrière ma nuque pour me redresser un peu. Je m'accroche à ses épaules en gémissant, tandis qu'elle porte le gobelet en plastique à mes lèvres. L'eau fraîche qui coule dans ma gorge me revigore un instant, mais je suis tout de même épuisé et retombe très vite sur le matelas, essoufflé.

— Kathleen, je...

— Non, attends. Je sais que tu vas me dire que tu me détestes, que tu préfères que je parte parce que j'ai avorté, mais écoute-moi d'abord, m'interrompt-elle.

En fait, j'allais lui avouer que je suis désolé, que tout est ma faute, que ma réaction a été disproportionnée et que je m'en veux tout autant qu'elle, qu'on en soit arrivé là par manque de confiance l'un en l'autre. Mais soit. J'accepte.

— Dis-moi ?
— Je... (Elle saisit brusquement ma main et l'aplatit sur son ventre.) je n'ai pas avorté, Brax.

Un sourire immense grandit sur ses lèvres, ses yeux brillent comme un feu d'artifice et mon cœur se remet à battre, doucement, douloureusement, il reprend vie.

— Quoi ?
— J'ai inventé ça sans réfléchir, parce que j'avais besoin de temps, je voulais attendre de pouvoir faire le test et... tu me posais un ultimatum, j'étais...

Un sanglot lui échappe, je resserre mes doigts autour de son poignet.

— Tu avais peur, complété-je.

Elle opine du chef.

— Je sais que je n'aurais jamais dû dire une connerie pareille, c'était cruel. Noa était chez moi parce que je venais de lui annoncer que j'étais enceinte, et quand bien même j'aurais décidé de mettre fin à cette grossesse, toi seul te serais trouvé à mes côtés dans un moment aussi difficile. (Elle prend mes mains entre les siennes, ses yeux crépitent au fond des miens.) Pardon, pardon de t'avoir menti, pardon d'avoir provoqué ta rage et ta tristesse. Si tu es ici, c'est à cause de moi. J'ignore comment faire pour que tu m'en veuilles moins, j'ai eu tellement peur, tu aurais pu mourir et moi… je n'aurais jamais pu te dire que cet enfant était le tien. Je ne sais pas comment j'aurais fait sans toi, tu…

Tout à coup, mes poumons se vident en une seule fois. Les mots de Kath frappent mon cœur de toutes leurs forces et j'en perds les miens.

— Attends… Tu as dit quoi ? Cet enfant est de moi ?

Je la regarde hocher la tête pour me donner raison.

— Mais comment peux-tu en être si sûre ?

Elle baisse maintenant les yeux en rougissant.

— Noa est stérile, chuchote-t-elle brièvement.

Si je n'avais pas l'impression qu'on m'arrachait les boyaux à chaque fois que je respire, j'exploserais de rire.

— C'est quoi ces conneries ?
— Il me l'a avoué, le jour de ton admission à l'hôpital. Et j'ai reçu ses analyses, il y a quelques jours, chez moi. Il ne peut pas

avoir d'enfant, il m'a fait croire le contraire, parce qu'il espérait me récupérer. Alors… ce petit être est le nôtre.

Le nôtre. Notre enfant.

Maintenant, c'est à mon tour d'évacuer mes émotions. Je pleure et ne m'en cache pas. Des larmes et encore des larmes, jusqu'à m'en flouter la vue, mais cette fois, ce sont des larmes de bonheur.

— Tu… dans ton… mon bébé…

Je bégaie, à la fois euphorique et submergé par cette nouvelle merveilleuse, en plaquant mes paumes sur le ventre de Kathleen.

— Tu veux bien me pardonner ? murmure-t-elle en posant ses mains par-dessus les miennes.

Un seul regard et je perds pied.

— Je ne suis pas revenu d'entre les morts pour te perdre à nouveau, tu t'en doutes.

Elle rit légèrement et je suis heureux de parvenir à lui apporter du bonheur malgré tout ce qu'elle a traversé ces derniers temps.

— Je t'aime tellement, j'ai eu… si peur que tu m'abandonnes, souffle-t-elle, la voix tremblante.

Kath me serre dans ses bras. Je respire à pleins poumons l'odeur de sa peau, de son parfum, d'une vie que je veux être le seul à pouvoir lui offrir.

— C'est... triste pour Noa, avoir des enfants, c'est une bénédiction. Mais... est-ce que tu vas m'engueuler, si je te dis que je suis heureux d'apprendre sa stérilité ? Et que je ne culpabilise pas une seconde de l'être ?

Un sourire redessine sa bouche merveilleuse que je rêve d'embrasser. Kathleen passe une main dans mes cheveux et dépose un baiser au coin de mes lèvres.

— Je me suis réjouie bien avant toi, alors si ça fait de toi un monstre, c'est que j'en suis un aussi.
— Je sais qu'il n'a jamais voulu tout ça, c'était juste... qu'il ne voulait pas te perdre, lui aussi. Mais d'imaginer qu'il ait pu te convaincre d'avorter m'a rendu...
— Fou ?
— Fou de chagrin, lâché-je dans un soupir.

Le sourire de Kathleen se lézarde. Elle me caresse la joue sans me quitter des yeux.

— J'ai fait en sorte qu'il ne porte pas plainte contre toi, mais, si toi tu...
— Non, non. Je sais très bien qu'il pourrait perdre son boulot et j'ai encore un peu d'empathie pour ce type. Ne me demande pas pourquoi, je dois être maso. J'ai besoin de pardonner pour avancer. Tout ça... c'est derrière nous. Alors, j'aimerais juste que ça y reste.

Kathleen retrouve son beau sourire, ses doigts s'entremêlent aux miens, et je songe déjà qu'à ma sortie, il faudra impérativement que l'on aille choisir ces fameuses bagues de fiançailles. C'est un détail insignifiant, mais depuis que j'ai frôlé la mort, chaque chose a son importance.

Aujourd'hui, je me dois d'être à la hauteur de ce qu'ils représentent dans ma vie, Kath, Lily et notre bébé, la passion, la folie, le fruit de notre amour… et surtout, la résurrection à laquelle jamais je n'aurais cru avoir droit un jour. Ma délivrance, la porte de sortie de mon purgatoire. Je l'ai toujours dit, cette femme est ma rédemption.

Chapitre 3

Kathleen

Aujourd'hui, je suis enceinte d'environ cent cinquante jours. La vie grandit en moi depuis plus de vingt-deux semaines et ça en fait dix que Braxton est hospitalisé. Le mois prochain, nous pourrons enfin connaître le sexe de notre enfant. Une fille ? Un garçon ? Peu importe. J'ai juste hâte de pouvoir me pencher sur la décoration de sa chambre, la couleur du pyjama qu'il portera le jour de sa naissance, et surtout son prénom…

Je ne sais pas encore si le projet d'acheter cette maison à Cleveland trotte toujours dans la tête de Brax, ou s'il préférera garder son appartement. À vrai dire, rien ne me tracasse vraiment depuis qu'il a échappé à la mort. Je vis – nous vivons – les instants comme ils viennent et la vie est tellement plus belle ainsi. Si bien, qu'il m'arrive d'être inquiète, de me demander où est la caméra cachée, parce que nous n'avons pas été franchement habitués aux longues périodes de sérénité depuis notre rencontre.

Braxton a eu beaucoup de mal à récupérer de ses blessures, mais c'est bientôt la fin de ses souffrances. Sa sortie de l'hôpital est prévue dans quinze jours et j'avoue avoir hâte de dire adieu à cette maudite chambre pour retrouver la sienne ou la mienne, afin de ne plus la quitter pendant des jours.

— Tu rêvasses, Beautiful, me souffle Brax en passant sa main dans mes cheveux.

Le regard perdu à l'extérieur, je ne m'étais même pas rendu compte qu'il s'était rapproché de moi. Je me tourne en lui accordant un petit sourire et arrime mes yeux aux siens. Ses paumes glissent sur mes hanches tandis qu'il m'embrasse tendrement.

— Comment te sens-tu aujourd'hui ? demandé-je d'une voix douce, mais soucieuse.
— Je suis en pleine forme !
— T'as failli mourir, tu ne peux pas être « en pleine forme » ! Inutile d'essayer de me rassurer, j'ai vu le pire, je peux entendre que tu es fatigué.

Je soupire en me détournant de lui. Il m'est impossible de ne pas être inquiète après tout ça. Mon cerveau est dans la totale incapacité de ne pas imaginer d'autres drames. Chaque soir, quand je quitte cet endroit, jusqu'au lendemain lorsque je le retrouve, une boule d'angoisse s'accroche comme une forcenée à mon estomac, et je vis perpétuellement dans la peur de le perdre.
Alors que je suis égarée dans mes pensées, ses doigts glissent sous mon menton pour m'inviter à relever la tête dans sa direction.

— Écoute, JE VAIS BIEN. Tu veux peut-être que je te le prouve ? murmure-t-il, un brin d'espièglerie dans la voix.

Je souris malgré moi quand il me prend contre lui pour m'étreindre. Sa bouche délicieuse descend au creux de mon cou, ses lèvres se déposent doucement sur mon épiderme. Il suçote et mordille la peau fine de mon épaule, tandis que je réprime un gémissement, les paupières closes. Sa proximité provoque une nuée de frissons jusqu'à mes os, mais, bien qu'il me fasse l'effet d'une canicule, je me dois de faire les gros yeux en le repoussant gentiment.

— Au risque de me répéter, ce n'est pas un petit bobo d'enfant que tu as eu, Brax ! Alors, j'aimerais que tu te reposes au moins durant les deux dernières semaines d'hospitalisation qu'il te reste.

Mon homme jure et grogne en soupirant.

— Si on m'avait que tu deviendrais la plus rabat-joie de nous deux, je n'y aurais pas cru !
— J'essaie juste de prendre soin de toi, gros bêta, murmuré-je en me hissant sur la pointe des pieds pour déposer un baiser chaste sur sa joue.
— Ça fait plus de dix semaines, soit dix fois trop longtemps que je ne t'ai pas touchée. C'est une torture !

Je ricane et me moque ouvertement de lui en levant les yeux au ciel, faussement exaspérée.

— Parce que tu imagines que mes hormones me ménagent, peut-être ? J'ai ce besoin viscéral, cette... envie permanente de sexe avec toi ! enragé-je. Crois-moi, quand tu ne contrôles plus tes désirs, c'est insoutenable de ne pas pouvoir les assouvir.

Braxton s'approche de moi en arquant un sourcil, visiblement surpris par mes aveux. Il arbore son sourire hypra sexy auquel – et il le sait – je ne peux résister plus de trois secondes.
Ses mains glissent dans mon cou, il soulève mes cheveux et y enfonce ses doigts en massant doucement mon cuir chevelu. Ses lèvres à quelques centimètres des miennes, ce demi-sourire satisfait greffé au visage, il réduit un peu plus la distance entre nous, et lorsque nos corps se retrouvent collés l'un à l'autre, je peux très facilement sentir la grosseur de son érection contre mon abdomen.

— Alors, assouvis-les, susurre-t-il.

Une flamme insatiable crépite dans mon bas-ventre, mon sang semble s'être changé en lave brûlante. Durant tout ce temps, je réalise que je m'étais presque arrêtée de respirer. Il me faut toute la volonté du monde pour résister. Le médecin a dit à Brax qu'il pourrait bientôt commencer à reprendre une « vie normale », que ces derniers quinze jours de convalescence n'étaient faits que pour confirmer sa guérison. Mais cette plaie est toujours là. Bel et bien cicatrisée, mais présente, et je me consumerais de chagrin s'il devait en souffrir à cause de moi.

— Bientôt, bébé, soufflé-je à contrecœur en effleurant ses lèvres avec la pulpe de mon pouce.

Je lis en même temps dans ses yeux l'incendie que ce petit surnom lui provoque et la déception que ma résistance lui inflige.

J'ai dit qu'il ne se passerait rien, mais je n'ai pas dit que je ne le chercherais pas. Il faut bien s'occuper, après tout.

Aussitôt, Brax a la réaction que j'attendais. Je fais mine de m'écarter de lui, mais il me maintient fermement par la taille d'une main. De l'autre, il saisit ma gorge et me force à basculer la tête en arrière pour faire courir sa langue le long de ma jugulaire. Les paupières fermées, bien malgré moi, je m'en remets à lui et couine littéralement en imaginant tout ce qu'il pourrait me faire avec cette langue parfaite et si douée.

— Mon ange, tu portes mon enfant, souffle-t-il en descendant sa main de ma poitrine jusqu'au léger arrondi de mon ventre. Et ces formes te rendent... encore plus exquise. J'ai envie de retrouver ta peau, et tout ce que cela implique.

Sa voix devient plus rauque, suave. Je me déconnecte peu à peu de la réalité en le laissant faufiler ses doigts sous mon chemisier, à l'intérieur de la baleine de mon soutien-gorge. Entre son pouce et son index, il fait se dresser l'aréole de mon sein gauche.

Et, bordel...

L'hypersensibilité est visiblement aussi un effet secondaire de la grossesse. Je crois que je pourrais vraiment m'habituer à tout ressentir avec deux fois plus d'intensité. Il est même possible que j'arrive à jouir simplement par ce simple contact, tant mes hormones exacerbent le moindre de nos effleurements. Je pousse un gémissement incontrôlé en m'accrochant à ses trapèzes, à moitié avachie contre le mur.

— Braxton…

Ma voix est une contradiction à elle toute seule. Savant mélange de « non, il ne faut pas » et de « n'arrête pas, je t'en supplie »…

À sa merci, voilà ce que je suis.

Ses dents se plantent dans mon cou, il mord, aspire, comme le jour où nous étions censés faire l'amour une dernière fois avant de nous quitter. Sauf qu'aujourd'hui, ce n'est pas pour se dire adieu, mais pour marquer notre appartenance l'un à l'autre. Je devrais trouver ça macho, inconvenant, sexiste. Mais il n'en est rien, tout simplement parce que je ne désire rien d'aussi fort que lui, corps et âme.

Mais, au moment où je m'apprête à commettre je ne sais quel acte indécent dans cette chambre d'hôpital, la porte s'ouvre et nous fait tous les deux sursauter.

— OH ! On dirait que je tombe mal ! s'exclame Andrew en riant.

Je me racle la gorge en arrangeant maladroitement mes cheveux, tandis que Brax glisse son bras autour de mon cou en accordant un clin d'œil amusé à son meilleur ami.

— On dirait bien, ouais, se contente-t-il de répondre.
— Je suis désolé, mais tu baiseras une autre fois, le charrie-t-il. Je vais vous traîner dans ce parc en bas, histoire que tu prennes un vrai repas !

Alors qu'il termine sa phrase, Andrew agite un sachet que je ne reconnais que trop bien. Il s'agit du traiteur préféré de Braxton, ce qui arrache un sourire à l'intéressé.

— Je ne peux plus le saquer ce foutu parc, maugrée-t-il quand même. Je n'arrive à l'apprécier que lorsque j'y passe du temps avec Lily. Et je n'accepte d'y rester avec elle, que parce qu'elle déteste cette maudite chambre encore plus que moi.

En l'entendant prononcer son nom, je me rends compte que cela fait longtemps que je n'ai pas vu Lily. Je me tourne donc alors un peu vers Braxton, dans l'intention de lui demander de ses nouvelles.

— Et d'ailleurs, elle va bien ?

Brax hausse les épaules, il semble peu sûr de lui.

— Je suppose qu'elle a eu peur. Je suis son père, tu connais la relation qu'on entretient. C'est assez fusionnel, et sa mère n'a pas cherché à la protéger comme je l'aurais fait. Elle a donc compris qu'elle risquait de ne plus jamais me revoir. Malgré tout, je suis content que tout le monde se soit opposé au fait qu'elle me trouve inanimé sur ce lit, elle est trop jeune, trop innocente pour avoir à subir ce genre de choses.

Je glisse ma main dans le dos de mon homme pour le caresser tendrement.

— Ça n'a pas dû être facile, mais elle est aussi forte que son papa. C'est toi qui lui as appris à l'être, alors je suis certaine que ça ira, Brax.

— Je l'espère.

Un ange passe et, se sentant de trop, Andrew nous dit qu'il nous attend en bas. Je me mords les lèvres, alors qu'une question me taraude depuis plusieurs jours. Une question que je n'ose pas poser, parce qu'à mes yeux, il y a eu dernièrement des choses bien plus importantes que ça. Mais maintenant, j'ai besoin de connaître la réponse.

— Et… est-ce qu'elle sait ? Enfin… pour le bébé, notre bébé, bégayé-je en emmêlant mes phalanges nerveusement.

Brax rit doucement et effleure ma joue du bout de ses doigts.

— J'ai bien remarqué que tu l'évitais volontairement à chaque fois qu'elle venait ici, surtout depuis que ton ventre s'arrondit. Je comprends mieux pourquoi. Mais, je pensais qu'on pourrait lui dire ensemble, tu m'en veux ?

— T'en vouloir ? Mais non, pas du tout. De mon côté, je n'ai toujours pas eu le courage de l'avouer à mes parents ! Ils savent qu'on se reparle, mais je n'ai pas épilogué. Quand je t'ai quitté, pour que mon père me laisse tranquille, j'ai dit que tu m'avais brisé le cœur, alors… j'ai un peu perdu en crédibilité, vois-tu.

Un souffle las franchit ses lèvres, tandis qu'il tombe assis sur le lit.

— Je comprends. Tes parents n'ont rien remarqué ?

— Tu ne connais pas ma nouvelle passion... les fringues extra-larges ?

Nous rions en chœur.

— Malin, très malin, ricane-t-il. Tu es consciente qu'il faudra quand même le leur dire, pas vrai ?

J'acquiesce, bien que j'imagine déjà mon père m'étrangler en apprenant cette nouvelle. Peut-être que j'ai tendance à dresser un tableau trop dur de mon paternel. Après tout, il m'a prouvé qu'il m'aimait à de nombreuses reprises, lorsque j'avais besoin de lui ces derniers mois. Mais je ne peux m'empêcher de penser que ses démons vont revenir au grand galop et qu'il va encore me juger. Pour ma mère, je ne me formalise pas, elle suivra la réaction de son mari, comme toujours.

— Prends ton temps, Kath, mais ne traîne pas trop. Quatre mois, ça passe vite.
— Je sais, oui, c'est promis, murmuré-je en l'embrassant.

Braxton me serre contre lui en souriant, puis il chuchote tout bas à mon oreille :

— Et alors, tu serais d'accord pour être avec moi quand je dirai à Lily qu'on va avoir un enfant ?
— Rien ne me rendrait plus heureuse. En espérant que Callie ne pète pas une durite, encore !
— Elle semble se tenir à ses engagements, pour une fois. Durant tous les week-ends où Lily aurait dû être chez moi, Callie l'a amenée à l'hôpital sans rechigner et à l'heure ! Je crois même

l'avoir vu sourire une fois ou deux, m'apprend-il, avec un petit rire moqueur.

Sauf que, contrairement à lui, je ne suis pas dupe concernant les raisons qui poussent une femme à devenir mielleuse pour un homme, et je me méfie de cette garce qui a déjà tenté de remettre MON futur mari dans son lit.

— Il y a toujours un truc en elle, pour toi, balancé-je, comme si les mots brûlaient d'impatience de sortir de ma bouche.

Un court silence me revient en écho à ma remarque, avant que Brax ne se décide à répondre.

— Mais non, elle a compris. Enfin, j'espère. Je pense qu'elle se force pour Lily, ou alors elle est en train de changer, qui sait ?

Je m'écarte de lui en écarquillant les yeux.

— T'arrives à croire à ce que tu dis ? Sérieux ?
— J'aimerais juste que cela soit possible.

Son ton désabusé m'attriste. Je l'étreins et pose ma tête sur son torse pour lui montrer toute mon affection.

— Ta capacité à voir le meilleur en chacun, même ceux qui t'ont brisé, me rendra toujours admirative, mon amour, dis-je d'une petite voix.
— L'espoir, c'est la vie. Si j'avais cessé d'espérer, tu ne serais pas là, maintenant.

Sans pour autant me défaire de ses bras, j'esquisse un

sourire.

— Tu as raison. Tant qu'il y a de l'espoir, on dira que rien n'est perdu. Peut-être que les vipères peuvent devenir de gentilles limaces !

OK, je déteste cette bonne femme et j'ai bien peur que rien ne puisse jamais changer ça.

Je regrette un instant mes paroles, puis quand j'entends Braxton rire, je me sens libérée d'un poids lourd comme une chape de plomb.

— Mais, dis-moi, tu ne serais pas jalouse ?
— Je serai toujours jalouse. Elle a été ton premier amour, tandis que moi, j'aspire à être ton dernier. Mais, un premier amour possède une place particulière dans nos vies. Je le sais, parce que tu es le mien.

Les iris mer de Glace de mon grand blessé s'illuminent. Il passe une main derrière ma tête et m'embrasse avec passion. Ses dents percutent les miennes et sa langue force brutalement le barrage de mes lèvres. Puis, quand il recule aussi vite qu'il s'est précipité sur moi, il arrime son regard au mien et murmure :

– Ce qui compte pour moi, princesse, ce n'est pas avec qui j'ai commencé ma vie, mais avec qui je la terminerai.

Chapitre 4

Braxton

Lorsque je passe la porte de l'appartement de Kathleen, mon sac de vêtements tombe à mes pieds et j'inspecte l'endroit avec plus d'attention que la dernière fois. Un profond soupir de contentement m'échappe, tandis que je sens sa présence dans mon dos.

— Je me demande encore pourquoi tu n'as pas voulu qu'on aille chez moi, lancé-je en pénétrant dans le salon pour atteindre la baie vitrée.

Ma Beautiful avance dans ma direction, un sourire malicieux aux lèvres.

— Parce que c'est bientôt le week-end et que j'ai pris mon vendredi pour m'occuper de toi !

À la fin de sa phrase, elle vient picorer ma bouche d'un bref baiser. Avant qu'elle ne s'échappe, je la retiens par la taille pour la garder contre moi.

— Je vais bien, je te l'ai déjà dit : tu te fais du souci pour rien.
— Je m'inquiète parce que je t'aime, alors... allonge-toi, fais-toi couler un bain, enfin, fais ce dont tu as envie, mais repose-toi ! s'exclame-t-elle.

Aussitôt, elle s'écarte de moi et tourne les talons.

— Ce dont j'ai envie ? Tu ne t'en doutes pas un peu, mon ange ?

Le son de ma voix l'arrête net dans sa course. Tout juste à quelques mètres, près du canapé, elle se fige. J'en profite pour me rapprocher, parce qu'après toutes ces épreuves, c'est une torture de me tenir si loin d'elle. Mon torse s'accole à son dos, mes paumes glissent sur ses cuisses et s'aventurent sur son ventre arrondi. Elle porte un pull relativement large qui masque ses formes.

Aujourd'hui, je suis le seul à connaître son corps ainsi changé, et j'avoue apprécier cette certitude. En dehors d'Andrew et Cassidy, personne d'autre n'est au courant de l'existence de cet enfant à naître. J'aime qu'il soit encore « notre petit secret », la face cachée de notre amour. De cette façon, je peux garder mon bébé et sa maman près de moi, et rien que moi.

Kathleen pose sa tête sur mon épaule, j'embrasse sa tempe et mes mains remontent sur sa poitrine généreuse.

— Tu es parfaite, murmuré-je en souriant.

Mais alors que je crois avoir enfin repris le dessus sur elle, ma jolie blonde se retourne, et son regard accusateur me fusille.

— Pour répondre à ta question, je sais très bien ce que tu veux, mon amour ! Sauf qu'ici, on est chez moi. (Elle pose son index sur mes lèvres.) Mon appartement, mes règles !

Je hausse les sourcils, surpris par tant de résistance alors que je suis certain qu'elle se consume de désir.

— Et toi, tu sembles oublier un détail, Beautiful…

Avant qu'elle n'ait le temps de réagir, je nous fais basculer doucement sur le sofa. Kath tombe allongée et je l'imite en prenant garde de ne pas peser sur elle.

— Lequel, je te prie ? demande-t-elle, intriguée.
— Ton appartement, tes règles… soit. Mais rends-toi à l'évidence, princesse ! Tu es ma future femme, je te connais sur le bout des doigts. Je sais que tu as autant envie que moi de faire l'amour, alors pourquoi résister ?

Je sens tout son être trembler, le vibrato de ma voix semble même influer sur sa manière de respirer, sur la façon dont son cœur bat dans sa poitrine. Ses yeux brillants m'examinent avec attention. Elle passe sa langue entre ses lèvres, et la mord comme pour réprimer ses pulsions, mais je ne suis pas dupe, cette fois, elle ne m'échappera pas.

— Allez trésor, sois honnête avec toi-même, et cède à la tentation… murmuré-je suavement au creux de son cou.
— Tu ne devrais pas faire ce genre de choses, tu es encore…

N'y tenant plus, j'écrase ma bouche sur la sienne, coupant court à tous ses potentiels arguments.

— Chut, je ne suis pas en sucre, fais-moi confiance quand je te dis que tout va bien.

Elle acquiesce.

Tout en me redressant, je saisis son poignet et l'entraîne jusqu'à sa chambre. Les volets partiellement fermés apportent une lumière douce et tamisée à la pièce. J'occulte tout le reste autour de nous et ne vois qu'elle, la plus belle personne qu'il m'ait été donné de rencontrer dans ma vie, un cœur pur, une douceur sans pareille et un physique à se damner. La mienne, Ma Kathleen.

Tout en réduisant la distance entre nous, je passe mes doigts dans ses cheveux et prends le temps de l'admirer, de détailler chaque partie de son corps, chaque nuance de bleu et de vert de ses yeux. Kath frissonne à mon contact, ses mains s'accrochent au bas de mon tee-shirt, tandis que nos regards ne se quittent pas.

— C'est un monde quand même, tu es enceinte, c'est moi qui devrais craindre de te faire mal, soufflé-je, amusé, en dirigeant mes baisers le long de son épaule.

Je n'obtiens pas de réponse et, en fait, je n'en attendais pas. Je la sens sourire contre mon torse, et ça me suffit. Je retire tendrement son pull en laine épaisse et le jette au sol, pour découvrir enfin ce corps qui m'excite tant, moulé dans une lingerie noire en dentelle.

— Je suis affreuse, se plaint-elle en se blottissant contre moi.

J'enveloppe son buste de mes bras. Il y a des semaines que je rêve de ressentir à nouveau cette sensation grisante, sa peau nue, la mienne, et rien d'autre pour faire barrage entre nous. Alors, je dégrafe son soutien-gorge sans m'arrêter à ce qu'elle vient de dire, et tout doucement, je murmure :

— Affreusement excitante, oui. Ça devrait être interdit, en effet.

Cette fois, je parviens à la faire rire, et mon cœur rate à battement lorsque je l'entends.

— Tu le penses vraiment ? susurre-t-elle, ses mains glissant lentement jusqu'aux pressions de mon jean.

J'inspire profondément, pour ne pas lui hurler d'arracher ces foutus boutons.

— Bien sûr, comment peux-tu en douter ? Regarde, ou plutôt sens…

Sans ménagement, je saisis sa paume pour la plaquer fermement contre mon érection. Elle sursaute d'abord, puis prend rapidement le relais en resserrant ses doigts sur la bosse proéminente de mon pantalon. Un gémissement à la fois plaintif et erratique résonne dans ma cage thoracique.

— Mon Dieu, tu dois souffrir… à l'étroit là-dedans, non ?

Son ton plein de sous-entendus me laisse croire que ce n'est pas une vraie question, et le sourire coquin que je lis sur ses lèvres confirme mes soupçons. Un rire sombre m'échappe, tandis que finalement, son soutien-gorge tombe sur le sol pour libérer ses seins parfaits.

— Tu n'as pas idée, c'est… pire qu'une torture. Tu me rends fou, je te dis. Ça a été si long, cette hospitalisation, mais aujourd'hui, je suis en pleine forme, et je vais te le prouver…

En silence, Kathleen ne me regarde pas. Sa main remonte jusqu'à mon nombril, fait passer mon tee-shirt par-dessus ma tête, puis, près de mon cœur, elle effleure doucement la cicatrice de ma blessure. Une compresse résistante à l'eau la recouvre.

— Pourquoi as-tu encore ça, si tu es guéri ?
— Le médecin a dit que ce serait la dernière, je dois la retirer demain, et ensuite tout sera fini.

Peu convaincue, elle soupire, tandis que je prends son visage en coupe pour la forcer à lever les yeux vers moi. Un instant, nous restons là, hébétés, nos regards perdus l'un dans l'autre. Mais, trop impatient, je me jette finalement sur elle.

— Laisse-moi faire, pitié, grogné-je entre deux baisers.

Nos bouches se heurtent avec brutalité, Kathleen s'accroche à mes épaules, couine littéralement contre ma langue. Je lui retire son jean, elle fait de même avec le mien en bégayant un bref « Oui, d'accord », qui finit d'exploser les barrières qu'elle s'imposait pour prendre soin de moi.

Et tout évolue violemment entre nous, nos derniers

vêtements sont arrachés en un rien de temps, très vite je me retrouve allongé sous le corps de Kath, sans comprendre comment c'est arrivé.

Mon cœur bat la chamade, je suis amoureux et je n'ai jamais eu peur de le dire. Mais aujourd'hui, c'est encore différent. Ce lien qui subsiste entre nous est devenu plus fort, je pourrais même utiliser le terme d'invincibilité lorsque je parle de notre histoire. Tous nos secrets ont été mis à nu, malgré les nombreux dommages collatéraux qui en ont résulté, nous nous sommes relevés, et nous sommes là, ensemble. Rien que pour ça, la fierté qui gonfle ma poitrine est immense.

Le buste de la future mère de mon enfant ondule au-dessus de moi, mes mains baladeuses caressent le moindre centimètre de son corps, quand elle vient chuchoter tout près de mon oreille :

— À une seule condition.

Tout s'arrête autour de nous et j'ouvre les yeux, intrigué.

— Comment ça ?
— Mon appartement, mes règles, tu te souviens ?

Je hoche la tête pour acquiescer, elle me sourit, satisfaite d'avoir le dessus.

— On n'a pas été ménagés ces derniers temps et si toutes les émotions que tu as emmagasinées resurgissent quand on fera l'amour, je ne donne pas cher de la cicatrisation de ta blessure.
— Et alors… ?
— Alors, laisse-moi m'occuper de toi.

J'ai le souffle coupé, quand elle m'interdit de protester en m'embrassant à pleine bouche. Mes gestes sont maladroits, provoqués par un désir ardent que je ne contrôle plus. Une de mes mains s'insinue entre ses cuisses et, sans attendre, j'enfonce deux doigts dans son sexe trempé. Kathleen arque son dos pour mieux recevoir mes caresses, le petit couinement qu'elle émet en même temps me fait tourner la tête. Je pourrais continuer ainsi des heures durant, simplement pour l'écouter prendre du plaisir.

Quand elle se redresse, je perds un peu plus mes phalanges en elle sans jamais en être rassasié. La tête penchée en arrière, les yeux révulsés, elle terre ses ongles dans mes biceps et se fige un instant pour me laisser la toucher. Je grogne de contentement en constatant que j'ai toujours cet effet presque dévastateur sur elle, comme si elle était prête à tout abandonner juste pour un moment comme celui-ci.

À genoux, elle prend appui sur mes épaules et ferme les paupières. Je continue de la doigter de toutes mes forces, complètement en transe, effleurant son clitoris au passage. J'aime la toucher, la découvrir encore et encore, l'apprendre par cœur, l'entendre me supplier, me remercier.

J'avais déjà l'impression de la satisfaire, mais cette grossesse est visiblement une bénédiction pour ses orgasmes. Elle semble deux fois plus réceptive à mes caresses que d'habitude.

Et lui apporter tant de plaisir est aussi bon pour elle que pour moi.

Quand sa féminité commence à resserrer sa prise autour de mes phalanges, je les retire. Son visage retombe vers l'avant, et ses muscles arrêtent de trembler. Dans un souffle, elle déclare :

— J'étais sûre que tu ferais ça.
— Tu ne croyais quand même pas que t'allais partir sans moi ?

Elle ricane et frotte son sexe contre le mien. Cette chaleur que je n'avais pas ressentie depuis des semaines, cette sensation à la fois d'extase et de torture, ce besoin irrépressible de se perdre entre ses cuisses, pour me sentir chez moi. Tout m'a manqué à en crever. Je balance mes hanches en avant pour l'inciter à en venir au fait, parce que j'implose de cette envie d'elle qui m'étranglera tant que je ne l'aurai pas assouvie.

— Bien sûr que non, murmure-t-elle.

J'esquisse un sourire qui s'étiole pour laisser place à un flou total, quand elle saisit ma queue pour l'enfoncer profondément dans son vagin. C'est comme si je souffrais le martyre et que l'on m'injectait une overdose de morphine. Je plane comme un putain de camé. Parce que c'est ce que je suis, accro, dépendant de son corps, de sa présence, de son amour.

— Bon sang, oui, enfin… j'ai l'impression que j'attends ça depuis mille ans, grogné-je en me cramponnant à ses hanches.

Je suis au paradis.

— Merde, ça fait tellement longtemps que je rêve de t'entendre dire ça à nouveau, souffle-t-elle, ce qui m'amuse.

Ma main caresse son ventre, ses seins, tandis que je souris en l'admirant. Les paupières closes, ma belle Kathleen balance son bassin d'avant en arrière autour de mon sexe. Tous les mouvements qu'elle effectue m'emmènent un peu plus près de l'extase.

— Et moi donc, princesse… ahané-je, complètement déconnecté de la planète Terre.

C'est bon, bordel !

Ça l'a rarement été autant, probablement parce que j'ai failli mourir et que mon sang coule dans les veines de son enfant. Ses boucles blondes descendent en cascade dans son dos, Kath entrouvre les lèvres pour réussir à trouver l'air qui lui manque, haletante, en transe.
    Elle couine un rapide « encore » et accélère ses va-et-vient. Je ne me fais pas prier. Mes doigts s'enfoncent durement dans ses reins pour accompagner ses à-coups, pour les rendre plus brutaux, plus sauvages. Nos corps s'échauffent, nos barrières tombent et on oublie tout. Je ne dirige plus rien, mais elle non plus. Ses fesses claquent sur mes cuisses, ses seins divins s'agitent, et je refuse de fermer les yeux. C'est bel et bien le spectacle le plus magnifique qu'il m'ait été donné de voir depuis longtemps. Je continue de m'enfoncer davantage elle. C'est comme une obsession, aller plus loin, plus fort, plus vite. L'entendre : encore. La sentir : toujours. La perdre : plus jamais. Je m'abîme brutalement en elle, quand son corps s'écrase contre le mien. Je le retiens entre mes bras, respire plus fort dans son oreille, lorsqu'elle jouit en gémissant « je t'aime ».
    Et ma raison se fait la malle.
    Il ne me manquait plus que ses trois mots et son orgasme pour être entraîné par la vague. Je lui tire les cheveux, mords sa

joue, geins, grogne, perds littéralement la tête en continuant de la décimer. Et quand je me déverse en elle, j'y laisse avec mon plaisir, mon âme qu'elle tient entre ses mains, mon âme qu'elle pourrait réduire en cendres en un claquement de doigts.

Quand nos esprits se sont apaisés, alors que nous sommes toujours allongés sur ce lit, je sens les doigts de Kathleen caresser mon torse, redessiner les contours de mon pansement. Je dépose un baiser dans ses cheveux et l'enveloppe d'une étreinte qui se veut douce et rassurante.

— Non, je n'ai pas mal, si c'est ta question, affirmé-je.
— J'ai eu si peur. Je ne crois pas avoir un jour ressenti une telle frayeur, répond-elle comme si je n'avais rien dit.

Je resserre ma prise autour d'elle et respire l'odeur de ses cheveux.

— Je sais.

Elle soupire.

— Si on t'arrache à moi, je…
— Ça n'arrivera pas, l'interromps-je immédiatement.
— Laisse-moi finir, s'il te plaît.

Elle poursuit :

— J'ai peur et rien ne pourra changer ça, parce que t'as pas eu un pauvre accident de merde, t'as failli y passer ! Ce n'est pas rien ! Jamais je n'ai été confrontée à quelque chose d'aussi grave, ça m'a… marquée au fer. C'est tapi au fond de moi et je ne sais pas si cela disparaîtra un jour. Je me dis sans cesse que d'une seconde à l'autre on peut t'emmener, et que je ne pourrais ni te retenir ni de te revoir, se confie-t-elle, la voix teintée de tristesse.

Il m'est insupportable de la sentir si mal, alors, d'un geste vif, je me redresse sur le matelas et prends son visage entre mes mains.

— Écoute-moi, mon ange. (Elle essaie d'ouvrir la bouche, mais je l'en empêche.) Écoute ! tu n'auras jamais besoin de me retenir, puisque je n'ai pas l'intention de m'en aller.
— Et si… Callie devenait trop bavarde ? Que tu te faisais arrêter ? Oh, je n'en dors plus la nuit, Brax ! J'ai construit ma vie autour de toi, ça nous briserait, notre enfant et moi, si nous étions tous les trois privés du bonheur de vivre ensemble.

Et elle fond en larmes dans mes bras. Je reste un instant troublé par son inquiétude. Il est vrai que je prie chaque jour pour que Callie ne me trahisse jamais, mais je me dis aussi que si elle avait eu envie de me dénoncer, elle l'aurait déjà fait depuis longtemps. Ses menaces étaient du bluff. Je prends Kathleen dans mes bras et l'embrasse doucement au beau milieu de son visage maculé de larmes.

— Beautiful, tout ira bien. Je te promets que tout ira bien, je ne laisserai personne détruire notre famille, tenté-je de la calmer, alors que je ne suis pas si tranquille que ça.

En effet, si je venais à être incarcéré, je n'aurais aucun pouvoir pour me sortir de ce merdier. Mais la femme que j'aime a besoin d'être rassurée, alors je suis prêt à dire tout et n'importe quoi, tant que cela suffit à apaiser ses angoisses et sécher ses larmes.

— Excuse-moi, renifle-t-elle. Les hormones ne ménagent pas mon côté pleurnicheur non plus.

Je ris légèrement en déposant un baiser sur son front. Mes pensées s'emmêlent et une seule solution semble clignoter dans mon esprit, comme une évidence présente juste là depuis le début, mais que je n'ai pas su voir avant.

— Je crois que j'ai une idée, balancé-je sans réfléchir.

Alors que le drap nous enveloppe toujours, Kathleen se redresse à genoux sur le matelas et m'interroge d'un regard.

— Quoi ?
— Je veux qu'on se marie… maintenant.
— Maintenant ?! s'écrie-t-elle, surprise.

Mon palpitant prend feu dans mon thorax, mes poumons s'écrasent sous le poids de cette décision que j'espère, elle approuvera.

— Pas tout de suite. Mais… dans les jours, semaines à venir ? (Embarrassé, je ricane en me frottant les cheveux, un peu gêné.) Seigneur, je vais devenir un cliché à moi tout seul ! Mais, on a tous vu que la vie ne tient à rien parfois, j'aurais pu claquer, et je ne veux plus jamais regretter de ne pas avoir fait telle ou telle chose sous prétexte que « j'ai le temps ». La chance, ce n'est pas pour nous, elle ne nous a pas souvent souri, alors que l'amour, lui, il a toujours été présent, même dans les moments les plus durs.

Quand je termine ce monologue, je réalise que j'ai pris ses mains dans les miennes, que des larmes accaparent mes yeux et que ma respiration devient instable. Mon sang bat dans mes tempes, ma peau est moite. Je me consume d'amour pour elle, je veux l'épouser, c'est mon plus grand désir.

— Tu veux que… ?

Elle ne continue pas sa phrase, un sourire de petite fille aux lèvres.

— Je ne veux plus attendre, Kath, je ne peux plus, me confié-je sans quitter ses rétines.

Un bref silence s'empare des lieux, quand subitement, Kath s'agite dans tous les sens en criant.

— Mais Brax, personne n'est au courant ! Andrew et Cassidy ne savent même pas pour nos fiançailles, Lily, mes parents, Luna ! Notre futur mariage et la grossesse sont un secret pour les trois quarts de nos proches, ce serait… de la folie !

Je l'admire en train de mener un véritable combat entre ses envies et sa raison, un sourire tendre greffé au visage. Je la laisse déblatérer tout ce qu'elle a sur le cœur, pour qu'ensuite, elle puisse réfléchir sereinement.

— Mais enfin ! Pourquoi tu me regardes comme ça ? Dis quelque chose ! Tu ne peux pas me demander de t'épouser dans moins d'un mois et devenir muet ! s'emporte-t-elle, paniquée.

En silence, je me redresse et glisse tout près d'elle sur le lit. Le dos de ma main effleure sa joue, tandis que je cherche mes mots pour lui exprimer le bataclan d'émotions qui s'anime en moi.

— T'embrasser dans cette boîte était une folie, te faire l'amour dans ma voiture, dans cette douche et chez toi, c'était une folie. Tu es ma folie, et pourtant je ne regrette pas un seul de nos moments, m'expliqué-je pour qu'elle se rende compte que je suis bien sérieux.

Un bref instant, je la sens vaciller, entrer dans mon camp, prête à céder. Mais elle rebrousse chemin, hésite, se pose mille questions.

— Mon père me tuera quand il apprendra un truc pareil !

Pas faux. Ou bien, il me tuera, moi.

Mais j'avoue en avoir marre de penser aux conséquences de chacun de mes actes, j'en ai ma claque de devoir m'adapter pour faciliter la vie des autres, et je crève d'envie de vivre pour moi, d'être finalement heureux, pour de vrai. Alors, tant pis pour les dommages, tant pis si c'est égoïste, oui, je compte bien épouser

Melle Anderson, n'en déplaise à tous ceux qui tenteront de s'y opposer.

Rien ne m'arrêtera.

— Personne ne va tuer personne, enfin ! On refera un mariage dont tu seras la princesse, *ma princesse*, quand tes craintes se seront apaisées, mais en attendant… Kath, mon amour. Je veux que tu deviennes ma femme. Je ne te demande pas d'en parler à tout le monde, je ne te mets pas devant le fait accompli, je ne te force à rien. C'est juste que j'en ai envie, là, maintenant. Alors, si tu acceptes, tu peux simplement… (Je m'essouffle, sans quitter son regard. Des larmes roulent sur ses joues, mais son sourire ne s'efface pas.) en parler à Luna, si ça te fait du bien, et si tu lui fais confiance, je n'y vois pas d'inconvénients. De toute manière, je suis certain qu'elle sait tout de mon passé, tu n'aurais jamais pu garder cette histoire en toi, et je le comprends. (Elle acquiesce pour confirmer mes paroles, je prends à nouveau ses mains, et les pose sur mon cœur.) Ou alors, tu peux aussi ne rien dire et m'épouser, tout simplement. Tout m'ira, tant que je suis avec toi.

Lorsque j'arrête finalement de déballer ce que mon palpitant rêvait de lui crier, j'ai l'impression d'être groggy, en manque d'oxygène. J'attends, pendu à ses lèvres, qu'elle me réponde, qu'elle me fasse un signe. Quand soudain, elle se jette sur moi et me pousse par les épaules pour nous faire tomber sur le matelas. Son nez frôlant le mien, je me noie dans ses yeux, je me sens faible comme si tout pouvait basculer d'un moment à l'autre. Et c'est le cas, parce que sa décision pourrait bien changer du tout au tout nos projets imminents. Elle tient notre destin entre ses mains. Ses lèvres effleurent les miennes, elle en embrasse les commissures avant de chuchoter contre ma barbe naissante :

— OK, je te suis.

La surprise me frappe en plein visage. Est-ce qu'elle vient vraiment de me donner raison ? Des fourmillements s'infiltrent dans mes veines, mon cœur n'arrête pas de s'emballer comme s'il voulait sortir de son logement.

— Tu… quoi ? bégayé-je.
— Oui, d'accord, marions-nous. Juste nous, et nos amis.
— Marions-nous ? On va… tu vas porter mon nom, pour de vrai ?

Je sens mes lèvres s'étirer en un sourire immense. J'ai l'air d'un con, mais en fait, je crois que c'est une habitude à prendre. Quand on a quelqu'un dans la peau, on devient niais, c'est un fait inévitable.

— Oui ! Oui ! Ouiii ! s'exclame Kathleen, euphorique.

Elle me saute dans les bras, et nous roulons sur le matelas. Je retiens un gémissement plaintif à cause de ma cicatrice, heureux qu'elle n'y prête enfin plus attention, et l'embrasse à perdre haleine. Lorsque nos bouches se quittent à contrecœur, Kath dépose un dernier baiser sur ma joue et reste allongée contre moi.

— Je te laisse le soin de l'annoncer à Cassidy et Andrew, je vais tenter de trouver une explication rationnelle pour que Luna ne me prenne pas pour une cinglée, ricane-t-elle en levant les yeux au ciel. Je ne la vois plus beaucoup depuis qu'on travaille chacune de notre côté. La vie nous a un peu éloignées.

Tandis que ma Beautiful semblait être la plus heureuse au monde, sa joie s'éteint et son visage se ferme lorsqu'elle commence à parler de Luna. Inquiet, je me redresse et entoure ses épaules de mon bras, elle laisse son corps crouler sur mon torse.

— Je te sens triste, ça va ?
— Un peu. Je me dis que je n'ai jamais vraiment eu l'occasion de te la présenter, alors qu'elle est ma seule amie. Ce serait peut-être moins compliqué si elle te connaissait, je ne sais pas.
— On n'a pas eu une histoire simple tous les deux, la situation ne s'est pas prêtée aux rencontres, ce n'est pas ta faute, mon ange.

Ma voix se veut rassurante, apaisante, et j'ai l'impression que ça fonctionne, lorsqu'elle sourit enfin.

— En fait, je crois qu'elle me manque, m'apprend-elle.
— Dans ce cas, appelle-la, voyez-vous ce soir ! Cela te donnera l'occasion de lui parler du mariage, du bébé. Il ne peut plus passer inaperçu, de toute façon !

Alliant le geste à mes dernières paroles, je cajole son ventre et me penche pour y déposer un baiser. Kath caresse mes cheveux avec tendresse.

— Mais je voulais m'occuper de toi… râle-t-elle, visiblement contrariée.

— Tu l'as fait, non ? J'avais envie de toi et tu as été… magnifique, du grand toi, dis-je en capturant à nouveau ses lèvres avec un peu plus d'indécence qu'il y a quelques minutes.

— Tu es certain que cela ne t'ennuie pas ? J'attendais qu'on se retrouve ailleurs que dans cet hôpital depuis si longtemps…

— C'est important que tu voies ton amie. Je vais appeler Andrew. Chez lui, je serai entre de bonnes mains, tu le sais bien.

Devant mes arguments implacables, ma beauté finit par céder.

— OK, mais demain soir, c'est juste toi et moi pour un compte rendu détaillé et plus si affinités !

Elle ricane et sort du lit. Je la retiens une dernière fois, elle chute lentement tout contre moi et nos bouches se retrouvent comme si elles étaient aimantées.

— Ne me laisse plus jamais seule, d'accord ? murmure-t-elle tout contre mes lèvres.

Ces mots qui transpirent la crainte et l'appréhension me donnent encore plus envie de la protéger. Alors, malgré mon euphorie, je tente de mesurer l'excitation dans ma voix et lui réponds sur le même ton qu'elle :

— Plus jamais, ma Beautiful, c'est promis.

Braxton

Quand j'arrive chez Andrew et Cassidy et m'installe à la table de la cuisine, je ne sais pas pourquoi j'appréhende. C'est comme si je m'apprêtais à annoncer mes fiançailles à mes parents. S'ils étaient encore là, mon père me renierait probablement pour avoir rompu mes vœux avec Callie, mais ma mère me donnerait raison. Elle, qui me répétait sans cesse que je faisais fausse route dans cette relation, serait sûrement ravie de me voir heureux avec Kathleen. Alors, je compte bien lui rendre hommage en épousant celle qui fait battre mon cœur comme aucune autre.

— Bon, tu as l'intention de nous regarder dans le blanc des yeux toute la soirée ou tu vas nous dire ce « truc important » ? lance sérieusement mon pote, les mains croisées sur la table.

Sa femme est assise sur ses genoux, les sourcils froncés, elle se demande sûrement ce que j'ai encore fait. Mon regard vogue de l'un à l'autre et ma tension est à son comble.

— Eh, Brax. Tu sais bien qu'on peut tout entendre, me rassure Cassy, de sa voix douce.

J'esquisse un sourire, me dis que ce serait le moment idéal d'avouer : « J'ai tué un vigile en braquant la bijouterie du père de Kathleen », mais je me ravise et mon courage se ratatine au fond de mon estomac.

— Je me demandais si vous seriez dispos pour un mariage.
— Quoiii ?! crie Cassidy.

Bon, c'est vrai que j'aurais pu faire preuve d'un peu plus de tact. J'ai balancé ça comme une bombe, et Andrew en a recraché l'intégralité de son scotch hors de prix.

— Quel mariage ? s'étonne-t-il.

Je lève les yeux au ciel et avale une large gorgée de jus d'orange.

— Le mien, tocard. Pas celui de la Fée Clochette !

Andrew et sa femme se regardent d'un air ahuri.

— C'est une blague ? questionne mon ami. Si c'en est une, ce n'est pas drôle ! Tu sais qu'on attend ça comme le Messie, bordel !

Je ricane.

— Ta diplomatie m'étonnera toujours, frérot, mais tu me connais assez pour savoir que je ne plaisante pas avec ce genre de choses, du moins j'ose l'espérer.
— Ouais, c'est bien ce que j'étais en train de penser. Mais

quand ?

— Hum… certainement très vite.

— Tu n'as pas l'air surpris, Amour ? l'interpelle sa femme en l'enlaçant.

Il pose son regard sur elle avec tendresse et glisse une main dans ses cheveux.

— Non, en fait, je m'y attendais un peu. Tu l'as vu, toi aussi ! Il est dingue de cette fille et elle porte son enfant, maintenant on en est sûr. C'est juste la suite logique, c'est juste tellement mon pote !

Une nouvelle fois, je me retiens de rire.

— Sinon, tu peux arrêter de parler de moi comme si je n'étais pas là ? dis-je sur le ton de la plaisanterie. En plus, t'as tout faux !

Intrigué par ma dernière phrase, Andrew plisse les yeux comme pour tenter de comprendre ce que j'essaie de lui dire.

— Comment ça ?
— Ce n'est pas moi qui ai sauté le pas, avoué-je, assez fier.

Et à cet instant, la tête de mes potes est impayable. La mâchoire de mon meilleur ami semble vouloir se décrocher, tant il reste bouche bée par cette révélation. Sa femme, quant à elle, sourit, déconcertée.

— Sérieusement ? Kathleen t'a demandé en mariage ?

m'interroge cette dernière, brisant le silence.

Je me contente d'acquiescer, une nuée de frissons me parcourant au souvenir de ce moment plus que parfait.

— Eh ben, merde alors ! Elle est surprenante cette petite ! s'exclame Andrew.

Un rictus incontrôlable se dessine sur mes lèvres.

— Ouais, elle est incroyable, soufflé-je, plus pour moi encore que pour eux.

Et je pèse mes mots.

— Mais pourquoi si vite ? Comment comptes-tu organiser un mariage digne de ce nom « très vite » ?

Je reconnais bien là mon frère et sa maniaquerie en termes de festivité de ce genre. Le roi du clinquant, du luxe et de la fête, c'est bien lui.

— En fait, ce serait plutôt quelque chose d'intime. C'est-à-dire : ma fille, mes deux meilleurs amis et la copine de Kath, Luna.

Andrew se laisse tomber en arrière sur la chaise de bar en soupirant, comme s'il avait du mal à assimiler toutes ces informations en une seule fois. C'est normal, mais intérieurement, je sais qu'il n'existe pas d'autre décision possible concernant ce mariage.

— OOOOK ! J'ai manqué un épisode ? T'es mourant ? En cavale ?

— Andrew ! le réprimande sa femme.

— Avoue que c'est surprenant ! se justifie-t-il en tournant la tête vers sa belle.

— Ça va, Cassidy, je comprends la réaction d'Andrew, tenté-je, pour apaiser les esprits. C'est juste que, voilà… vous connaissez tous les deux mon passé, on n'en parle jamais, mais il n'est pas inexistant pour autant.

Je lâche cette info comme un cataclysme et ça a le mérite de jeter un blanc terrible dans notre conversation. Au bout de quelques secondes, Andrew semble enfin voir où je veux en venir.

— Et elle a peur, c'est ça ?

— Elle est pétée de trouille, tu veux dire, soupiré-je.

— Y a des raisons ? Ton ex-femme à l'air de se tenir à carreau maintenant, non ? intervient Cassidy.

— C'est depuis mon hospitalisation. Ça l'a vraiment traumatisée. Elle n'a jamais été confrontée à la mort, et avoir failli me perdre l'a beaucoup secouée.

— OK, je comprends mieux. Loin de moi l'idée de te juger ou de t'influencer, tu sais que ce n'est pas mon genre, frérot. Mais t'es sûr de vouloir faire ça aussi rapidement ?

— Oui, réponds-je aussitôt. Si on a pris cette décision, c'est parce qu'on n'est jamais à l'abri d'un autre drame. Je refuse d'avoir des regrets, je ne veux plus perdre de temps… Qu'est-ce que cela change que nous voulions vite nous marier ? Nous l'aurions fait, quoi qu'il arrive ! De toute façon, j'aurais dû l'épouser à la seconde où j'ai divorcé de Callie. Alors, du temps, on en a suffisamment perdu !

Mon meilleur pote passe une main dans ses cheveux, encore sous le choc.

— Eh bien, j'avoue que ça me fait quelque chose ! s'exclame-t-il. Et le père Anderson, il en dit quoi ?

Je suis touché que mon ami prenne ce pan de ma vie à cœur.

— Franchement ? Je m'en contrefous !
— Vraiment ? Mais t'as mangé du lion, ma parole !

Et cet abruti se marre en me lançant un regard complice. Je hausse les épaules, d'un air détaché.

— Il va me faire quoi ? On n'est plus au Moyen Âge, sa fille est majeure et puis, quand elle se sentira mieux, on fera un mariage à ta manière, détends-toi ! plaisanté-je avec un clin d'œil.

Andrew se tourne à nouveau vers moi, ses yeux rétrécissent lorsqu'il m'inspecte, s'attendant à une de mes remarques cinglantes.

— Ma manière ? demande-t-il, étonné.
— Ouais, tu sais… des strass et des paillettes, du champagne, des fringues hors de prix…

Nouveau fou rire, tandis qu'un sourire radieux vient habiller son visage.

— Aaah ! Voilà enfin une perspective qui m'est familière ! Fêter ton mariage deux fois, c'est bien la meilleure nouvelle de l'année !

Je ricane en secouant la tête, un peu déconcerté, et termine mon jus de fruits. Un ange passe, nous nous observons quelques secondes sans rien avoir à dire et, très vite, un malaise s'installe. Le genou d'Andrew tressaute nerveusement sous le plan de travail en verre sur lequel nous sommes attablés, il fixe un point invisible, tandis que sa femme nous regarde tour à tour. Elle semble ne pas comprendre ce qui nous arrive. Et moi non plus, d'ailleurs !
Est-ce que j'ai dit quelque chose qui aurait pu mettre mon ami en colère ?

— Bon, tu craches le morceau, Brax ? Parce que je n'ai pas franchement envie que mon mari fasse une attaque !

La voix de Cassidy qui résonne coupe court à mes interrogations. C'est comme si elle avait éclairci mes pensées d'un coup. Bien entendu, maintenant ça me paraît si évident ! Je relève la tête vers Andrew, bien décidé à mettre fin à son supplice.

— Dis, frérot ?
— Hum ? répond-il brièvement en portant enfin son attention sur moi.

Ses deux yeux noirs me fixent de manière intense, ce qui est souvent le cas chez lui, comme s'il voulait me faire comprendre que je n'avais pas intérêt à le décevoir, parce que c'est ce qui effraie le plus Andrew, la déception.

— Tu veux bien être mon témoin ? Deux fois ?

Je reçois un long silence en guise de réponse, mon frère ne me lâche toujours pas du regard, et je me demande même si je n'ai pas une foutue hallucination quand je le vois essuyer sa joue.

— Mon amooour, s'attendrit Cassidy en se serrant contre lui. Brax, tu vas le faire pleurer, et on sait tous les deux que les larmes d'Andrew Tillman sont presque un mythe !

L'émotion me noue la gorge, et je me lève afin de prendre mon ami dans mes bras. Andrew est un handicapé des sentiments, il les ressent avec encore plus d'intensité que la plupart des gens, mais il est incapable de les exprimer. Alors, sa réaction me chamboule complètement, et c'est à mon tour d'avoir les larmes aux yeux.

Même si ça n'est pas vraiment étonnant venant de moi !

— Bien entendu que je veux ! s'enthousiasme-t-il en m'accordant une accolade fraternelle.
— Il avait peur que tu me choisisses, ajoute Cassy.
— Eh ! Je n'ai jamais dit ça ! se défend Andrew.
— Non, mais je vous connais bien tous les deux, et je sais qu'il n'aurait jamais offert un tel cadeau à quelqu'un d'autre que toi, tout comme toi tu rêvais d'avoir cette place particulière le jour où il se remarierait.

Les paroles sages – comme toujours – de Cassidy tracent

leur chemin en moi. En effet, qui de mieux à mes côtés qu'un frère de cœur, le jour où je dirai «oui», à la femme qui a bouleversé mon monde et ma vie ?

Personne, ça ne fait aucun doute.

Chapitre 6

Kathleen

Alors que je sirote mon cocktail sans alcool face à Luna, dans notre bar préféré, mon anxiété grandissante me paralyse. J'ai essayé plusieurs fois de dire toutes les choses qu'elle doit savoir, que je meurs d'impatience de lui avouer, mais les mots me manquent.

— Bon, ma chérie, tu ne m'as quand même pas fait venir pour mes beaux yeux, hein ? Rassure-moi !
— Je ne peux pas juste avoir envie de passer un moment avec ma meilleure amie ? prétexté-je, pour gagner du temps.
— Oh, mais si ! Simplement, quand tu m'as envoyé un message pour m'apprendre que ton petit plan dans les Hamptons avait fonctionné, je m'étais dit qu'après avoir retrouvé ton homme, tu serais trop occupée pour ce genre de sorties !

La culpabilité prend désormais le pas sur l'anxiété. Je m'en veux terriblement d'avoir délaissé ma copine adorée, pour la seule raison que j'avais « plus important » à gérer. J'avoue que j'en ai même honte, elle ne devrait pas pâtir de ma relation compliquée avec Brax.

— Je suis désolée de t'avoir négligée, Luna, c'était un peu… difficile, ces derniers temps, bredouillé-je, peu fière.

Alors que je baisse les yeux, la main chaude de mon amie qui se pose sur la mienne me rassure instantanément. Aussitôt, mon regard s'ancre au sien, en gardant espoir qu'elle ne m'en veuille pas trop.

— Ne t'inquiète pas, commence-t-elle doucement. J'étais en vacances dans le chalet de mes parents, je profite donc de mon célibat comme il se doit ! Toutes ces crises de jalousie et engueulades avec Lorenzo ne me manquent pas, et lui encore moins, je peux te le dire !

Luna s'est séparée de son petit ami, peu de temps après ma rupture avec Braxton. J'avais prétexté à l'époque que notre relation était vraiment trop « toxique ». Ce qui était faux, bien entendu. Ensuite, quand je lui ai tout raconté, ça lui a permis de faire le point sur sa propre histoire, et même si j'avais l'impression qu'ils étaient faits l'un pour l'autre, ce n'était plus l'avis de Luna. Elle a mis un terme à cette relation sans un regard en arrière, et je dois bien avouer que je ne l'ai jamais vue aussi épanouie que depuis qu'elle est célibataire. Alors peu importe qu'elle soit en couple ou non, du moment qu'elle est bien dans sa peau, tout me convient !

— Tu t'es bien amusée ?
— Je n'y suis pas allée seule, si c'est ta question, répond-elle

avec un petit sourire en coin.

— OK, ce qui sous-entend que tu t'es envoyée en l'air tous les jours ! m'exclamé-je. Je suppose… que tu t'es bien amusée, alors ! Heureusement que je ne t'ai pas inquiétée avec mes problèmes, ça aurait sûrement gâché l'ambiance.

Luna soupire en braquant de nouveau ses rétines mordorées aux miennes.

— Ouais… j'ai appris pour « l'incident », dit-elle en mimant les guillemets avec ses doigts. Noa est passé à la boutique pour récupérer une robe appartenant à sa mère. Il était sacrément amoché, alors on a discuté un peu.

Je reste sur la réserve, plutôt sceptique quant à l'opinion de mon amie sur cette histoire. J'ai peur qu'elle soit du côté de Noa, qu'elle me juge et pense que Braxton n'est pas quelqu'un de fréquentable. Car, même si je ne le quitterai plus jamais et pour rien au monde, l'avis de celle qui est comme ma sœur compte énormément à mes yeux.

— Hum, grogné-je. Et il t'a dit quoi ?

Elle hausse les épaules d'un air détaché.

— Bof, pas grand-chose. Simplement qu'il avait essayé de te récupérer, que ça n'avait pas plu à ton copain et qu'ils s'étaient battus. Qu'il a été obligé de lui tirer dessus pour se défendre, car Braxton était trop fort… Mais j'ai eu l'impression qu'il s'en voulait énormément, m'explique-t-elle. C'est dramatique cette histoire…

— Dramatique ! rétorqué-je du tac au tac en cognant du poing sur la table. Mon mec a quand même failli mourir, on dépasse largement le côté drama, tu ne crois pas ?

Luna sursaute et se mord la lèvre, prenant conscience que ce sujet est encore sensible pour moi.

— Oui, c'est ce que je voulais dire, que c'est dramatiquement affreux, ma puce, ne le prends pas mal, s'excuse-t-elle doucement.
— Désolée, c'est toujours si… douloureux d'y repenser.

Ma meilleure amie m'accorde un sourire bienveillant et caresse ma main.

— Je veux bien te croire. Et aujourd'hui, comment va-t-il ?
— Très bien, justement en parlant de… je voulais…

Je bafouille, incapable de terminer ma phrase alors que l'embarras s'empare de moi et noue les mots dans ma gorge. Luna fronce les sourcils en voyant ma gêne.

— Quoi, Kath ? Tu me fais peur ! s'exclame-t-elle en resserrant ses doigts autour de mon poignet pour le ramener vers elle.

Son regard au fond du mien, j'inspire un grand coup et décide de ne plus reculer, pas cette fois.

— OK, mais ne me juge pas, d'accord ?

Elle lève les yeux au ciel, comme si je venais de dire la plus grosse absurdité de l'année.

— Cette époque est révolue, non ? Tu couches avec un... euh, criminel ? chuchote-t-elle. Et je ne me suis pas énervée ! Tant qu'il te rend heureuse, moi... je me fous de ce qu'il a bien pu faire il y a dix ans !

Un ricanement nerveux m'échappe.

— Il n'est plus ce genre de type. Mais je comprends ce que tu veux dire, alors, en fait...
— Ouiii ? ajoute-t-elle en me regardant avec insistance.

Je gonfle mes poumons au maximum, ma respiration est tremblotante et mes mains sont moites, quand je crache finalement le morceau.

— On va se marier.

Je ferme les yeux pour ne pas voir la réaction de mon amie. Un long silence s'impose entre nous et, quand je lève mes paupières, Luna est en train de me fixer, complètement abasourdie.

— Se marier ? Genre, pour de vrai ? Un vrai mariage ?

Je grimace.

— Ben oui, Luna. Un vrai mariage.
— Mais...

— Mais quoi ?

Nous y sommes. Je l'entends déjà me dire que je suis folle, que je fais une connerie, que c'est trop tôt, pas pour moi… Seigneur, faites que j'ai tort !

— C'est génial !!!

Pardon ?

Luna se lève d'un bond et se penche pour me prendre dans ses bras, jusqu'à presque m'étouffer. À mon tour, je reste un instant surprise par sa réaction. Alors, elle ne me trouve pas tarée d'épouser un mec avec qui tout a été toujours si compliqué et douloureux ?

— C'est vrai ? réponds-je, sous le choc.
— Mais oui ! Oh là là ! J'ai encore envie de te faire un gros câlin !

Soulagée, je la serre aussi contre moi sans lui laisser le temps de respirer.

— Je suis si contente que tu le prennes bien ! crié-je, euphorique.

Mais, au même moment, elle me repousse et écarquille les yeux pour me dévisager. Je ne sais pas ce que je dois lire dans son regard. Surprise ? Incompréhension ? La situation tourne au vinaigre et je ne comprends pas du tout pourquoi.

— Luna ? Est-ce que ça va ?

Elle reste bouche bée face à moi, sans répondre.

— Il y a un problème ? insisté-je en la prenant par les épaules.
— Euh… en fait, je ne sais pas.

OK, cette fois, il y a bel et bien quelque chose qui cloche.

— Mais parle-moi, qu'est-ce qui te perturbe ? Tu avais l'air si heureuse à cette annonce et tout à coup tu…
— Oh non ! Ce n'est pas le mariage !

Tous mes muscles se décontractent en même temps, et je me laisse tomber sur ma chaise de soulagement.

— Alors quoi ?
— Kathleen, pourquoi ton ventre vient-il de me donner un coup de pied ?

Oh.

— Je… un coup de… quoi ? bégayé-je, probablement écarlate.

Je ne voulais rien lui cacher, mais je comptais y aller tout doucement, pour ne pas que cela fasse trop en une seule fois. Sauf que là, je n'ai plus le choix, et comme je n'ai pas réfléchi à la façon de le lui annoncer, je suis paniquée. Mon cœur bat à mille à l'heure, tous mes sens sont en alerte, mes oreilles bourdonnent. Comment vais-je me sortir de ce bazar sans trop la brusquer ?

— Kath, enlève ton gilet difforme ! crie-t-elle en tirant sur le tissu.

Sans comprendre pourquoi, je me braque et croise les bras sous ma poitrine pour faire barrage.

— Quoi ? Non, j'ai froid !

Ouais, j'aurais pu trouver mieux, mais franchement… à quoi bon ?

— T'es venue me dire quelque chose d'important, mais mon instinct me dit qu'il n'y a pas que le mariage que tu m'as caché ! Enlève ça, tout de suite ! m'ordonne-t-elle.

Je n'ai pas le temps de me défendre, elle me force à me lever et défait la ceinture de mon gilet, ce qui a le mérite de lui donner une vue parfaite sur mon petit ventre arrondi, bien moulé dans un top rouge.
Je plaque une main sur mes yeux pour ne pas avoir à affronter les siens et me rassieds sans un mot.

— Bon, ben voilà… murmuré-je.
— Ben merde alors, t'es enceinte ! s'exclame-t-elle, le timbre empreint d'une joie à laquelle je ne m'attendais pas.

Lorsque je perçois l'engouement dans sa voix, mes yeux se reportent immédiatement sur elle. Je crois que je pourrais pleurer d'un moment à l'autre. Foutues hormones !

— De cinq mois et demi, avoué-je.

Elle ouvre grand la bouche, sans quitter son sourire radieux.

— Mince… ça, c'est une sacrée nouvelle. Je suppose que c'est aussi la véritable raison de l'altercation entre Noa et Braxton ?

Perspicace… en plus d'être curieuse !

— Oui. Il fut une courte période où j'ai déconné grave. J'ignorais qui était le père et pour qu'il me laisse tranquille, j'ai fait croire à Braxton que j'avais avorté. (Luna entrouvre les lèvres pour dire quelque chose, je la somme de se taire en dressant une main entre nous.) Oui, oui ! Je sais, j'ai été idiote, garce et égoïste !

Luna hausse les sourcils.

— Non, pas du tout. J'allais juste te demander si maintenant tu savais qui était le père ?

Une longue expiration permet à la pression de redescendre dans mes artères, il faut vraiment que je me détende. Ma sœur de cœur est bien la dernière personne qui me dira des horreurs en apprenant celles que j'ai traversées !

— Pardon. Oui, Noa m'a finalement avoué qu'il était stérile. Donc, ça ne peut être que Braxton, à mon plus grand soulagement, me confié-je d'une petite voix.

Ma meilleure amie termine son mojito cul sec et pousse un

long soupir.

— Bon, bon, bon ! Tu sais quand même que je t'en veux, tu es comme une sœur pour moi et pourtant tu m'as caché tout ça ! Tu as traversé ces doutes en solo !

Je me mords la langue, de nouveau assaillie par une immense culpabilité. Il est vrai que j'aurais certainement commis moins d'erreurs si elle avait été là pour me conseiller. Mais j'avais besoin de réfléchir seule. Inconsciemment, j'étais terrorisée à l'idée que ma meilleure amie me juge et me rejette en apprenant que j'ignorais qui était le père de mon enfant. J'avais honte, tout simplement.

— J'allais te le dire, en même temps que j'allais te demander d'être mon témoin ! Je prenais juste mon temps pour…
— Quoi ? m'interrompt-elle. Sérieux ? Moi, ton témoin ? Elle joint ses mains comme si elle assistait à un miracle.
— Ben oui, bourrique ! Qui d'autre ?

À nouveau, elle trépigne sur sa chaise et se lève pour venir me faire un énième câlin. Au moins, son enthousiasme me ravit. J'ai eu tout de même un peu peur de la perdre.

— Si on m'avait dit que tu te marierais, je n'y aurais pas cru ! J'ai trop, trop hâte !
— Oh, ben, tu n'auras pas à attendre longtemps. D'ici quelques semaines, on y sera.
— Si vite ? s'intrigue-t-elle en s'écartant de moi.
— Oui, on n'a pas envie d'un truc princier.
— Ah bon ?

Luna a l'air surprise, mais moi non.

— Ça te surprend, hein ? dis-je, avec un petit rire.
— Ça me surprend venant de ton père, en fait !

Merde. Mon pauvre papa, j'espère tellement que lui aussi saura me pardonner de faire ça sans lui demander son avis. Je prie pour qu'il me comprenne !

Mais en attendant, je dois jouer cartes sur table avec Luna, lui mentir serait une erreur. Elle me connaît trop pour croire à un vulgaire mensonge.

— Écoute…

Je saisis ses mains et l'invite à se rasseoir. Ses iris dans les miens, je ne lâche pas ses doigts et inspire une grande bouffée d'air pour me donner du courage.

— Oui ?
— Mon père n'est pas au courant, ma famille ne sera pas présente le jour J. C'est moi qui ai demandé Brax en mariage. Je pensais bien sûr à un beau et grand mariage de princesse, ce dont rêve mon paternel pour moi, puis… (Je reprends mon souffle, émue.) l'homme que j'aime a failli mourir. Je ne veux plus perdre de temps et…

Un sanglot noie mes paroles. J'essuie une larme qui perle malgré moi sur ma joue. Tout est encore si récent, je crois que la mort du père de mon enfant me terrifie davantage que la mienne.

— Et il y a aussi son passé, c'est ça ? complète Luna.

J'acquiesce tristement en pensant qu'on pourrait me l'enlever à jamais.

— J'ai peur qu'un jour, tout ça nous rattrape. Qu'on ne puisse plus réaliser nos projets, alors je veux qu'on se marie maintenant, me confié-je.

Luna semble comprendre ce que je ressens.

— D'accord, chérie, si tu es heureuse, je le suis également ! se résigne-t-elle, non sans une certaine émotion dans la voix.

C'est comme si on m'enlevait un poids immense, sa bénédiction me fait un bien fou.

— Tu comptes beaucoup pour moi, et ton approbation aussi, soufflé-je, plus détendue.
— Je désire juste ne plus te voir pleurer, alors si c'est la solution, que j'aille dans ton sens ou pas, cela n'est pas important. Je serai de toute façon toujours là pour toi.
— Ça l'est pour moi, Luna, insisté-je.

Ma comparse me sourit en commandant une nouvelle tournée, alcool pour elle et jus de fruits pour moi. Je respire de nouveau normalement et à en juger par les mouvements de mon bébé, qui prend mes reins pour un trampoline, il faut croire que ma bonne humeur est communicative. Je ris intérieurement, me disant que Braxton aurait adoré sentir ses petits coups de pied réguliers, et puis je me demande ce qu'Andrew et Cassidy ont pensé de cette annonce. Même si j'ai une petite idée de leur réaction, je ne peux pas m'empêcher d'être inquiète.

— Tu as l'air fatiguée, est-ce que ça va ? s'inquiète Luna alors que le serveur dépose notre commande.
— Un peu, le bébé me transforme en essoreuse à salade. J'ai le dos en compote.

Ma sœur spirituelle esquisse un petit sourire attendri en lorgnant mon ventre par-dessus la table, tandis que je le frotte doucement.

— La prochaine fois, on devrait se voir chez toi, comme ça, tu pourras t'allonger, d'accord ? me propose-t-elle, pleine de bonnes intentions.
— Allez, vendu ! m'exclamé-je. En attendant, on a quelque chose à fêter, non ?

Nous échangeons un regard complice.

— Oui, trinquons à ton mariage et à ton bébé !

Un frisson me parcourt, lorsque je prends conscience du tournant qu'a pris ma vie en si peu de temps. Je vais devenir mère et on va pouvoir m'appeler : « Mme Miller » … C'est comme un rêve éveillé ou, mieux encore, un putain de paradis sur terre.

— À nos vies qui changent ! ajouté-je, enjouée.

Je plonge mes yeux dans le doré de ceux de ma copine

préférée et tends mon verre dans sa direction. Toute la bienveillance et la douceur que je ressens m'apaisent. Et, sans me quitter du regard, Luna articule :

— À notre amitié, ma sœur.

Chapitre 7

Braxton

Il est dix-sept heures, campé devant l'appartement de Kathleen, j'attends qu'elle m'ouvre. Après toutes ces révélations faites à Andrew et Cassidy, hier soir, je me sens léger. Leur réaction était à la hauteur de notre amitié, et j'ose espérer qu'il en a été de même pour Kathleen et Luna.

Tandis que je trépigne sur le paillasson, j'entends le bruit de ses pas sur le seuil, et mes pulsations cardiaques s'accélèrent. Lorsqu'enfin, elle apparaît dans l'encadrement, bien qu'elle soit surprise de me trouver ici, son sourire s'illumine. J'entre sans réfléchir, claque la porte et me jette sur ses lèvres. Prise de court, elle s'agrippe à mes poignets dès lors que mes mains se plaquent sur ses joues. Ma langue force le barrage de sa bouche et je l'embrasse jusqu'à ce que le souffle me manque. Quand je m'écarte légèrement, je lis combien ma présence lui fait plaisir, et cette lueur dans ses yeux me fait me sentir comme un dieu.

— Bonjour, murmure-t-elle. Je croyais que je te rejoignais chez toi dans deux bonnes heures, j'ai mal compris ?
— Je tournais en rond. J'avais envie d'être avec toi,

maintenant. Désolé.

Aussitôt, je recommence à picorer sa bouche, tout en descendant le long de son épaule, puis sur sa clavicule fragile et enfin le haut de sa poitrine. Kathleen plonge ses doigts dans mes cheveux en déposant des baisers partout sur mon visage.

— Je vois ça, mais ne t'excuse pas, je suis contente que tu sois là.
— J'espère bien que tu l'es…

Et je continue de tracer un chemin avec ma langue sur son épiderme, en faisant glisser l'une après l'autre les bretelles de sa robe stretch pour la regarder tomber à ses pieds. Mon cœur s'emballe en la voyant seulement vêtue d'une lingerie fine rouge carmin qui la rend encore plus sublime.

— Magnifique, tu es… magnifique, soufflé-je avec un sourire en coin. Je la tourne dos à moi et me plaque contre elle.
— Tu fais ce que tu veux de moi, tu en as conscience quand même ? ricane-t-elle.
— Comment ça ?
— Tu débarques à l'improviste, tu te jettes sur moi, tu me déshabilles, et je me laisse faire. Comme c'est commode pour toi de profiter de mes hormones en ébullition !

Je ris tout contre son oreille. Bien qu'elle ait en partie raison et que je la désire en tout temps et toute heure, lui retirer ses vêtements ne me permet pas que de lui faire l'amour, mais aussi de pouvoir être en contact direct avec la chair de ma chair, mon enfant à venir.

Sur son ventre arrondi, je galbe ses formes de mes mains et plonge mon nez dans son cou pour mieux la respirer, enivré par ce moment unique.

— Comment va mon bébé ? demandé-je d'une voix douce et suave.
— Lequel ?

Elle rit, j'accentue la force de mon étreinte et murmure :

— Les deux.
— Parfaitement bien, et toi ?

Kath trémousse ses jolies fesses contre mon érection naissante en se collant davantage à mon buste. Tout en dégageant quelques mèches de ses cheveux, je dépose mes lèvres sur sa peau et ricane.

— Maintenant, très bien, mais j'ai hâte que tu envisages de venir vivre totalement à la maison.

Tout son corps se tend, et je la sens surprise. Moi aussi, un peu. Car je comptais lui en parler au cours du dîner, pas là, au milieu d'un couloir alors qu'un million de pensées indécentes me traversent l'esprit.

— Vraiment ? finit-elle par demander, sans changer de position.
— Bien sûr, on va se marier, non ? Alors… tu dois partager mon lit chaque nuit, c'est la loi, chère mademoiselle Anderson.

Elle s'esclaffe et se retourne, un sourire au coin des lèvres. Les mains posées sur mon thorax, elle arrime le bleu-vert magnifique de ses yeux aux miens.

— Bien entendu, c'est uniquement pour respecter la loi, me charrie-t-elle. On sait tous les deux que de partager ton lit avec moi chaque soir te demande un effort surhumain !

Ah, Kathleen… Si tu savais que, si cela ne tenait qu'à moi, tu n'y passerais pas que tes nuits, mais aussi tes journées !

— Disons juste que c'est un arrangement qui me ravit. Vraiment beaucoup, beaucoup, beaucoup, chuchoté-je en faisant glisser mes mains jusqu'à ses fesses.

Sa peau se couvre de frissons, et elle réduit le peu de distance qui nous sépare encore.

— Et alors ? Andrew et Cassidy ?
— Je pense qu'Andrew a frôlé l'infarctus environ dix fois, dis-je en riant. Mais ils sont comblés. Et de ton côté ?
— C'est un peu pareil, m'apprend-elle.
— Même pour le bébé ?

Ma jolie blonde acquiesce.

— J'angoissais pour rien. Luna est vraiment super impatiente, pour tout.

D'un coup, c'est comme j'étais une cocotte-minute à laquelle on retirait toute la pression, je me détends complètement, je me sens simplement... heureux. C'est bizarre, je me rends compte à cette minute même combien le stress et mes peines pesaient sur mes épaules, et à quel point cette sensation de plénitude m'avait manqué.

— Parfait, maintenant, si tu le permets, j'aimerais juste...

Je tente de faire glisser l'une des bretelles de soutien-gorge de Kath, mais elle m'en empêche en retenant sa main dans la mienne.

— Attends... souffle-t-elle.

Étonné, je braque mes yeux dans les siens.

— Quoi ? m'offusqué-je.
— Il reste quand même une personne, et pas des moindres.

Il ne me faut pas dix ans pour comprendre de qui elle parle. Un bref sourire aux lèvres, j'abandonne l'idée de déshabiller complètement ma fiancée et baisse la tête.

— Lily, lancé-je sans la regarder.
— Eh oui, ta fille, mon amour !
— Mais elle t'adore. Je ne m'inquiète pas, réponds-je en reportant mon attention sur elle. Le week-end prochain, elle sera là et comme je compte bien à ce que tu déménages dès ce soir à la maison, au moins en partie, on lui dira à ce moment-là, d'accord ?

Je tente de la rassurer et caresse sa chute de reins du bout des doigts, même si moi aussi, j'ai un peu peur, difficile de le nier.

— Oui, mais j'ai quand même la trouille, me confie-t-elle.

Je m'écarte un peu de Kathleen pour soutenir son examen.

— Elle a 6 ans, elle ne va pas te manger !
— Mais… c'est elle, la première femme de ta vie, Braxton ! s'exclame-t-elle en nouant mes mains aux siennes. Je ne veux pas qu'elle s'imagine que je souhaite prendre sa place, ou un truc de ce genre !

Bien que je reste persuadé que Kath s'inquiète pour rien, je ne peux pas m'empêcher de garder dans un coin de ma tête, la possibilité que Lily réagisse mal. Après tout, elle est encore jeune et elle pourrait interpréter tout cela de travers. Je ne sais pas… De toute façon, pour le moment, je dois juste rassurer Kathleen, sinon l'angoisse va la ronger jusqu'au week-end prochain. Alors, tout en la lovant contre moi, je pose une main sur son ventre et me concentre sur elle, exclusivement.

— Vous êtes toutes les deux les premières femmes de ma vie, et si notre bébé s'avère être une fille, elle le sera aussi. Ma mère, malgré le fait qu'elle n'ait eu qu'un enfant, disait que le cœur d'une maman est élastique. Je pense que pour moi, c'est pareil. Mon cœur de papa et de mari sera toujours assez grand pour vous aimer tous, et de toutes mes forces.

Une larme de Kathleen tombe sur ma main, et alors que je retrouve ses yeux, elle me sourit.

— Tu pleures, constaté-je en essuyant sa joue.
— C'est encore ces hormones à la noix... Pardon, bredouille-t-elle en détournant le regard.

Mais je retiens son menton dans ma main et l'empêche de fuir.

— Ne t'excuse pas, dis-je alors qu'elle tourne enfin la tête vers moi. Kathleen, je t'aime.

À ces derniers mots, je la sens s'agripper de plus belle à moi et mon cœur galope à une allure dingue dans ma cage thoracique. Cette nana a été ma déchéance, ma démence, et aujourd'hui elle est mon avenir. Si on me l'avait prédit...

— Moi aussi je t'aime, Braxton. Être ta femme et la mère de tes enfants, c'est un tel bonheur pour moi, jamais je n'aurais cru avoir droit à ma propre vie, ma famille, mon mari et tout ce qui s'y rapporte. Tu m'offres tout cela aujourd'hui, alors que ça fait à peine plus d'un an que je suis tombée amoureuse de toi. Depuis, on a fait tellement de chemin. Je suis fière d'être celle qui partage ton quotidien. Et il en sera de même pour cet enfant, Brax, je sais déjà que tu l'aimeras autant que tu nous aimes, Lily et moi. Parfois, j'ai la sensation que tu n'es pas réellement à moi, que je ne te mérite pas. Voilà vraiment l'homme que mon cœur a choisi ? Gentil, attentionné, paternel et... le meilleur coup de ma vie ?

Nous rions en chœur sur ses dernières paroles.
Pendu à ses lèvres du début à la fin, j'ai presque eu l'impression que mon rythme cardiaque ralentissait pour se

calquer sur celui de sa voix. Chacun des mots qu'elle a utilisés pour s'ouvrir à moi a su percer mon âme et me mettre à nu. Kathleen me rend fébrile et amoureux, mais également fragile. Et même si, parfois, cela me fait peur d'être ainsi avec elle, aujourd'hui, je sais aussi que c'est justement cette fragilité qui fait notre force.

— Tu es aussi « le meilleur coup de ma vie », mon ange, avoué-je tendrement en caressant son ventre.

Soudainement, un soubresaut cogne contre ma paume. Surpris, heureux, je relève la tête pour questionner Kathleen, le regard plein de larmes.

— Notre bébé dit bonjour à son papa, me répond-elle, radieuse.
— Tu sais qu'on parle de toi, on dirait, soufflé-je sans retirer ma main, un sourire béat aux lèvres.

Le rire mélodieux de Kath résonne jusqu'à l'intérieur de moi et déclenche le mien. Je déplace lentement mes doigts pour chercher la présence de mon enfant, quand un second coup de pied vient à ma rencontre. Une vague de frissons m'envahit. J'ai chaud, froid, je tremble, j'ai envie d'exploser de joie, de me marrer, puis de fondre en larmes. Je crois que c'est comme ça qu'on imagine l'euphorie la plus totale.

— Je ne me lasserai jamais de m'émerveiller devant cette toute petite chose, avoué-je, la voix éraillée par l'émotion.
— C'est pareil pour moi, j'ai veillé tard cette nuit, pour sentir ses coups. J'adore ça.

À ses mots, j'étreins ma Beautiful, songeur. Elle s'y blottit volontiers, tandis que mes pensées vagabondent...

Cela me rappelle la grossesse de Callie. Alors que j'avais hâte de prendre ma fille dans mes bras, mon ex-femme m'avait quasiment interdit de toucher son ventre jusqu'au terme. Je n'ai eu vraiment conscience de l'existence de ma paternité qu'à la naissance de Lily, quand j'ai enfin pu la bercer et lui fredonner des chansons. Je suis heureux que les choses se passent différemment avec Kathleen, bien que je n'en sois pas surpris. Quand sa main se pose sur la mienne pour la déplacer là où notre enfant continue sa danse effrénée, elle coupe court à mes souvenirs. De retour au présent, je serre davantage ma future femme dans mes bras et susurre tout contre son oreille :

— C'est dingue, je l'aime déjà si fort...

Chapitre 8

Braxton

— Mais, papa ! Allez, dis-moi, c'est quoi ma surprise !

Je ricane en regardant Lily bouder à travers le rétroviseur intérieur de la voiture de société. Elle me lance des éclairs avec ses grands yeux bleu turquoise, en retroussant son petit nez adorable.

— Ça n'en sera plus une, si je te le dis, mon cœur, me justifié-je en secouant la tête, amusé.

J'ai été la chercher à l'école et ai eu la mauvaise idée de lui avouer qu'une surprise l'attendait chez nous. La surprise étant Kathleen, je pense qu'elle lui fera très plaisir, si je ne vends pas la mèche avant notre arrivée, bien entendu ! Lily sait se montrer persuasive, alors je me méfie !

Quand nous nous garons enfin, je soupire de soulagement d'avoir réussi à tenir ma langue malgré ses multiples tentatives pour me tirer les vers du nez. Nous montons les escaliers, mais ma fille montre toujours autant d'impatience lorsque nous atteignons la porte d'entrée.

— Alooors, dis papa, dis, dis, dis ma surpriiise ! s'exclame-t-elle en trépignant d'impatience.
— Je suppose que c'est moi, la surprise ? questionne une voix près du canapé.

Nous nous retournons et découvrons Kath, assise sur le sofa.

— Kathleeeeen ! s'écrie Lily en courant vers elle pour lui sauter dans les bras.

Je remarque que ma Beautiful a pris soin de camoufler son ventre à l'aide d'une épaisse veste en laine. Bien que j'apprécie ce geste, je ne souhaite plus attendre une seconde de plus pour tout avouer à ma petite fille. Après avoir échangé un regard amoureux avec ma fiancée, je m'assieds à côté de Lily, qui se retrouve maintenant entre Kath et moi.

— Mon chaton, il faut qu'on te parle de quelque chose de très important, commencé-je.

Lily hoche la tête en balançant ses jambes d'avant en arrière.

— Vas-y, je t'écoute, papa !
— Eh bien, déjà, j'aimerais savoir si ça te ferait plaisir que Kathleen habite ici, à la maison.

Presque instantanément, les yeux de ma petite fille s'illuminent comme des guirlandes de Noël.

— C'était sûr, non ? J'adore Kathleen, répond-elle, comme si j'avais posé une question absurde.

Ma jolie blonde et moi-même rions en chœur, mais je peux lire la lueur de bonheur qui brille dans le regard de Kath, même si elle n'en dit rien.

— Alors…

Alors, sortez les pagaies, je rame complet !

— Oui, papa ? s'impatiente ma fille.
— Si Kathleen et moi nous nous marions, est-ce que tu serais… heureuse ?

Je ferme les yeux en attendant la réponse de Lily. Mon sang bouillonne d'anxiété dans tout mon corps, j'ai l'impression que je pourrais m'évanouir d'un instant à l'autre tant j'ai peur que les craintes de Kath s'avèrent réelles.

— Un vrai mariage ? Avec une belle robe, des fleurs et des bagues ? demande-t-elle, l'air perplexe qui n'aide pas mon trouillomètre à redescendre.
— Oui, Lily. En quelque sorte, avec Cassidy, Andrew et Nina, explique Kathleen, voyant que je manque de tourner de l'œil.

Il n'y a bien que ma fille pour me mettre dans un tel état, je n'assure vraiment pas une cacahuète !
Un long silence s'installe. J'attends, angoissé, terriblement

angoissé, tandis que Lily semble toujours en pleine réflexion.

— Alors… oui ! Je crois que j'adorerais ! Mais je veux une robe, moi aussi !

Bon sang de bois. Cette enfant me tuera.

Je m'esclaffe, sûrement le contrecoup dû aux émotions récentes, et Lily me regarde comme si j'étais devenu dingue. Puis, c'est au tour de Kathleen d'être emportée par un fou rire monumental.

— Je pense que cela peut s'arranger pour la robe, arrive à dire Kath, entre deux rires.

La complicité à laquelle j'assiste entre elles me bouleverse. Comme un coup de foudre au sens propre, une claque, un raz-de-marée qui me frapperait en pleine gueule, et je sens de nouveau cette foutue hypersensibilité qui me fait monter les larmes aux yeux.
Consciente de mon état, ma fille grimpe sur mes genoux pour déposer un bisou sur ma joue.

— Pourquoi tu es triste, papa ?

Et son innocence finit de me chambouler.

— Papa est heureux, Lily. Parfois, on peut pleurer quand on est heureux, mais ça n'arrive que lorsque le bonheur déborde de tout notre corps. Et alors, on pleure. Ça n'a rien à voir avec de la tristesse, promis, la rassure Kathleen, toujours aussi bienveillante.

Tandis qu'elle l'écoute attentivement, ma petite fille prend la main de Kath, puis la mienne, et les pose chacune sur ses genoux, avant de nous regarder tour à tour.

— Alors, on peut être une famille, pour de vrai ?

Elle demande cela avec tant de sincérité que je sens les frissons s'infiltrer sous ma peau pour rejoindre mon cœur. Putain, j'aime tellement ce que je suis en train de vivre !

— Nous en sommes déjà une, ma chérie, réponds-je, malgré les émotions qui m'empêchent presque de parler.
— Oui, mais Kent est parti de la maison de maman, alors je ne veux pas que toi aussi, tu perdes ta fée, papa.

Kath et moi nous regardons, tous deux étonnés. C'est vrai que je ne croyais pas vraiment que Kent Doherty et Callie étaient faits l'un pour l'autre et vivaient le grand amour, mais je n'imaginais pas non plus qu'ils se sépareraient si vite. Tout ce que j'espère, c'est que Callie pense à Lily et ne lui présente pas tous les types pour lesquels elle a des béguins.

— Je ne partirai jamais, Lily, tu as ma parole, assure Kathleen en resserrant ses doigts autour de ceux de ma fille.

Puis, elle se met à pleurer à chaudes larmes. Encore les hormones, je suppose. Mais ça la rend tellement craquante… que ça me fait fondre. Très vite, Lily comprend la situation et se jette au cou de Kath pour lui faire un énorme câlin.

— Toi aussi tu es heureuse, c'est pour ça que tu pleures, Kath ?

Je me retiens de rire, en accordant un clin d'œil à ma Beautiful pour qu'elle comprenne qu'il est temps de dire le plus important à Lily.

— En partie, ma chérie, commence-t-elle. Mais surtout parce qu'en ce moment, je suis très sensible.

Ma fille arque un sourcil en dévisageant Kathleen.

— Ah bon ?
— Oui, ma puce, parce que... bredouillé-je, pris d'une soudaine panique. Dis-moi, ça te plairait d'avoir une petite sœur ou un petit frère ?

Lily se lève brusquement, debout sur le canapé, les yeux remplis d'étoiles.

— Pour de vrai ?! Quand ? Dis-moi ! s'enthousiasme-t-elle en sautant à pieds joints.

En voyant sa réaction à cette simple question, mon rythme cardiaque s'accélère.

— Tu aimerais ? insisté-je.
— Oui, oui et ouiiii ! On pourra jouer, se raconter des secrets, et je ne m'ennuierai plus les jours où il pleut !

Mon cœur de papa se liquéfie littéralement. Rien ne pouvait

me faire plus plaisir que de rendre Lily si heureuse. Au même moment, je regarde Kathleen ôter sa veste.

Elle saisit alors la main de ma fille et la pose sur son ventre tout rond. Ma petite brunette ouvre la bouche, estomaquée.

— Tu vois ma Lily, explique Kath. Ici, il y a un bébé qui grandit.

Les yeux émerveillés de la chair de ma chair manquent de me faire chialer de nouveau. J'ai une chance incroyable d'avoir rencontré Kathleen, elle est si douce, si belle, si parfaite autant avec moi, qu'avec Lily, que je l'aime encore plus à chaque minute qui passe.

— Mais alors, c'est comme tata Cassidy ?
— Oui, réponds-je. Sauf que là, c'est le bébé de Kathleen et papa, mon cœur.
— HAAAAN ! Mais je suis trop contente ! s'écrie Lily en mettant ses mains sur ses joues. Et, c'est un bébé garçon ou un bébé fille ?

Je souris, soulagé, touché dans ma fierté de papa poule.

— C'est un peu tôt pour le savoir, mais quand tu reviendras, dans deux semaines, ce sera le moment du mariage, et on pourra alors te montrer une photo du bébé dans le ventre de Kath et te dire si tu auras une petite sœur ou un petit frère, expliqué-je en tentant de me contenir.

Lily m'écoute avec attention, comme absorbée par cette nouvelle.

— Tu préférerais quoi ? questionne ma Beautiful.
— Hum, une petite sœur pour jouer aux Barbies !

Je me marre encore et lance :

— J'en étais sûr !

Puis, je prends ma fille contre moi et dépose un gros bisou sur son front. Elle enroule ses bras autour de mon cou et de celui de Kathleen pour nous serrer de toutes ses forces en murmurant « je vous aime trop ». Une nouvelle larme coule sur ma joue, malgré moi.

Mon ego de mâle s'est définitivement ratatiné au fond de mon estomac, c'est certain ! Mais à cet instant, ça ne m'importe pas. Je sais que j'ai réussi ma vie. Quoi qu'il advienne du futur, rien ne pourra jamais me rendre plus heureux. Tout simplement, parce que je l'ai, cette famille dont j'ai toujours rêvé…

Chapitre 9

Kathleen

Pour Braxton et moi, c'est un grand jour, le plus fort jusque-là de toute notre vie. Il a pris sa journée pour m'accompagner à l'échographie des six mois de grossesse. Encore trois, et nous pourrons enfin serrer notre enfant dans nos bras, voir son sourire, entendre ses gazouillements… Je ne peux qu'être heureuse en y songeant.

Tous deux assis dans la salle d'attente de la clinique, nous sursautons quand la gynécologue nous appelle. Une fois dans son bureau, elle m'invite à m'installer sur la table d'auscultation. La pièce est froide, plongée dans le noir, comme d'habitude. Seule la lumière de l'échographe éclaire partiellement les lieux. Je retire mes vêtements et m'allonge, à la fois anxieuse et impatiente. Le médecin commence à étaler le gel glacé sur mon ventre, qui, au passage, devient vraiment proéminent !

Je me demande un instant comment je vais pouvoir continuer à cacher ma grossesse à mes parents. Mais, je me suis juré que rien ne viendrait ternir cette journée. Alors, j'occulte toutes ces pensées inquiètes et inspire un grand coup pour me détendre.

Les yeux rivés sur l'écran encore noir, j'attends que mon enfant apparaisse. Mon cœur bat à cent à l'heure, je ne sens plus mes jambes, couchée sur cette surface dure et inconfortable. Pourtant, je ne voudrais être ailleurs pour rien au monde.

Braxton glisse sa main dans la mienne et m'extirpe de ma transe. Quand je le regarde, il hoche la tête en direction du moniteur, et c'est là que je le vois.

Notre petit bébé d'amour.

Je reporte un instant mon attention sur mon futur mari, un sourire radieux aux lèvres. Je lis un peu d'embarras dans ses yeux, mais surtout beaucoup d'émotion. Cette gêne ne m'est pas destinée, bien sûr. Brax est relativement pudique sur ses sentiments depuis que nous nous sommes retrouvés, et je sais pertinemment qu'à cet instant, il désirerait pouvoir partager à cœur ouvert ce qu'il ressent, mais comme nous ne sommes pas seuls, il se contient.

Tandis que ses doigts augmentent leur pression autour des miens, je sens les larmes me monter aux yeux. Je n'aperçois que les reflets noir et blanc de mon bébé, ses traits, qui à chaque consultation ne cessent de se dessiner un peu plus précisément, me font l'aimer davantage de jour en jour.

— J'adore te voir sourire ainsi, chuchote Brax en déposant un baiser sur ma tempe. Tu es si belle.

Ses mots me font du bien, me rendent heureuse. La gynécologue balade son instrument partout sur mon ventre, et mes yeux admiratifs restent rivés sur l'écran. Puis, doucement, une boule se forme dans mon estomac et remonte dans ma gorge. Je me sens submergée, tout ce que je ressens semble prendre deux fois plus d'ampleur, un véritable branle-bas de combat se joue à l'intérieur de mon corps.

C'est presque éprouvant, et pourtant, je suis sûre d'être simplement... heureuse.

Je pourrais de nouveau mettre cela sur le compte des hormones, mais ce serait trop facile. Même si elles sont certainement un peu responsables de mon état, elles ne sont pas les seules coupables. C'est ce minuscule être de quelques centaines de grammes, c'est l'histoire d'amour folle, insensée, mais si réelle, que je vis avec son père, ce sont les nombreux orgasmes qu'il m'a donnés, les crises de rire, mais de larmes aussi que nous avons partagées, surmontées, qui ont fait de moi, la future mère, la femme amoureuse que je suis aujourd'hui.

— Alors, voyons si nous arrivons à découvrir le sexe de ce petit bébé, déclare le médecin, concentré sur son outil de travail.

Mon organe cardiaque crépite dans ma poitrine, je me sens fébrile, puis brûlante. J'ai hâte, je suis impatiente, je n'arrive presque plus à rester immobile sur cette table. Aujourd'hui, c'est comme une évidence, je suis à ma place. Voilà la vie qui m'attendait quelque part, palpitante, pas toujours facile, éreintante, parfois terrifiante, mais si merveilleuse.

De longues minutes s'écoulent durant lesquelles, nous, ses parents, regardons notre bébé gigoter dans tous les sens. Braxton sursaute en s'enthousiasmant à chaque petite galipette qu'effectue notre enfant, il ne fait même plus attention au médecin. Comme le mien, son bonheur étouffe tout le reste autour de nous, il ne voit que notre avenir, notre famille s'agrandir.

— En tout cas, il est en très bonne santé ce bébé ! Et la maman aussi ! La poche amniotique est saine, la dimension de votre col, mademoiselle Anderson, est très satisfaisante, m'apprend-elle.

Le souffle de soulagement qu'expire Braxton vient caresser mon visage. Je n'imaginais pas qu'il puisse se faire autant de souci pour mon état. Je pense tellement à l'enfant, que j'en néglige sûrement les craintes de son père à mon sujet. Tout en me tournant un peu vers lui, je cajole sa joue et plonge mes yeux dans les siens.

— Bébé, tu t'inquiètes pour moi ?

Il sourit et penche la tête pour épouser la forme de ma main avec sa mâchoire. Puis, tout en se rapprochant légèrement de mon visage, il embrasse les commissures de mes lèvres et murmure « je t'aime », comme s'il s'agissait d'une raison évidente au fait qu'il se fasse du mouron à mon sujet. Trois mots qui me font toujours vibrer de la tête aux pieds, qui m'ont marquée à jamais le jour où il les a prononcés pour la première fois.

Mes parents ne me disent pas souvent qu'ils m'aiment ; Luna et moi ne sommes pas pour les grandes effusions. Alors, lorsque Braxton me dit « je t'aime », quand je lui dis « je t'aime », ce sont des moments uniques qui permettent à mon cœur de battre à un rythme effréné, un rythme qui me rend réellement vivante, et pas seulement en apparence.

Et tout cet amour, toute cette libido incontrôlable me donnent comme toujours des envies de sexe irrépressibles !

D'ailleurs…

À mon tour, n'écoutant plus ma raison, je profite d'un instant où le médecin prend des notes pour demander à Braxton de se rapprocher de moi.

Curieux, il plisse les yeux et un léger sourire se dessine au coin de ses lèvres, sur lesquelles je désire fondre. Il faut que je me calme !

Mon état ne passe visiblement pas inaperçu et semble le faire plutôt rire. Quand enfin, je perçois la senteur suave de son parfum, mélangée aux fragrances de sa peau, je crois me désintégrer comme neige au soleil.

Je m'agrippe à la table d'auscultation et me penche pour coller ma bouche à la barbe naissante de mon homme.

— Si c'est une fille, je m'occupe de ta…
— N'en dis pas plus, m'interrompt-il, son index sur mes lèvres. Et si c'est un garçon ? J'y dépose un baiser et plonge mon regard dans le sien en haussant les épaules.
— Dans ce cas, tu t'occupes de ma…
— Tais-toi, OK ? J'ai compris, c'est d'accord, m'empêche-t-il encore de poursuivre en se réinstallant sur sa chaise avec nonchalance, l'air de rien.

Le père de mon enfant ferme les yeux un instant et secoue la tête d'un air déconcerté, certainement pour s'ôter de drôles d'images de l'esprit, et c'est à mon tour de jubiler.

Puis, je sens l'extrémité de sa main effleurer ma hanche et remonter jusqu'à la courbe de mon sein gauche. Mes paupières s'abaissent, et je respire à pleins poumons pour ne pas gémir.

Gémir, carrément !

Ce ne sont que des doigts, bon sang ! Des doigts vraiment doués, d'accord. Mais quand même…

— J'espère que ce sera un garçon, alors, me glisse-t-il à voix basse.

OK, il fait chaud !

Je me tourne pour le regarder, alors qu'il joue à m'ignorer, un sourire coquin collé à ses lèvres. Puis, tandis que je me mets à glousser comme une gamine, la gynécologue me ramène sur terre.

— Alors, souhaitez-vous connaître le sexe du bébé ?

La température baisse tout à coup. Mon homme s'agrippe à mon avant-bras, alors que le médecin obtient comme par magie, toute notre attention.

Mes pulsations cardiaques ralentissent, j'entends mon souffle se répercuter dans mes tympans, comme si on venait de me plonger la tête sous l'eau. Je ne tiens plus, je veux savoir, pouvoir enfin lui parler comme à un petit mec ou à une princesse.

— C'est vrai ? Vous êtes certaine à cent pour cent de votre diagnostic ? demandé-je, les larmes aux yeux.

Elle nous examine tour à tour avec bienveillance et, après avoir jeté un dernier regard sur l'image de notre bébé, elle déclare :

— Eh bien, oui, vous attendez un petit garçon.

J'ai à peine le temps de passer la porte d'entrée de son appartement que Braxton me soulève dans ses bras.

— Eh ! Mais qu'est-ce que tu fais ? Tu ne devrais pas forcer, tu es encore en convalescence !
— Ah oui ? Tu crois ça ! Je vais te montrer combien je suis malade ! En quelques secondes, nous sommes déjà dans la chambre.
— Tu joues à quoi, exactement ? questionné-je en le bouffant des yeux.
— Et toi, t'aurais pas la dalle par hasard ? ricane-t-il, tout en me déposant sur le lit.
— Je ne vois pas de quoi tu parles.

Bien sûr que si !

— J'ai eu l'impression, pendant l'échographie, d'être une énorme glace à la vanille recouverte de caramel, c'est plus clair ?

J'ai donc été si peu discrète ?

— C'est ce que tu es, mon dessert, affirmé-je en me mettant à genoux sur le lit pour tenter de l'attirer au-dessus de moi.

Mais il me résiste, m'interdisant de le toucher en reposant

mes mains sur mes cuisses l'une après l'autre. Frustrée, mais résignée, je me laisse tomber sur les couvertures et continue de le mater ouvertement.

Impossible de ne pas le faire ! Je dois bien l'avouer : c'est une bombe, ma bombe. Et alors qu'il termine de défaire les boutons de sa chemise un à un sans me lâcher de son regard métallique, presque translucide, j'adopte un air nonchalant et détaché, qui ne montre pas combien je le désire en réalité.

— Tu portes mon fils, alors je vais m'occuper de toi. (Un frisson traverse tout mon corps, je me lèche les lèvres, le laissant bouche bée.) Ça fait trop longtemps, et ça me manque, avoue-t-il en déglutissant.

Torse nu, il tombe à genoux devant moi, et je me redresse encore pour caresser ses cheveux.

— Tu dis ça comme si c'était grave, dis-je dans un souffle.
— Ça l'est.

Il dépose un baiser à l'intérieur de ma cuisse, je tressaille.

— Pas du tout, le rassuré-je.
— Pour moi, si, j'en ai envie, tout le temps.

Et moi donc !

Je le sens tendu, près de l'implosion. Tout en me contentant de sourire, assise sur les couvertures, je l'embrasse une fois, deux fois, dix fois. Sur le front d'abord, puis la joue, l'arête de sa mâchoire, je me penche en avant pour suçoter la peau de son cou avec plus de force que je ne le voudrais. Et très vite, je n'arrive plus à m'arrêter de le goûter, de le marquer au fer, partout. Braxton gémit, s'agrippe à mes épaules, puis ses mains se baladent sur mon ventre à travers ma robe et s'improvisent une visite en dessous, sur mes fesses, entre mes cuisses. Il glisse ses doigts sur ma dentelle et ricane.

— Tu es toute mouillée là-dessous, dis donc.

En harmonie avec ses paroles salaces, je m'écarte de lui et passe mon pouce sur la petite trace noire dans son cou.

— Oups, dis-je sans une once de réels remords dans la voix.

Ses yeux sont sombres, faussement accusateurs, tandis qu'il se rapproche un peu plus du matelas.

— C'est bon, t'as marqué ton territoire, ricane-t-il. Maintenant, tu t'allonges.

Voilà qu'il me donne des ordres !

— S'il te plaît ? ajouté-je, pour le charrier.
— Kathleen ! Tu sais à quel point j'ai envie de toi ? grogne-t-il.

Je suis surprise de le voir à bout de patience. Mais pour une raison que j'ignore, j'aime qu'il soit dans cet état, me dire qu'il me désire, autant que je l'attends, là, juste entre mes jambes.

— Non, mais j'adorerais que tu me l'expliques, continué-je

pour le pousser à bout.

Il soupire et lève les yeux au ciel, ce qui m'amuse davantage.

— Depuis que nous avons quitté cet hôpital, je tente de me remémorer le goût parfait que tu avais sur ma langue, la texture de cette partie si délicieuse de ton corps, l'intensité de tes cris, et tu sais quoi ? C'est trop loin, je ne m'en souviens que trop mal ! Alors, ALLONGE-TOI !

Et il me repousse doucement contre le matelas. Je frissonne quand, sans attendre, ses mains bouillonnantes se glissent sous ma robe et font glisser ma petite culotte. Mon excitation trempe l'intérieur de mes cuisses, imprègne les draps. Ça pourrait être gênant, mais non, au contraire, c'est grisant. Une chaleur grandissante se diffuse dans tout mon corps. Lorsque Braxton m'écarte les jambes sans ménagement, je sursaute et me cramponne aux couvertures.

— Désolé, ma puce.

Sa voix tressaute, je sais qu'il refuse d'être trop brutal du fait de ma condition de femme enceinte. Mais je ne suis pas malade, bordel !

— Ferme-la et continue, balancé-je sans réfléchir.

C'est un peu abrupt, mais c'est exactement ce que je pense. Et même si je songe à m'excuser, je ne le ferai pas. Il ne faut pas oublier qu'il est tombé amoureux de moi, alors que je n'étais qu'une gamine pourrie gâtée et insupportable. J'ai donc le droit de le redevenir de temps en temps, juste pour lui rappeler avec quel genre de femme il s'apprête à signer pour la vie.

— Comme ton insolence m'a manqué, Beautiful, remarque-t-il.
— J'en étais sûre, tu adores que je te remette à ta place.

Mon homme rit. J'aime lorsque nous sommes sur la même longueur d'onde. D'un coup sec, il me rapproche du rebord du lit, jusqu'à ce que l'arrière de mes genoux bute contre l'angle du matelas. Je hisse mes pieds tout contre la boiserie et écarte davantage les cuisses pour m'ouvrir à lui.

Tendrement d'abord, comme une horrible torture, il effleure mes petites lèvres mouillées, mon clitoris trop sensible, avec la pulpe de son pouce. Sa respiration s'emballe quand ses doigts pénètrent entièrement en moi. J'attendais ses caresses avec une telle impatience que j'étouffe de plaisir. C'est un si grand soulagement, bonheur… comme si, avant ça, mon souffle n'était pas normal.

Je jette un coup d'œil en sa direction, complètement enivrée par toutes ces sensations qui me comblent. Son regard fusionne avec son désir, et pourrait bien me brûler la peau tant il est ardent. J'aime qu'il se délecte ainsi, et qu'il ne pense à rien d'autre qu'à me faire du bien.

— Je suis si heureux, ma future femme, mon fils… Putain, ce que c'est bon quand tout s'arrange.

Et il ressort doucement son index et son majeur de mon sexe. Une vague de décharges électriques vient picorer ma colonne vertébrale, m'arrachant un couinement incontrôlé.

— Tu sais ce qui est encore meilleur ? Ta langue, pour autre chose que parler, s'il te plaît, bébé, soufflé-je, impatiente en caressant ses bras.

Autant je suis tentée de lui sauter dessus, autant le provoquer reste ma distraction favorite !

— Oh, mais si je t'ennuie, tu peux le dire, répond-il avec un petit rire.
— Pas du tout, je t'aime de tout mon cœur, mais j'ai juste envie de ta bouche entre mes cuisses, c'est un crime ?
— Demandé comme ça… non, au contraire.

Après ce petit échange, je suis incapable d'assimiler les évènements dans l'ordre. Braxton introduit trois doigts dans ma féminité, je le supplie en soupirant, et une seconde plus tard, sa langue s'active à me faire gémir.

Gémir comme une folle, je dirais même.

Je me redresse, assise au bord du lit, alors qu'il s'enfonce entre mes jambes.

— Qu'est-ce que tu peux être doué… haleté-je, en transe en caressant son épaisse chevelure.

Mes ongles dans ses omoplates, puis mes mains qui se plaquent sur son crâne. Je le sens sourire contre ma moiteur quand il m'entend le complimenter. La tête renversée en arrière, la respiration courte, le cœur révulsé de plaisir, je me serre autour de son cou, alors qu'il me lèche sans retenue.

Très vite, des crampes paralysent mes jambes que je remonte dans son dos, une brûlure délicieuse s'infuse entre mes reins, j'accompagne l'homme de ma vie par des mouvements du bassin, pour qu'il m'en donne plus, toujours plus.

— Putain, Kath, grogne-t-il.

Et il retourne se perdre en moi. Mes poumons semblent devenir incandescents, je suis heureuse, à sa merci, possédée par l'amour qui nous lie. Mais alors qu'il ralentit la cadence, je me sens déjà orpheline. Mes ongles effleurent la naissance de ses cheveux sur sa nuque pour l'empêcher de m'échapper.

— Encore, je t'en prie, tu es si… parfait, soufflé-je, le corps tout entier arqué et tendu, les yeux clos.

Et si, moi, je le supplie, lui ne se fait pas désirer plus longtemps. Sa bouche m'aspire avec toute la volonté du monde, il me mordille, me visite, me fait jouir à maintes reprises jusqu'à m'en faire voir des étoiles. Cet homme a toujours été le seul à réussir à m'étourdir, juste avec du sexe.
Mais comme il me connaît, il sait aussi que je n'en ai jamais assez. Je ne cesse d'en redemander et il s'exécute à chaque fois pour m'assaillir de plaisir.

Cette foutue libido aura notre peau, mais c'est si bon.

Trop, même. Alors, pourquoi devrais-je m'en priver ?
C'est simple, je ne le peux pas, je ne l'ai jamais pu. D'ailleurs, impossible de m'empêcher de penser que lorsqu'il fera l'amour à

Mme *Miller*, et non plus à Melle *Anderson*, ce sera encore meilleur.

Dieu, que j'ai hâte...

Chapitre 10

Braxton

Les jours suivants ont passé très vite. J'ai à peine eu l'occasion de croiser Kathleen, alors qu'elle vit chez moi la plupart du temps. Voilà ce que je me dis : tout n'était-il pas censé être simple ? Il fallait tout de même commander des fleurs, beaucoup de fleurs, réserver une chapelle écartée du brouhaha de la ville et surtout en trouver une disponible. Autrement dit, un vrai casse-tête. Heureusement que Luna a confectionné la robe de Kath. Sans quoi, je n'ose imaginer le nombre d'heures qu'elle aurait dû passer dans les magasins pour choisir « la robe » de ses rêves.

Avec tout ça, nous n'aurons finalement pas de fiançailles. Pourtant, malgré ma tendance à tout vouloir faire dans les règles, du moins celles que mon père m'a inculquées, cette fois je n'y attache pas beaucoup d'importance. Est-ce vraiment un drame, maintenant que nous n'avons jamais été si près du but, de sauter cette étape ? Je ne pense pas.

Ma réaction pourrait paraître surprenante, mais en réalité pas du tout. Finalement, c'est peut-être la preuve que la vie suit son cours, que Kathleen n'est pas la seule à avoir changé. Si elle a grandi, a appris à se confier, je suis aussi devenu plus extraverti et ouvert d'esprit. Ma jolie blonde m'a poussé dans mes retranchements, forcé à voir au-delà de ma zone de confort, emmené là où je ne contrôlais plus rien, et c'est justement derrière cette ligne rouge que j'ai découvert les sensations les plus intenses de toute mon existence. Oui, cette femme est faite pour moi, ça ne fait aucun doute.

Je peine à croire que c'est maintenant, dans moins de quelques heures, à l'intérieur de cette petite chapelle au fin fond de Cincinnati, que nous allons nous dire « oui ». Un frisson d'euphorie me parcourt l'échine. Mon cerveau est sur off aujourd'hui, tous mes gestes, mes réactions, ne sont dirigés que par mon cœur. Pas de questionnement, pas de réflexion. Je vais me marier, et rien ne m'en empêchera, jamais.

Je remercie le ciel d'être né américain, ce qui nous permet de franchir le pas rapidement et en toute intimité. Bien que je sois certain que Kathleen aurait adoré tout organiser, choisir le meilleur traiteur pour le repas, avoir un cortège, décorer une salle, une église, ou peut-être même un palace, elle est également enjouée à l'idée de simplement m'épouser, sans fioriture, ça ne fait aucun doute, et c'est ce qui compte à mes yeux.

Un fin sourire aux lèvres, j'imagine son visage. Parce que ce qui est important pour elle est important pour moi, j'aimerais anéantir tout ce qui peut la faire souffrir, la voir heureuse tout le temps, l'entendre rire, toujours.

— Bon, Roméo, je ne sais pas à quoi tu penses, mais j'ai fini ! s'exclame Andrew, ce qui me sort de mes rêveries.

Mon pote s'est donné pour mission de me faire une coupe de cheveux, je le cite : « digne de ce nom ». Franchement, ma coiffure, c'est le cadet de mes soucis ! Mais comme cela avait l'air de faire plaisir à mon meilleur ami, j'ai accepté sa proposition.

Tandis que je pivote sur la chaise de bureau, face au miroir de sa chambre, j'inspecte mon reflet sous toutes les coutures. Volontairement, je laisse planer le silence. Andrew me jette des coups d'œil, que je lui rends à plusieurs reprises tout en laissant durer encore un peu le suspense… Puis, je me décide :

— Tu sais que t'es pas mauvais, j'ai toujours su que t'avais un petit côté féminin qui ne demandait qu'à s'exprimer ! le charrié-je.

Il me balance un oreiller à la figure et nous rions en chœur.

— Espèce de tocard !

Je me marre de plus belle, quand Cassidy entre dans la pièce.
Mon ami et moi retrouvons tout à coup notre sérieux. Cassy a ce don de matriarche, qui fait que lorsqu'elle pénètre quelque part, toute personne se trouvant dans son orbite se sent obligée de lui montrer une grande marque de respect.

Je me redresse, étriqué dans le costard que Kathleen m'avait offert pour me présenter à ses parents, et regarde mon amie avancer jusqu'à moi. Elle esquisse un sourire timide, puis sort quelque chose de son sac à main.

— Je sais que tu aurais voulu que ta mère soit là, Brax, commence-t-elle, la voix pleine d'émotion. (Je déglutis, sentant déjà mes propres sentiments m'envahir.) Mais, je ne crois pas dire de bêtises, si je dis que nous sommes ta famille, aujourd'hui. Alors, j'aimerais que tu mettes ceci.

Cassidy se hisse sur la pointe des pieds et épingle une rose nacrée au revers de ma veste. Troublé, je me contente de la fixer, sans trop savoir quoi dire.

— Je… euh ?
— C'est celle qu'Andrew portait à notre mariage, m'explique-t-elle enfin. Elle était à James.

James Tillman est le défunt père d'Andrew. Il n'était pas le meilleur des pères, mais c'était son seul parent et il comptait énormément pour lui.

— Sérieusement ? Mais c'est un bijou de famille, je… C'est à Nina qu'il doit appartenir un jour, non ? bégayé-je, ému et gêné.
— Tu es son frère ! me sermonne-t-elle en tapant son petit poing sur mon torse. Alors, il te revient de droit, fin de la discussion.

Le regard dur et sans appel de la femme de mon meilleur ami me déstabilise autant qu'il me touche. Je me tourne maintenant vers Andrew, pour être sûr d'avoir son approbation. Il me suffit d'un coup d'œil pour qu'il me comprenne, comme toujours.

— Je suis entièrement d'accord avec elle, mon pote !

Un ricanement m'échappe. Forcément, il n'a pas intérêt à la contredire !

— Tu n'es pas ma mère, Cassidy, articulé-je en reportant mon attention sur elle. Tu n'es pas non plus ma sœur, puisque tu es la femme de celui qui est comme mon frère. Mais une chose est certaine, tu es bel et bien la meilleure amie que j'aie jamais eue. Alors, merci.

— Je t'en prie.

De haut de sa petite taille, Cassy me serre dans ses bras comme une maman le ferait, et je l'enveloppe à mon tour avec tendresse. J'ai constamment l'impression qu'elle est minuscule face à moi, qui fais facilement deux têtes de plus qu'elle. Et c'est aussi pour cette raison que l'influence et l'autorité qu'elle a sur Andrew et moi m'ont toujours fait sourire.

Quand elle s'écarte, Cassidy essuie une larme sur sa joue. Son mari s'approche et la prend contre lui avant de l'embrasser.

— Il va être temps de partir, m'apprend Andrew. Cendrillon va certainement arriver en même temps que nous à la chapelle.

J'acquiesce, faussement serein, alors que c'est comme si une bombe atomique venait d'exploser dans mon estomac pour éparpiller mon angoisse partout sur les murs de cette chambre.

— OK, allons-y, déclaré-je en quittant la pièce.
— Tu nous rejoins assez vite, mon amour ? dit Andrew, à l'intention de Cassidy.
— Juste le temps de me préparer, tu emmènes Nina ?
— Bien sûr, et ne te fais pas trop belle, il ne faudrait pas que tu fasses concurrence à la mariée ! ricane-t-il.
— N'écoute pas cet idiot Cassy, pomponne-toi autant que tu le veux, il n'en sera que plus heureux et puis, quand il s'agit de Kathleen, la concurrence n'existe pas, avoué-je.
— Merci Braxton, contente de voir qu'il reste quelques

gentlemans sur cette terre ! s'exclame Cassidy, tandis qu'elle disparaît dans son dressing.
— Quoi ? s'offusque son mari. Mais je suis la définition même du gentleman !

J'explose de rire en lui donnant une pichenette derrière la tête et lance :

— Dans tes rêves, oui !
— Pff, vous vous liguez contre moi ? OK, je rends les armes ! Mais tu m'avais bien caché ton âme de poète, mon pote ! Et après, on dira que c'est moi qui ai un côté gonzesse exacerbé ! se moque Andrew.

Un sourire aux lèvres, je soupire en mimant « bla-bla-bla » avec ma main pour qu'il se taise, et le dépasse pour sortir de la chambre. Même si ça le fait marrer, moi, je suis certain que Kathleen aurait adoré entendre qu'aucune autre femme n'existe à mes yeux.

Eh oui, il faut croire qu'aujourd'hui je suis d'humeur niaise !

Je ris intérieurement en y pensant, tandis que nous descendons les escaliers. Une fois dehors, quelques marches nous séparent de sa voiture. J'inspire un grand coup, alors que des papillons virevoltent partout dans mon corps…
Mon meilleur ami m'empoigne par l'épaule et me fait sursauter.

— C'est ce que t'as toujours voulu, non ? L'amour fou, la passion dévorante ! narre-t-il avec exubérance.

— Complètement !

— Alors, arrête de flipper !

— Je devrais, mais je suis un sentimental, tu me le répètes assez !

Andrew rit à gorge déployée, un rire communicatif qui déclenche le mien. Si quelqu'un nous voyait nous esclaffer aussi bruyamment que deux gamins, il nous prendrait certainement pour deux débiles profonds. Mais cet instant aura au moins eu le mérite de me détendre un peu.

— Ouais, c'est ce que je disais là-haut : une vraie gonzesse ! me provoque Andrew en grimpant dans sa Mercedes. Allez, en avant, tu as une femme à épouser et les femmes, ça ne se fait pas attendre, mon frère !

Quand la voiture ralentit à proximité de notre point de chute, c'est comme si on venait de dynamiter les dernières onces de courage qu'il me restait. Le trac me fait vaciller, tandis que je sors du véhicule, hagard, et me retrouve devant la chapelle. Son architecture victorienne et ses voûtes sont impressionnantes. Quelque chose me dit qu'en choisissant cet endroit, Cassidy n'a pas fait les choses au hasard. Elle qui rêvait de nous voir au centre d'un mariage princier, à en juger par le nombre de fleurs blanches qui décorent la place, je devine qu'elle n'a visiblement pas pu s'empêcher d'apporter sa touche de fraîcheur.

Alors que j'examine les lieux, à la recherche de celle qui fait battre mon cœur comme jamais, un petit corps vient brusquement se coller à moi.

— Papa !

Ma fille m'étreint de toutes ses forces, un large sourire aux lèvres. Mais la seule chose que je vois, c'est qu'elle est magnifique. Ma jolie brunette porte une robe rose pâle ceinturée par un énorme nœud blanc. Le haut est orné d'une multitude de fleurs et de strass, tandis que le jupon est fait de tulle, genre tutu. En totale admiration face à la chair de ma chair, je m'accroupis à sa hauteur.

— Lily, mon cœur, tu es absolument superbe !

Elle tourne sur elle-même, puis fait entendre son petit rire de chipie.

— Tu aimes ma robe, alors papa ?
— Je l'adore, tu veux dire ! Tu vas être plus belle que la mariée, c'est certain ! affirmé-je en prenant un air impressionné.

Mais Lily n'est pas dupe. Elle lève les yeux au ciel en soupirant.

— C'est parce que tu ne l'as pas vue, que tu dis ça ! Elle est… WAOUH ! s'exclame-t-elle en gesticulant, très enjouée.

Une nouvelle fois, ma cage thoracique se serre d'anxiété. Une nuée de frissons s'instille dans mes veines à l'idée de découvrir Kathleen en robe blanche. Je suis tellement impatient !

— C'est donc bel et bien la reine des fées cette fois ? questionné-je pour entrer dans son jeu.

Cette histoire, dans la tête de ma fille, n'a pas pris une ride. Elle me la réclame encore souvent avant de s'endormir.

— Oh oui, mais ça, c'était sûr ! me répond-elle, l'air de dire « tu ne m'apprends rien, tu sais ! ».

J'ai à peine le temps de m'attendrir devant son comportement que, déjà, Lily est repartie pour s'amuser avec Nina. Cette dernière porte une robe identique à celle de Lily et tient tout juste sur ses jambes. Je me rappelle des premiers pas de Lily et puis, j'imagine, ceux de mon futur fils, le cœur empli à la fois d'impatience et de nostalgie. Quand j'aperçois Andrew qui revient du parking, je me hâte de le rejoindre avant de faire un malaise.

— Nos filles sont splendides, de vraies princesses, constate mon ami en les regardant chahuter ensemble.

Et puis, j'en viens à me demander d'où sort la tenue dont est vêtue la mienne.

— Ne me dis pas que c'est encore vous qui avez offert ces vêtements hors de prix à Lily ?

Mon pote semble surpris par ma remarque, il fronce les sourcils en rajustant son nœud papillon.

— J'aurais adoré, mais j'ai gardé mon chéquier dans ma

poche cette fois-ci, promis !

— Nina porte la même, tu peux me le dire, je ne me vexerai pas ! insisté-je, sûr de moi.

— Mais non, je te jure que…

— En fait, c'est moi qui ai pris la liberté de leur faire une tenue à chacune, nous interrompt brusquement une voix inconnue et féminine.

Aussitôt, je me retourne et découvre une jeune femme brune à la peau hâlée qui me fixe de ses grands yeux dorés. Elle porte une robe argentée, près du corps et à la façon dont elle me regarde, je devine sans mal son identité.

— Luna, je suppose.

Elle sourit fièrement en croisant ses bras sous sa poitrine.

— En effet, je suis ravie de te rencontrer, depuis le temps que j'entends parler de toi.

Pourquoi ai-je l'impression que le fait d'avoir « entendu parler » de moi n'est pas forcément un compliment ?

— Je peux en dire autant de toi, réponds-je, un peu sur la défensive.

— J'imagine, oui.

La meilleure amie de Kath me dévisage et soutient mon examen comme s'il s'agissait d'un défi et qu'elle voulait me dire « si tu fais encore souffrir ma copine, je t'arrache les couilles ». Je suis certain que c'est exactement le message qu'elle veut faire passer.

— En tout cas, ajoute-t-elle, brisant le silence. Je suis contente que tu rendes Kath heureuse. Même si je n'ai pas toujours porté votre histoire dans mon cœur, tu dois le savoir.

Tout mon corps se tend en l'écoutant. Est-elle sincère ? Ou alors, compte-t-elle tout foutre en l'air au dernier moment ? Je ne peux pas m'empêcher d'être parano, après tout, je ne connais pas cette fille et Kathleen a tendance à s'entourer de gens tellement bizarres ! D'abord, Nicolas le camé, ensuite Noa le type à la gâchette facile. Bref, après m'être mis en danger à maintes reprises, je suis devenu méfiant.

— En effet, je suis au courant. Mais aujourd'hui, c'est différent.

Quelqu'un peut me dire pourquoi je me justifie ?

— Hum, prends soin d'elle, s'il te plaît. C'est tout ce que je te demande, avec tout ce que cela implique, on se comprend.

Luna hoche la tête d'un air entendu et mon cœur cesse de battre un instant. Je me fige sans le vouloir. Fait-elle référence à mon passé ? C'est plus que sûr.

— Je l'aime, affirmé-je. Donc je ferai tout pour la protéger, tu peux me croire.

Alors que je pensais la toucher en avouant mes sentiments concernant sa meilleure amie, la jeune femme demeure de marbre et continue de me regarder, presque froidement.

— Elle compte beaucoup pour moi, alors j'espère que tu dis vrai. Mais… toutes mes félicitations pour ce mariage.

Avant que je ne rétorque, la brune a déjà tourné les talons et est entrée dans la chapelle. Un instant, je reste immobile et dubitatif quant à cet échange. Finalement, je me suis peut-être trompé concernant cette fille. Elle n'a pas l'air d'être la gamine irresponsable que Kath me décrivait. Je m'étais probablement fait une fausse image d'elle, parce que sans le vouloir, je lui reprochais de ne pas accepter ma relation avec sa meilleure amie. Une main qui se pose sur mon épaule me fait sursauter.

— Cassidy, tu m'as fait peur !
— Elle voulait quoi ? me répond-elle en éludant ma remarque.
— En apparence, être gentille. En vrai, elle voulait me prévenir que je n'aurais pas droit à une troisième chance si je brisais le cœur de sa copine.

Elle ricane.

— C'est normal entre amis. J'en aurais fait de même, si je ne connaissais pas Kathleen.

Une sensation agréable m'envahit. Celle de compter pour quelqu'un, pour les autres, pour mes amis. Avoir de l'importance aux yeux de ceux qui le sont aussi pour moi, voilà ce qui m'aide à avancer depuis des années. L'inquiétude et la bienveillance de Cassy me feront toujours l'effet d'un baume apaisant. Durant quelques secondes, je ne ressens plus aucune angoisse, je ne me demande plus si je vais être à la hauteur ou si je mérite cette femme merveilleuse que je vais bientôt épouser.

— Avec ton côté maternel, ça ne m'étonne pas, constaté-je, rieur.
— Tu ne sais pas à quel point tu as raison, soupire-t-elle. Lorsque tu nous l'as présentée, je me rappelle lui avoir dit de ne pas te faire souffrir, ou quelque chose de ce genre.

La mélancolie m'enveloppe soudainement, possessive et forte. Cette époque était douce, presque innocente. J'allais, quelques heures plus tard, demander à Kathleen d'emménager avec moi, d'acheter cette maison avec moi, de construire sa vie avec moi. Parfois, je voudrais revivre certains de ces moments, parce que de par leur unicité, ils font partie de ces souvenirs qui me sont précieux.

— Et elle t'avait répondu quoi ? soufflé-je, le regard vague.
— Hum, elle avait dit « je suis folle de lui, je te rassure ». (Cassy rit légèrement et passe son bras sous le mien.) C'est à cet instant que j'ai arrêté de m'inquiéter pour vous. J'ai senti qu'elle était sincère, qu'elle t'aimait, me confie-t-elle en posant sa joue contre mon biceps.

J'inspire et expire doucement, tandis que nous marchons en direction du prieuré. Une nouvelle fois, Cassidy sait exactement quel genre de souvenirs me rappeler pour me détendre. C'est ça qui fait d'un ami un être unique, sa capacité à trouver quoi dire, quoi faire en toutes circonstances, pour nous faciliter la vie.

— C'est quand même incroyable qu'on en arrive à se marier en cachette, juste parce que ma fiancée a peur que j'aille en taule avant de l'épouser, grogné-je, désabusé.

Mais Cassidy me freine net dans ma course et se plante devant moi.

— T'as fait des erreurs, certes. Mais on en a tous fait, OK ? Alors, arrête de penser à ça ! Tu vas être papa, tu t'apprêtes à passer la bague au doigt de celle que tu aimes, ta future femme est une bombe ! Wow ! Reprends-toi, Miller !

Cassy me secoue légèrement, et je ris comme un enfant.

— Oui, maman, la charrié-je.
— Tais-toi donc, au lieu de dire des conneries, et viens. Tu ne vas pas quand même pas faire attendre la future Mme Miller ?

Je tends le bras à ma meilleure amie sans ajouter un mot, mais le sourire aux lèvres. Quand elle s'en saisit, je poursuis mon avancée vers les portes de la chapelle. Puis, tout en me rapprochant du but, le cœur battant, les mains moites, je me demande ce qu'ils ont tous avec l'idée de ne pas faire languir la mariée. Après tout, elle ne va pas s'enfuir... *Enfin, j'espère !*

Chapitre 11

Braxton

Lorsque je pénètre dans la chapelle, avec Cassidy à mon bras, mon regard est instantanément attiré par la voûte agrémentée de peintures extraordinaires et les immenses vitraux ancestraux. Magnifiques, d'une beauté froide, comme ce lieu. La température qu'il y fait est en total contraste avec la chaleur humaine qui émane du peu de personnes présentes ici.

Une poignée, mais les seuls qui me sont réellement indispensables. Je me sens bien, enfin je crois. Si on occulte la poitrine qui serre, le ventre qui se tord et ma difficulté à respirer. Les muscles tétanisés, la goutte de sueur qui se fraie un chemin entre mes omoplates. Ouais, je vais bien. Quelle question ! Je vais épouser Kathleen.

Ma reine, putain.

Tout en y songeant, je la cherche du regard. Apparemment, elle est arrivée avant moi, pourtant, je ne la vois pas.

— Elle est où ? chuchoté-je à Cassidy.

Mon amie rit doucement.

— Tu ne croyais quand même pas qu'elle allait t'attendre sagement et seule devant l'autel, si ?

Je ris à mon tour. Non, cette femme est trop surprenante pour se comporter normalement.

— Ce serait bien mal la connaître, en effet, plaisanté-je.

Nous arrivons au bout de l'allée, quand Cassidy relâche doucement mon bras.

— Alors patience, murmure-t-elle avant de s'installer près de son mari.

Et elle me laisse là, planté au beau milieu de cette église, perdu comme un gosse qui se serait égaré dans un supermarché. La panique me gagne, je regarde partout nerveusement. C'est d'abord les yeux de Lily qui m'attirent. Bleus, étincelants. Même si elle se tient tranquille, je vois bien que mon bonheur est communicatif. J'aime ma petite fille à en crever, ça ne fait aucun doute, et l'avoir ici est de loin le plus beau cadeau de mariage que l'on pouvait me faire.
Ensuite, très vite, je reçois en masse et en pleine figure la bénédiction, la fierté, l'assurance de nos proches.
Le prêtre me fait finalement signe de le rejoindre. Un dernier coup d'œil autour de moi, et je finis par m'exécuter.

Mais où est-elle, Bon Dieu ?

J'enfonce les mains dans mes poches et sors la feuille sur laquelle j'ai inscrit mes vœux. Alors que je la chiffonne nerveusement, mon impatience grandit et mon stress commence à me grignoter de l'intérieur, bouffant le peu d'oxygène accumulé dans mes poumons.

Je me trouve dans une église, j'ai une putain de boule d'angoisse et de peur qui ne me lâche pas, et j'ai même du mal à avaler ma propre salive ; mais quand bien même, ma place est ici, nulle part ailleurs.

Ce que je ressens, les mots ne peuvent le dire. Mon cœur, ma tête et tout le reste ont subi la violence d'un typhon. Tout est emmêlé, un peu cassé, mais rien n'a jamais été aussi vivant en moi, que depuis le jour où je l'ai rencontrée. Je me consacrais exclusivement à ma fille et puis, un jour, j'ai appris que je n'étais pas qu'un père, mais également un homme, avec ses envies, ses besoins.

Et je suis tombé.

Une chute ascensionnelle, un saut de l'ange.

Mon ange.

Tombé sur elle, amoureux d'elle. De haut, certes oui, mais s'il le fallait, je balancerais de nouveau ma carcasse dans le vide sans hésiter.

La tête basse, les mains moites et jointes, alors que mes pensées vagabondent du début de notre histoire jusqu'à aujourd'hui, j'attends. On attend tous, d'ailleurs. Quand soudain, une musique se fait entendre le long des murs de pierre de la chapelle. Immédiatement, je redresse la tête, étonné. Et mon organe cardiaque manque un battement.

Nous avions prévu « Perfect », à l'image de nos souvenirs, mais c'est « I belong to you », de Jacob Lee, qui s'échappe des haut-parleurs. Il ne me faut pas plus de quelques secondes pour comprendre que Kathleen a encore essayé de me surprendre.

Et c'est réussi, joliment.

Un sourire maintenant paisible aux lèvres, je fixe les portes grinçantes qui s'ouvrent sur… un rêve, mon rêve. La partie inférieure de ma mâchoire manque de se décrocher. Vaguement, au loin, j'entends la voix d'Andrew murmurer quelque chose.

— Eh ben, trésor… Retiens bien ce regard, j'crois pas qu'on le revoit si heureux un jour !

Tout en laissant couler ce fameux regard jusqu'à lui, je lui accorde un clin d'œil et reporte très vite mon attention sur la femme de ma vie.

Je le sens, là, dans ma poitrine, ce cœur qu'elle a su raviver à la seule force de son amour, s'emballer et battre comme s'il voulait s'échapper. Je les ressens, là, ces sentiments dévorants, brûlants qui font de moi cet être si faible et à la fois si fort. Et puis, je la vois elle. Angélique et diabolique, résurrectrice et destructrice, terrifiante et rassurante, vitale et viscérale.

Mlle Anderson a percé ma carapace dès le premier jour, elle n'a pas eu peur de bousculer mes habitudes sans mon assentiment. Elle a chamboulé ma vie, mes mœurs et ma façon d'aimer. J'ai été poussé loin dans mes retranchements grâce à l'amour et au désir que je lui porte. Je me suis mis à adorer laisser ma part d'ombre m'envahir à certains moments. Sans elle, je n'étais qu'une âme morte. Maintenant, son âme et la mienne ne font qu'une. Elle est moi, je suis elle.

Lorsque je regarde Kathleen s'avancer vers moi, je vois presque des étoiles. Elle irradie comme un putain de soleil. Un soleil grandiose, éblouissant de perfection. L'admiration me fige. Mes pulsations cardiaques me serrent le cœur. L'émotion me terrasse.

Ma Beautiful porte une robe bustier d'un blanc immaculé, recouverte de dentelle, qui dessine sa silhouette divine de femme enceinte. Je dois l'admettre, Luna a fait un travail remarquable. Une légère traîne de la même étoffe la succède avec grâce, tandis que ses escarpins claquent sur le sol marbré de la chapelle.

Si belle, bordel. Personne ne mérite une telle merveille dans sa vie.

Tandis qu'elle approche, j'admire ses boucles blondes logées sous un voile discret disposé en cascade de rêve dans son dos.

La gorge brusquement sèche, je suis au bord de l'explosion quand, enfin, elle me rejoint, un sourire timide et heureux aux lèvres. Durant toute son avancée dans la chapelle, elle a évité mon regard et à présent, lorsqu'elle arrime l'azur de ses yeux aux miens, je suis bouleversé.

Avant que le prêtre ne commence la cérémonie, je me penche dans son cou et respire à pleins poumons.

Coco Mademoiselle, bon sang. L'odeur de ma vie.

— Tu es indescriptible, murmuré-je.

C'est nul comme compliment, mais je n'en ai pas d'autres. Parce qu'elle n'est pas seulement belle, ce serait un mot trop faible, et que magnifique, splendide, sont des termes trop communs pour la beauté rare et exceptionnelle qui la caractérise.

— Tu n'es pas mal non plus, chuchote-t-elle en riant. Tu aimes mon changement de dernière minute ?

Je comprends immédiatement qu'elle parle de la musique.

— Je suis un peu surpris, mais ça me convient tout autant, réponds-je, charmeur.

Au même moment, Kathleen pose ses mains sur mon torse, à l'intérieur de ma veste de costard, et il est fort dommage que je ne puisse pas encore l'embrasser, parce que je n'ai envie que de ça. Ses deux immenses yeux bleu-vert qui plongent au fond des miens, sa bouche pulpeuse et délicieuse... La tentation est si grande ! C'est presque criminel d'avoir un tel pouvoir sur moi.

Pendant que je mène de front le combat entre mes désirs et mes devoirs, ma jolie blonde réduit la distance entre nous. Ses paumes glissent sur mes épaules, toujours à l'intérieur de mon veston et me font tressaillir. Puis, ses lèvres viennent s'accoler à ma joue, tout près de mon oreille. Au rythme de la musique qui continue, elle chantonne :

— *J'ai embrassé ces lèvres mille fois avant...*

Ses iris noyés par l'émotion retrouvent les miens. Tout mon corps tremble, je me mords la langue en la regardant, pour éviter de fondre sur elle, et poursuis à mon tour :

— *Mais demain, je vais ouvrir les yeux, et je vais chuchoter à ma femme : « je t'appartiens »* …

— *Et je vais attendre de t'entendre dire, comme une larme roule sur ton visage…* [1]continue-t-elle, tandis que ce bouleversement des sens l'étrangle.

Mon palpitant part en tachycardie. J'ai la respiration presque erratique, quand Kathleen prend mes mains et les noue aux siennes, comme si elle avait compris qu'il me fallait recouvrer un semblant de contenance, que tout ce que nous avions tenté de construire devenait finalement indestructible, aujourd'hui.

Et quand la musique se termine, nous murmurons ensemble :

— *Je t'appartiens.*

Mes yeux s'humidifient en même temps que j'enlace Kathleen amoureusement. Quelques secondes s'écoulent, puis elle se redresse pour capter de nouveau mon regard.

— Tu vois, cette chanson est parfaite pour nous, bébé, me glisse-t-elle doucement.

J'acquiesce, encore sous le coup de l'émotion, et il est maintenant plus que temps de commencer la cérémonie. Bizarrement, à présent que Kath est tout près, mon angoisse s'est effacée. Elle a toujours cet effet euphorisant et rassurant sur moi, ce qui m'a toujours épaté et laissé rêveur.

Après la lecture des textes du prêtre, vient le moment des

---

[1] Jacob Lee. « I belong to you ». Produit par le label Philosophical, 2018

consentements mutuels. Droit comme un I, j'inspire une grande bouffée d'air et fixe ma Beautiful dans les yeux.

— Monsieur Miller Braxton, résonne la voix de l'ecclésiastique. Consentez-vous à prendre pour épouse, mademoiselle Anderson Kathleen Rose, ici présente ?

Rose.

Je ris intérieurement. Comme c'est cocasse, lorsqu'on repense au mot qui est sorti immédiatement de ma bouche lorsque je suis entré pour la première fois dans sa chambre de jeune fille : « c'est… rose ! ».

— Oui, je le veux.

Et tout l'air qui se trouvait dans mes poumons s'échappe d'un coup. Je me suis déjà marié, mais rien n'est comparable avec ce que je vis aujourd'hui. Quand je l'ai prononcé, ce mot de seulement trois lettres, j'ai su qu'il aurait un impact cataclysmique sur ma vie à venir, et que jamais je ne le regretterais.

Le visage de ma jolie blonde s'illumine, et j'aimerais n'avoir été conçu que pour la voir aussi radieuse. Sa tristesse est une des choses qui me terrorisent le plus, ne pas être à la hauteur, ne pas réussir à l'apaiser si elle venait à être malheureuse. Je voudrais tant la protéger de tout ce qui pourrait lui faire perdre son sourire.

C'est maintenant à son tour de ressentir le maelström de sentiments qui m'ont assailli, il y a quelques secondes.

— Mademoiselle Anderson Kathleen Rose, consentez-vous à prendre pour époux, monsieur Miller Braxton, ici présent ?

Deux perles bleu-vert qui creusent mon âme à bras-le-corps, des palpitations plein le cœur et des larmes dans les yeux, je l'entends dire :

— Oui, je le veux.

La tension crépite autour de nous, l'importance de ce que nous sommes en train de vivre nous frappe au visage et nous nous sourions. Kath a parfois cette force que je n'ai pas, celle de ne pas laisser ses émotions la dominer. Je l'admire pour cela, parce que j'ai toujours été bien trop sensible pour en faire de même, et que par cette capacité à se blinder, elle est ma force à moi.

— Je vous invite à échanger vos vœux, ensuite, je pourrai vous déclarer mari et femme. Monsieur Miller, c'est à vous, annonce le prêtre.

Seigneur.

J'ai sacrifié plus d'une nuit à écrire ces vœux et, encore maintenant, je suis certain qu'ils vont être différents de ceux que j'avais prévus. Je suis un sentimental, mais pas un poète, et ça se voit bon sang ! Alors, je vais me contenter d'aller à l'essentiel. Je plonge mon regard dans le sien, et je me lance :

— Certains diront que rien n'a été simple entre nous, et ça dès le début. Moi, je dirais plutôt qu'il n'y a pas d'histoire d'amour parfaite aux yeux des gens, elle n'est exempte de défauts que pour ceux qui la vivent. Et que le principal, c'est que nous nous soyons trouvés, qu'importe la façon, qu'importe l'endroit. Parce que c'est ça, non ? l'amour… On raconte souvent qu'il nous tombe dessus, au moment où l'on s'y attend le moins. Sauf que, moi, je ne l'attendais plus, je n'en voulais pas, à aucun moment. J'étais persuadé que mes erreurs passées m'interdiraient d'être heureux. Aimer de nouveau ? Impossible ! Du moins, c'est ce dont j'étais persuadé avant te rencontrer. Kathleen Anderson, Ma Beautiful Love. (Je prends ses mains dans les miennes et les pose contre mon cœur.) Tu es entrée dans ma vie comme une tornade. Tu as ravagé mon cœur, brisé ma carapace en un battement de cils et toutes les barrières que j'avais mis si longtemps à ériger autour de moi se sont écroulées. Alors, aujourd'hui, je le sais, il n'y aura plus jamais de Braxton sans Kathleen, parce que tu es et tu seras à jamais, le GRAND amour de ma vie. Je t'aime et… (L'émotion me force à faire une pause, Kathleen caresse mes doigts toujours mêlés aux siens.) Je te promets de te chérir, de te garder à mes côtés, pauvre, riche, malade ou pleine de vie. Je te jure de n'aimer que toi, de ne désirer que ta chaleur près de la mienne et de me battre, jour après jour, année après année, pour ton sourire.

Mes vœux sont terminés et pourtant je pourrais encore en dire une bonne centaine d'autres. Quitte à me répéter, à radoter, à y passer la nuit. Mais le souffle me manque, les mots aussi. Mon cœur semble vouloir laisser jaillir tout ce bataclan de sentiments qu'il éprouve depuis des mois, mais mon cerveau n'est pas à la hauteur d'un tel effort. J'entends chacune de mes pulsations cardiaques se répercuter contre mes tympans, quand le prêtre invite Kath à prononcer elle aussi ses vœux. Elle humidifie ses lèvres, et ses mains tremblent lorsqu'elle se lance :

— J'avais moi aussi écrit et réécrit encore et encore des

mots, des phrases, pour te dire combien je t'aime. Mais comme toi, j'en suis certaine, elles me paraissaient dérisoires. J'étais angoissée, je ne savais pas pourquoi moi, je n'arrivais pas à trouver la façon parfaite de te déclarer mon amour. Et puis, j'ai compris. J'ai compris qu'il n'existera jamais de vœux de mariage à la hauteur de tout ce que je ressens quand tu me serres dans tes bras. Tu m'as acceptée, moi, la gamine pourrie gâtée. Moi, la capricieuse insatisfaite. Moi, l'enfant en mal d'affection. Tu n'as jamais cherché à me changer, tu m'as écoutée, consolée, conseillée. Tu m'as fait rire, tu m'as fait rêver... (Un trémolo traverse sa voix, je souris, attendri, elle marque une pause.) C'est comme ça que, pour la première fois de ma vie, je suis tombée amoureuse *de toi*. En rêvant éveillée, *avec toi*. Alors, il ne fait aucun doute que tu es, toi aussi, l'immense et unique amour de ma vie. Je m'engage donc à te soigner, à te choyer et à t'aimer de toutes mes forces sans jamais te juger. Qu'importe ce que le destin pourra bien nous réserver, et même si un jour tu venais à m'être enlevé, je jure de t'être vouée corps et âme, jusqu'à mon dernier souffle.

Deux larmes roulent sur mes joues bien que je tente de les retenir depuis plusieurs minutes déjà. Ma cage thoracique est secouée par mes battements de cœur effrénés. Je vais avoir besoin d'une seconde ou deux pour me remettre d'une telle déclaration. Cette nana, c'est l'extase à l'état brut, le bonheur à l'état pur. Je comprends aujourd'hui avec deux fois plus de force, la chance que j'ai d'avoir eu droit à cette rédemption. Combien sont ceux qui ont l'opportunité de rencontrer leur moitié au cours de leur vie ? Combien sont ceux qui, malgré un passé sombre et inavouable, parviennent à garder l'être aimé près d'eux ? Et pour finir, combien y avait-il de possibilités pour que je tombe sur elle dans ce club, qu'au moment où je me rendais à ce bar, elle pose ses yeux sur moi ? Elles étaient moindres, et je le sais. Pourtant c'est arrivé, parce que ça ne devait pas en être autrement, parce qu'elle était mon avenir, mon plus bel avenir.

J'occulte tout autour de nous, même nos proches que je devine très émus sans avoir besoin de les regarder. Le prêtre nous somme de continuer la cérémonie. De concert, nous nous sourions et j'aperçois ma petite fille se lever pour nous apporter les alliances. Deux bijoux grandioses, presque identiques, qui trônent sur un coussin de satin rouge.

— Merci, mon chaton, murmuré-je à ma Lily. Tu es la meilleure.
— Oui, ma chérie, merci, ajoute Kath. Rien n'aurait été possible sans toi.

Ma poitrine se serre sous la véracité des propos de Kathleen. Oui, je me suis longtemps posé des questions sur la relation qu'entretiendrait ma progéniture avec la femme que j'aime. Puis, une fois rassuré, j'ai été terrifié à l'idée de perdre mon droit de garde. Et aujourd'hui, je sais que ma famille ne connaîtra plus jamais de cassure. Il s'agit d'une victoire, d'une fierté innommable. Pas seulement celle d'une bataille, mais bien d'une guerre tout entière.

Tandis que Lily repart, toute contente de ces éloges, Kath et moi nous saisissons des anneaux. Elle arrime son regard au mien, mes muscles tremblent en concurrence avec ma voix.

— Je te remets cet anneau, signe de mon amour éternel.

Mon timbre vacille, mes biceps tressautent, quand je glisse

la bague le long de l'annulaire de Kathleen.

Ma jolie blonde caresse le bijou du bout des doigts, comme si elle tenait un petit morceau de rêve, et prend ma main dans la sienne.

— Je te remets cet anneau, gage de ma fidélité infinie.

Ah, mon ange... Dis-le encore, c'est si bon de l'entendre !

Mais il n'en sera rien. Le prêtre interrompt cet instant et annonce :

— Par les pouvoirs qui me sont conférés, je vous déclare unis par les liens sacrés du mariage !

Le pauvre a tout juste le temps de terminer ses mots de bénédiction que, déjà, les lèvres de mon épouse – *qu'est-ce que j'aime le dire !* – explosent sur les miennes avec violence. Au beau milieu des sifflements euphoriques d'Andrew et des cris de joie des filles, je glisse mes mains le long des reins de ma femme, et brise le barrage de sa bouche avec ma langue.

Ma femme ! C'est surréaliste !

Un instant, j'oublie presque où nous nous trouvons quand, brusquement, Kathleen cesse de m'embrasser pour me dévisager. Elle s'arrête de rire, peut-être même de respirer. Pour, j'en suis presque sûr, prendre le temps de graver cette journée parfaite dans son esprit. Et puis, elle passe finalement les bras autour de mon cou et me serre tout contre elle.

— Merde alors, tu es mon mari ! souffle-t-elle contre ma joue.

J'esquisse un sourire. Kath rend tout cela vraiment réel en le prononçant tout haut : je suis son mari.

Bordeeeel, quel pied !

— Et tu es ma femme, réponds-je sur le même ton qu'elle.

Nous rions. Mon nez perdu dans ses cheveux, mes mains sur ses hanches, j'éprouve un désir si ardent de sentir sa peau contre la mienne que je souffre d'avance de devoir attendre de longues heures avant de pouvoir assouvir ce désir fou.

Pendant que je l'étreins comme si ma vie en dépendait, une larme mouille nos visages si proches l'un de l'autre, et je suis bien incapable de savoir si celle-ci provient de mes yeux ou des siens.

Qu'importe, puisque pour l'heure, tout ce dont je me préoccupe, c'est d'enfin pouvoir dire…

— Je t'aime, *madame Miller.*

Chapitre 12

Braxton

La fin de cette journée unique approche à grands pas. Andrew et Cassidy ont insisté pour que le repas de noce et la fête aient lieu dans leur grande maison. L'ambiance est parfaite, et je pense toujours qu'il ne m'aurait pas fallu davantage de personnes pour me combler.

Tandis que je danse probablement le dernier slow de la soirée avec Kathleen, je me penche à son oreille en souriant et murmure :

— Je crois que Luna a un peu trop bien célébré notre mariage.

Elle rit en rejetant sa tête en arrière. Ma main libre dans le bas de ses reins, l'autre dans la sienne, je ne quitte pas son regard bleu azur qui pétille. La voir ainsi m'émeut, je donnerais tout pour qu'elle reste toujours aussi radieuse.

— Elle est partie en taxi, il y a dix minutes environ. La pauvre, elle était bien malade !

— Si elle n'était pas tombée amoureuse de la fontaine à champagne et de la recette de mojitos de Cassidy, tout se serait mieux passé pour elle, dis-je avec un petit rire.

Kath me donne une tape sur l'épaule accompagnée de son regard faussement réprobateur.

— Ça suffit, ne te moque pas, elle n'est plus trop habituée à l'alcool depuis qu'elle travaille !

Je souris et dépose un baiser sur sa joue.

— Je plaisante, elle est très sympa, c'est promis.
— C'est pour ça qu'elle est ma meilleure amie, rien d'étonnant ! Je suis parfaite, non ?

Ma Beautiful arbore un air condescendant qui, dans un premier temps, me surprend. Puis, elle se met à rire et commence à se déhancher comme une furie.
Je saisis son poignet et la fais tourner sur elle-même à maintes reprises, nous dansons jusqu'à l'essoufflement, et quand la musique se termine, je ne relâche pas sa main et plaque son dos contre mon torse. Sa robe virevolte dans l'air une dernière fois avant que ma Beautiful ne revienne dans mes bras.
Un baiser sur son épaule, puis un deuxième, sa peau se parsème de frissons, et je chuchote :

— Si tu n'étais pas enceinte, je jurerais que tu as, toi aussi, abusé de la fontaine, mon ange.

Elle pose ses mains par-dessus les miennes croisées sur son ventre, son corps s'accole davantage au mien, réveillant voluptueusement tout ce qui se trouve en dessous de ma ceinture.

— Non, Brax. Je suis juste heureuse.

Et il n'en faut pas plus pour me rendre heureux à mon tour. Je suis ravi de l'entendre, parce que si je doutais jusqu'alors de ma capacité à lui offrir une vie à la hauteur de ce qu'elle mérite, à présent, je suis confiant.
Je souris contre son omoplate et y dépose de nouveau mes lèvres.

— C'était une journée unique, j'espère que tu ne regrettes rien ? soufflé-je en nous berçant au rythme apaisant de la musique suivante.
— La seule chose que je déplore, c'est d'avoir autant dansé, j'ai la tête qui tourne, m'apprend-elle avec un petit rire, en se retournant vers moi.

Mes paumes glissent sur ses hanches, mes yeux plongent dans les siens et plus rien n'a d'importance.

— Je suis sérieux, tu ne regrettes pas d'avoir sauté le pas sans ta famille ?
— Non, tant pis s'ils me détestent, je n'aurais jamais pu attendre des mois !

Je sens la chape de plomb qui pesait sur mes épaules disparaître. J'avais tellement peur qu'elle finisse par m'en vouloir ou m'accuser de lui avoir forcé la main, que je pourrais bien hurler de soulagement.

Un bref regard autour de moi me permet de voir que nous sommes les seuls à occuper la piste de danse. Nina est au lit depuis plusieurs heures déjà, mais Lily, plus résistante, regarde un dessin animé dans une pièce proche du salon.

Andrew a abusé du scotch 50 ans d'âge. Il discute – fait du charme – à sa belle, installé avec elle sur le canapé. Je connais par cœur son comportement de dragueur alcoolisé. Il se tient fier comme un coq, en réduisant peu à peu la distance entre lui et Cassidy. Cette attitude énamourée m'arrache un sourire. Puis, je ressens, moi aussi, le besoin de retrouver ma femme. Dans un élan d'euphorie, j'attrape Kathleen, une main dans son dos et une autre sous les genoux, afin de la soulever dans mes bras. Elle s'accroche à mes épaules et pousse un cri qui manque de me perforer les tympans.

— Eeeeeh ! Mais qu'est-ce que tu fais ?

Ses vocalises attirent le regard de mes meilleurs amis, qui rient à leur tour.

— Il est grand temps de rentrer à la maison, surtout si tu as la tête qui tourne, m'expliqué-je avec un clin d'œil sous-entendant « j'aimerais te faire ta fête, si t'es d'accord ».

Puis, je me souviens qu'il y aura Lily à l'appartement, et qu'il faudra donc être patients et surtout silencieux. Kathleen s'éclaire d'un sourire malicieux en caressant l'arête de ma mâchoire.

— Tu viens de te souvenir que nous avons Lily avec nous

cette nuit, on dirait ! On fera la fête bien calmement alors !

— Je rêve ! Est-ce que t'es en train de te foutre de moi ? la charrié-je.

— C'est exactement ce que je suis en train de faire, mon cher mari !

— C'est inadmissible, Mme Miller, ça va se payer ! Tôt ou tard !

Tandis que je marche jusqu'à l'entrée, nous rions de bon cœur. Quand Andrew finit par nous rejoindre, je repose mon épouse sur ses pieds et me tourne vers lui.

— Alors ça y est, les tourtereaux rentrent au bercail, dit-il en me donnant une tape amicale dans le dos.

J'acquiesce en souriant.

— Merci pour tout ce que vous avez fait, c'était au-delà de nos rêves, vraiment.

— Arrête ! Si le mariage de mon frère ne peut pas avoir lieu dans ma maison, alors celui de qui ? Honnêtement, il ne pouvait pas en être autrement !

— Je sais que tu détestes qu'on te remercie, sale con ! Mais j'ai besoin de le faire, laisse-moi te montrer ma gratitude !

Je prends mon pote dans mes bras et lui accorde une accolade émue et fraternelle.

— Enfoiré d'hypersensible ! lance-t-il en ricanant.

— Eh oui, que veux-tu ! Je suis comme ça ! Tu peux dire à Lily de se préparer ?

Quand je prononce cette phrase, Andrew reste silencieux. Il se tapote le menton, semble réfléchir à toute vitesse. Puis, après avoir jeté un œil à sa femme, il se retourne de nouveau vers moi et me sourit. Un sourire qui me laisse penser qu'il a encore quelque chose en tête.

— Quoi ? ajouté-je devant son mutisme.

Andrew me prend par le cou et m'entraîne à quelques mètres de Kathleen.

— Lily va rester avec sa cousine, ce soir.

Je comprends vite qu'il parle de Nina, et suis toujours agréablement étonné quand mon ami considère que nos familles respectives n'en forment qu'une. J'hésite pourtant à accepter sa proposition.

— Je ne sais pas, elle est censée être chez moi et…
— Et ? Quand elle est avec sa mère, elle dort bien chez des copines, non ? (J'acquiesce.) Alors, ce soir aussi, point barre !

Des cris aigus provenant du fond du salon nous font sursauter et coupent court à la discussion. Ma petite fille a entendu notre conversation et rapplique en hurlant.

— Oh ouiii ! S'il te plaît papa, s'il te plaîîîît ! Je veux trop, trop rester avec Nina ! Pitiéééé !

La joie de la chair de ma chair m'arrache un sourire mais,

malgré tout, j'ai l'impression de mal jouer mon rôle de père en agissant ainsi. Je réfléchis quelques minutes, quand Andrew me prend de nouveau à part pour me parler. Il pose ses mains sur mes trapèzes pour capter toute mon attention.

— Ta fille est heureuse d'être ici, arrête de te sentir coupable, frérot ! Penser à ton bonheur ne fait pas de toi un mauvais père. Alors, envoie-toi en l'air avec ta femme, et remercie-moi demain matin !

Il me tape légèrement sur l'épaule et tourne les talons sans me laisser le temps de lui répondre.

— Lily, ma puce, ce soir tu dors à la maison ! s'exclame-t-il, fier de lui.

Elle lui saute au cou et s'empresse d'aller retrouver Cassidy pour lui faire un énorme câlin. Je soupire et finis par me résigner. Après avoir serré ma fille dans mes bras pour m'assurer qu'elle n'est pas triste que nous repartions sans elle, je vois mes amis s'approcher de la porte d'entrée pour nous féliciter une énième fois.

— Merci encore, murmuré-je à l'attention de Cassy, cette fois.
— Je t'en prie, profitez bien de « l'After[2] » !

Ma meilleure amie se marre discrètement et m'accorde un clin d'œil rempli de sous-entendus. Je hoche la tête pour lui donner raison, me retenant de rire, et entraîne Kathleen à ma

---

[2] Réunion festive après un spectacle ou une soirée.

suite dans les escaliers devant la propriété. Quand nous atteignons la cour, je déverrouille et contourne le véhicule pour lui ouvrir la porte. Elle me dépasse et fait un dernier geste d'au revoir à nos hôtes. J'en profite pour me coller à elle, afin qu'elle sente que mon excitation est désormais à son apogée.

— Pourquoi est-ce que j'ai l'impression qu'ils savent exactement ce qu'on va faire en rentrant chez toi ? demande-t-elle, un sourire aux coins des lèvres.

Je rectifie par un bref « chez nous » et embrasse son épaule. Elle soupire en se laissant aller contre moi et je me prends à avoir envie d'écourter cette discussion, pour assouvir mes besoins directement dans cette caisse. Mais ce serait une nuit de noces bien pitoyable et en dessous de mes attentes. Alors, je chuchote pour répondre à sa question :

— Probablement parce qu'ils savent exactement ce qu'on va faire, et que je ne tiens plus à l'idée de patienter une minute de plus, donc, en voiture, s'il vous plaît, madame Miller.

Quand nous franchissons le seuil de l'appartement, Kathleen ne réfléchit pas à deux fois avant de m'entraîner dans la chambre. La porte sitôt fermée derrière nous, elle se jette littéralement sur moi pour m'embrasser. C'est fou comme j'aime l'effet que cette grossesse a sur elle… ses hormones sont en constante ébullition. Un bon millier de décharges électriques semblent s'insinuer entre nos lèvres qui se confondent. Je lui rends son baiser, mordille sa langue, tandis qu'elle commence à défaire les boutons de ma chemise.

Quand, soudain, quelque chose me dicte de prendre mon temps, de profiter de l'instant présent. Alors, je me libère de cette bouche affamée à contrecœur, et réprime les frissons de désir qui s'infiltrent en moi. Je la saisis ensuite par les épaules pour lui parler.

— Attends, mon ange, sois patiente.

Elle arque un sourcil comme si je venais de dire la plus grosse absurdité du monde.

— Et… pourquoi ? s'étonne-t-elle.

Je prends une grande inspiration et ricane.

— Maintenant que tu es ma femme, je me disais que tu avais peut-être envie de quelque chose de nouveau ? Que tu n'aurais jamais osé me demander avant notre mariage ?

Kathleen rougit presque instantanément et me fuit du regard. Il semblerait que j'aie tapé dans le mille !

— Il y a bien quelque chose, commence-t-elle en bredouillant. Mais… je suis certaine que tu refuseras.
— Pourquoi je refuserais ?

Ses yeux se rebraquent sur moi vitesse grand V.

— Parce que ce n'est pas franchement la vision que tu te fais de nous ! Déjà, pour que je puisse te… enfin tu sais, il a fallu que j'argumente, alors ça !

J'imagine qu'elle parle de la fois où elle m'a sucé dans les Hamptons, et une vague de frissons m'envahit lorsque j'y repense. C'était l'un des moments les plus intimes de ma vie et même si, au premier abord, j'étais contre, aujourd'hui je ne regrette pas. Au contraire.

— Mais j'ai fini par céder, et ce fut un moment merveilleux, soufflé-je en saisissant le bout de ses doigts entre les miens. Alors, dis-moi ce que tu as en tête, s'il te plaît.

Kath trépigne sur ses pieds et se défait de ma prise pour croiser les bras sous sa poitrine.

Bon sang, on vient de se marier !

Elle devrait être nue, sous moi et transpirante. Pas plantée au beau milieu de cette piaule encore vêtue de cette robe !

— C'est embarrassant, lâche-t-elle brièvement.

Surpris, je caresse sa joue, un sourire tendre aux lèvres.

— Et… je peux savoir depuis quand tu es gênée de parler de sexe avec moi ?
— Probablement depuis… deux secondes.
— Ne le sois pas. Dis-moi ce dont tu as envie.

Un pas de plus me permet de la prendre dans mes bras.

Blottie contre moi, elle niche son nez dans le repli du col de ma chemise.

— J'ai toujours dit que… la première fois, ce serait avec le bon, et puis les années ont passé et… j'ai donné ma virginité à un mec sans importance lors d'une soirée alcoolisée. Parce que tu vois, je n'imaginais pas que le bon, je le rencontrerais un jour. *Jusqu'à toi.*

Un trémolo traverse sa voix. Je sens qu'il est déjà difficile pour Kath de s'ouvrir aussi intimement concernant ses frasques antérieures. Alors je garde le silence, en attendant qu'elle poursuive. Ma femme redresse son visage vers moi et arrime ses yeux bleu-vert aux miens.
Doucement, elle fait s'entrelacer nos doigts et les regarde tout en prenant une profonde inspiration. J'admire nos alliances se rejoindre, et mon cœur palpite.
Nous sommes liés. Elle est à moi, je suis à elle.

L'extase, ouais !

— Faute de pouvoir t'offrir ma virginité… (Sa voix et le mot « virginité » me ramènent à l'instant T.) j'aimerais partager avec toi quelque chose que je n'ai jamais donné à un homme. Que tu te sentes vraiment unique et privilégié, parce que c'est ce que tu es à mes yeux.

Mes neurones fonctionnent à plein régime. Je ne vois pas tout de suite où elle souhaite en venir et puis, brusquement, un élan de lucidité me force à reculer de quelques pas. Je fronce les sourcils, pas sûr d'avoir bien saisi ce qu'elle essaie de me dire.

Mais, à la façon dont elle me dévisage, je sais que j'ai compris.

Seigneur.

— Tu veux que je te… ? Qu'on… ? Non !

J'en perds mes mots et lui tourne le dos, pour remettre mes pensées en ordre.

— Ne sois pas si catégorique, je t'en prie. Je croyais que je pouvais tout te demander…

Sa voix n'est qu'un murmure lorsqu'elle pose sa main sur mon biceps pour m'apaiser.

— Tu le peux, bien sûr, dis-je en soupirant. Mais c'est que… je me sens étranger à ce genre de pratiques. Écoute, mon ange, je… je vais aller prendre une douche.

Je tente de bifurquer sur la droite pour échapper à cette conversation, mais Kathleen me retient fermement par le bras.

— Attends ! S'il te plaît bébé, ne me fuis pas.

Je faiblis. L'inquiétude que je perçois dans le timbre de sa voix me brise le cœur.

— Je ne te fuis pas, mon amour. Je ne te fuirai jamais, la rassuré-je sans pour autant me retourner.
— On vient de se marier, Braxton. Peut-être que… ça n'arrivera qu'une fois, peut-être qu'on trouvera ça affreux tous

les deux et que…

Je la coupe net en riant jaune, et lui fais enfin face.

— Tu sais très bien que ce sera beaucoup plus affreux pour toi que pour moi ! m'exclamé-je en accrochant mon regard au sien. Faut pas être con ! Si je n'ai pas envie que l'on fasse ça, c'est parce que je refuse de ressentir du plaisir, pendant que tu souffres pour me faire plaisir !

Le silence de plomb qui s'abat sur la chambre est en total contraste avec le ton que j'ai précédemment employé. Kathleen m'examine de ses immenses yeux, sans un mot, et réduit la distance entre nous.

— Mais… tu fais fausse route, mon cœur.

Ses doigts effleurent les contours de ma mâchoire, me forçant à la regarder. Je vacille quelques secondes au son de sa voix.

— J'en ai envie, reprend-elle. Je sais que tu ne me feras jamais de mal, et j'ai… je… j'ai ce qu'il faut, pour ça.

Allons bon ! De quoi parle-t-elle, encore ?

— Sois plus explicite, s'il te plaît.
— J'avais prévu que l'on en discute, mais tu m'as devancée.

Sa remarque m'arrache un sourire.

— Comme c'est étonnant, dis-je avec beaucoup d'ironie.

— Écoute, j'aurais aimé que ce soit naturel, mais tu n'aurais jamais osé me proposer une telle chose. Alors, ça tombe bien que tu abordes le sujet ce soir, puisque je comptais le faire dans les jours à venir. Et puis… si tu ne voulais pas tenter l'expérience, tu n'aurais pas pris le risque de me demander si j'avais envie de quelque chose de nouveau. J'ai tort ?

Bien qu'elle ne réponde pas réellement à ma question, je sens mes pensées s'enchevêtrer les unes dans les autres, mon discernement devient flou. Je n'arrive pas à détourner mon regard d'elle, je la fixe sans ciller, inspire, expire pour garder mon self-control.

— C'est vraiment une idée de merde, soupiré-je, d'un air désabusé.

Et je me jette sur elle. Ses lèvres frappent les miennes, ses mains s'agrippent à ma chemise, tandis que je dégrafe maladroitement le corset de sa robe. C'est là qu'elle me dévoile sa lingerie d'un blanc nacré, achetée spécialement pour l'occasion. Un soutien-gorge en tulle brodé délicat, souligné de dentelle et d'un bijou doré, juste entre ses seins parfaits. La forme pigeonnante des corbeilles ne couvre que très peu sa poitrine. Tout ce que m'évoque cette lingerie, de par ses jeux de transparence et de tissu émoustillant, ce sont des promesses amoureuses éternelles, des orgasmes à l'infini.

Tellement belle, bordel.

Il me faut déglutir à plusieurs reprises pour m'empêcher de

tout lui arracher. Comme à son habitude, mon épouse réveille chez moi bien des côtés dont j'ignorais l'existence avant de la rencontrer. Mes yeux dérivent sur son ventre arrondi, ses formes splendides. Le shorty assorti n'a lui non plus rien à envier à son confrère. Incrusté de dentelle, il galbe ses courbes avec une délicatesse irréelle.

Je prends soudain conscience que je n'ai pas bougé depuis plusieurs minutes en la détaillant centimètre par centimètre. Pour me sortir de cette admiration léthargique, je secoue la tête et décide d'allumer quelques bougies. Tout en me déplaçant jusqu'à la commode de la chambre, j'entends Kathleen rire dans mon dos. Je ne relève pas et continue. Mais, lorsque je lève un œil dans sa direction, j'aperçois son regard moqueur posé sur moi.

— Un problème ? demandé-je, l'air de rien.
— J'ai toujours aimé ton côté romantique, lance-t-elle, toujours en se marrant.
— Je suis sur le point de rayer une pratique sexuelle de ma liste « jamais de la vie », pour la ranger dans la case « pourquoi pas ». Alors, tu m'excuseras, mais je pense que les bougies ne sont pas de trop !

C'est vrai, après tout, il y a mieux qu'une nuit de noces dans sa propre chambre. J'aurais pu emmener Kathleen dans un grand hôtel, ou dans l'appartement où nous avons passé notre première soirée ensemble, à Villa Madenna… Mais elle a tenu à ce qu'on ne découche pas. Peut-être qu'elle se sent bien ici, et que ça ne lui était pas arrivé depuis longtemps, peut-être est-ce juste pour le côté pratique, parce qu'elle pensait que Lily resterait avec nous. Dans tous les cas, ça m'importe peu. Tout ce que je désire, c'est elle.

— Oh, mais ce n'était pas un reproche. J'adore le Braxton hyper romantique, le Braxton jaloux et protecteur, l'époux inquiet et attentionné, tout autant que celui qui perd le contrôle, tu le sais… Alors, un mélange d'eux tous ? J'ai hâte…

Je ne l'ai pas quittée des yeux durant tout le temps où elle s'est amusée à décliner les différentes facettes de ma personnalité. Kath pince ses lèvres et affiche le sourire provocateur que j'aime tant. Tout en laissant tomber la boîte d'allumettes sur le tapis, je fonds droit sur elle et glisse mes doigts dans ses cheveux soyeux. Je respire à pleins poumons l'odeur que dégage son corps tout entier, son shampoing, sa crème, sa peau.

En la voyant si attirante, je me mords la lèvre pour éviter de presque grogner dans son oreille. Mon souffle tout près de sa tempe, je soupire d'aise.

— Il me semble que je ne te l'ai jamais dit de cette manière, mais bon sang… ma femme est une bombe.

Mes doigts descendent le long de sa hanche pour en redessiner les courbes. Elle retient sa respiration, mon cœur cogne ma poitrine comme un forcené, mes mains deviennent moites et tremblantes.

— J'ai cru comprendre que tu avais un faible pour ma lingerie, murmure-t-elle du bout des lèvres.

La pulpe de mon pouce frôle la dentelle qui souligne l'arrondi de son sein gauche, sa peau est onctueuse, douce.

Et je m'impatiente.

— C'est plus qu'un faible, là, t'as mis le paquet.

Elle rit et accroche ses iris aux miens.

— Tout pour vous satisfaire, monsieur Miller.

Sa voix n'est qu'un chuchotement.

— Tu me satisfais à chaque seconde, avec ou sans cette tenue, mais j'avoue qu'avec... c'est un plus indéniable.
— N'est-ce pas.

En silence, nous nous sourions. Je la détaille à nouveau de la tête aux pieds, *et je continue de m'impatienter.* Près du lit, elle se penche, plonge la main dans son sac et en ressort un petit tube dont je devine immédiatement le contenu.
« J'ai ce qu'il faut pour ça », voilà donc la réponse à ma question.

— Dis, c'est moi qui devrais appréhender, pas toi ! plaisante-t-elle.
— C'est juste que... je suis heureux que tu me fasses à ce point confiance, que tu m'offres le droit de te prendre tes dernières bribes d'innocence, en quelque sorte.
— C'est à toi qu'elles reviennent, sans aucun doute.

Ses paroles me touchent, éveillent mes désirs les plus sombres, les plus inavoués.

Et je n'en peux plus de m'impatienter.

Je l'embrasse doucement, mon palpitant s'emporte, ses battements s'éparpillent partout dans mon corps. Je glisse une main contre la nuque de Kath pour la maintenir tout près de moi. Elle retire ma veste de costard, puis c'est au tour de ma chemise, de mon pantalon à pinces... Et très vite, je ne porte plus que mon boxer. Du bout de ses doigts, je la sens frôler la cicatrice de ma blessure, en tremblant.

— Laisse ça tranquille, c'est derrière nous, murmuré-je pour la détendre.
— Détrompe-toi. Ça me permet de me rappeler que chaque jour avec toi est une bénédiction.

Ses aveux m'ébranlent. Mes lèvres se déposent le long de son cou, sur le haut de sa poitrine, effleurent ses seins, son ventre aux formes maternelles. Le besoin de l'embrasser – partout – me fait tomber à genoux, et je trace un chemin de baisers de son nombril jusqu'à son sexe à travers la dentelle de son shorty.

Quand ma bouche arrive entre ses cuisses, elle plonge les doigts dans mes cheveux et les tire vers elle. Un couinement lui échappe et soulève mon érection dans mon caleçon. En contrebas, je la regarde fermer les yeux, gémir, alors que je n'ai encore rien fait, et son état second m'incite à me sentir toujours plus fort.

Elle dégrafe son soutien-gorge, sans lever ses paupières, pour le jeter sur le sol. J'admire ses seins parfaits pointer et durcir à mesure que mes paumes remontent le long de ses hanches. J'en prends un entre mon pouce et mon index, pince doucement son téton. Elle sursaute en soufflant un « oh » à la fois de surprise et de plaisir. Un sourire satisfait incurve mes lèvres, sa texture de velours, la couleur exquise de ses aréoles me donnent des envies peu avouables. La beauté de cette femme, ma femme, fait s'emballer mon pouls plus que de mesure, et la patience n'a plus aucune raison d'être à cet instant.

— Retourne-toi.

Ma voix est rendue rauque par l'excitation.
Elle s'exécute. Aussitôt, j'embrasse la chair ferme de son postérieur, le mordille. Du bout des doigts, je caresse la jointure de ses fesses par-dessus la dentelle superbe de sa culotte.

— Allonge-toi, ordonné-je sur le même ton.

Elle attrape le coussin de grossesse. Pour moi, c'est juste un gigantesque traversin long de deux mètres et très mou. Mais il lui permet de se coucher librement sur le ventre sans que celui-ci ne soit coincé entre son poids et le matelas. Jusqu'à aujourd'hui, je n'en voyais pas trop l'utilité puisque Kathleen dort principalement sur le côté ou dans mes bras. Mais ce soir, je l'apprécie, ce foutu gadget de femme enceinte.
Une fois qu'elle s'est bien positionnée, je la rejoins sur le lit et viens au-dessus d'elle en prenant soin de ne pas l'écraser. La vérité, c'est que je voudrais laisser libre cours à mon désir, la prendre avec frénésie et lui faire l'amour avec passion, mais elle porte notre fils, alors les choses se dérouleront autrement.
Ma langue trace une ligne imaginaire de sa nuque jusqu'au bas de sa colonne vertébrale. Son épiderme se parsème de frissons, lorsque je souffle doucement sur le petit papillon en dentelle qui orne son shorty au niveau du sacrum.

Cette lingerie est vraiment dingue.

Rapidement, je ramasse le flacon et le dépose sur le matelas à mes côtés. Avec délicatesse, je glisse mes pouces entre sa peau et sa petite culotte pour la faire descendre le long de ses jambes. Quand enfin, elle me reste dans les mains, je l'embrasse et la jette sur le tapis de la chambre, avant de retirer à mon tour la dernière pièce de tissu qui me couvre.

D'un instant à l'autre, je sens que je peux perdre le contrôle et laisser la noirceur qui demeure en moi m'envahir tout entier. Alors, je respire calmement et colle mon corps contre le sien. Sa chaleur est parfaite. Elle se trémousse doucement et frotte ses fesses à mon érection. Je suis terrorisé, mais aussi terriblement excité. Je ne crois pas avoir tant désiré quiconque dans ma vie à part elle. Et si ça se passait mal ? Je ne veux pas risquer de casser quelque chose entre nous juste pour avoir la satisfaction de recevoir un cadeau que jamais personne n'a eu. Ce serait purement égoïste, pourtant j'en meurs d'envie. Est-ce raisonnable ?

Peu importe, Kathleen ne me laisse pas le temps d'y réfléchir et rehausse son buste pour s'accoler davantage à moi. Je prends ses mains dans les miennes et, mon torse tout contre son dos, je lui murmure à l'oreille :

— Tu es sûre ?
— Certaine, répond-elle aussitôt.

Bon… après tout, ne serait-ce pas encore plus égoïste de le lui refuser parce que j'appréhende, alors qu'elle désire ça plus que tout ?

Résigné et en partie apaisé, j'enduis délicatement l'orifice de lubrifiant. Mes doigts glissent avec facilité d'avant en arrière de son intimité jusqu'entre ses fesses. Elle est brûlante, gémissante. Tout son corps ondule en rythme avec mes caresses indécentes.

Je tente d'être patient, de me contenir. Mais la toucher à cet endroit me provoque des pulsions incroyables, ma queue durcit de plus en plus et me supplie de soulager la tension sexuelle accumulée. Je suis surpris que ce genre de pratique puisse me rendre aussi fou. Et je m'aperçois, qu'inconsciemment, je viens d'accélérer la vitesse de mes doigts entre ses petites lèvres. Tout le corps de ma Beautiful tremble, proche d'un orgasme cataclysmique. C'est le moment que je choisis pour introduire lentement mon index à l'arrière de son intimité.

J'avance doucement, le lubrifiant m'aide beaucoup et même si je trouve ça vraiment très érotique – et excitant –, je ne souhaite surtout pas lui faire mal. Alors, je prends mon temps.

Et Dieu sait combien ça me coûte de rester calme !

Kathleen halète, se tend, s'accroche désespérément à l'oreiller près de la tête de lit.

— Chhht… Détends-toi, princesse, murmuré-je en embrassant sa chute de reins.

Ses muscles se relâchent, elle se laisse aller contre le coussin qui la soutient. Quand soudain, je l'entends souffler :

— Merci de faire ça pour moi.
— Merci de faire ça avec moi, réponds-je sur le même ton qu'elle.

Lorsque je la sens complètement apaisée, je ressors doucement mes phalanges et introduis deux doigts dans son vagin. J'y vais plus franchement cette fois, bien décidé à lui faire perdre pied. Elle gémit si fort que je m'évade un instant. Je bande à en souffrir et une chose est certaine, je ne tiendrai pas très longtemps, ici, à l'intérieur de cette nana que j'aime plus que de raison.

Je continue de la doigter encore et encore, alors qu'elle tente de bouger pour accentuer les sensations ressenties. Elle se frotte sans retenue à mes phalanges libres et tendues contre son clitoris. Son bassin s'active, elle baise littéralement ma main.

Bordel de merde, j'ai épousé une femme incroyable.

— Kathleen…

J'essaie de l'arrêter, j'aimerais qu'elle ne jouisse pas tout de suite, mais elle me coupe le souffle, en accélérant de plus belle ses mouvements de hanches. Je n'imaginais même pas qu'elle était capable de se désarticuler à ce point pour obtenir un orgasme. J'avais le dessus, il y a quelques minutes et puis, à ma grande surprise, je suis devenu l'objet sexuel de ma femme.

Cela dit, ce n'est pas une idée qui me déplaît tant que ça…

— Kathleen… répété-je, pour tenter de la tempérer.
— Tais-toi, je ne tiens plus, balance-t-elle entre deux souffles. Cette foutue main que j'adore, putain de merde… Oui…

Mais si tu continues à me parler comme ça, c'est moi qui vais craquer !

Elle est trempée, son excitation ruisselle à l'intérieur de ses cuisses et sur les draps.

Et je m'impatiente de nouveau.

Mais alors que je la sens resserrer son étau, je crois qu'elle va jouir, mais tout s'arrête.

— Tu fais quoi ? demandé-je, étonné qu'elle ne bouge plus.
— Recommence.

Pris de court, j'enfonce encore mon index à l'arrière de son anatomie avec plus de facilité cette fois. J'y entre à plusieurs reprises, quand une furieuse envie de l'embrasser m'envahit.

— Retourne-toi, mon amour.

Elle ne se fait pas prier, et sitôt est-elle sur le dos, que déjà je capture sa bouche. En même temps, elle attrape le tube de lubrifiant, en verse une noisette au creux de sa paume et commence à cajoler mon membre raide.

Bon sang…

L'odeur de sa peau, la douceur de ses lèvres, la pression de ses doigts sur ma queue. Je ne suis pas sûr de survivre à un tel ouragan d'émotions.

Captif d'un nouvel élan d'empressement, je prends soin de faire attention à son ventre et la tourne contre le matelas.

Kathleen pousse un cri de surprise qui m'incite à m'excuser pour ma précipitation.

— Désolé, Amour, mais cette journée… (Je fais glisser mon index sur la courbe de son sein, le long de sa hanche.) notre union… et cette robe que je rêvais de te retirer depuis ce matin… disons que je ne peux plus attendre.

Tout son corps frissonne, je l'entends reprendre difficilement son souffle, tandis que je lui colle mon érection dans le dos, pour qu'elle comprenne bien la réalité de la situation.

— Arrête de t'excuser. Je t'attends.

Sait-elle que ce qu'elle s'apprête à me donner a plus de valeur à mes yeux que toutes les déclarations d'amour du monde ? Sa confiance absolue, ses dernières onces de pureté. Elle me laisse effacer toute une partie de sa vie, pour que nous en commencions une nouvelle, ensemble. Je me sens gonflée d'une fierté monstre, d'une assurance à toute épreuve.

— OK, doucement alors.

Mon cœur crépite dans mon thorax, mon sang bout dans mes veines, et mes tempes me brûlent tant la pression dans mes artères est semblable à celle d'un torrent. Oui, c'est ça. *Kathleen et Braxton,* c'est un torrent de sentiments venu s'abattre sur nos vies pour les sublimer, comme une averse d'été fraîche et rafraîchissante qui arrive sans que l'on s'y attende.

Pour la faire brève, elle mérite que j'assouvisse le moindre de ses désirs.

Anxieux, je glisse une main sous son ventre pour la soutenir et pénètre lentement en elle. Mon sexe enduit de lubrifiant ne peine pas à s'introduire en cet endroit que je ne connais pas encore. Et Bon Dieu… malgré l'extrême délicatesse dont je fais preuve, j'étais loin – très loin – d'imaginer que ce serait si bon. Tellement que je n'ose plus bouger, de peur de m'emporter.

— Merde, Kath, t'es si étroite… grogné-je en tentant de me contrôler.

Ma bouche traîne paresseusement sur son épaule où je suçote sa peau.

Étroite, oui, mais aussi bouillonnante, accueillante, délicieuse…

— Est-ce douloureux pour toi ? demande-t-elle, la voix légèrement plaintive.

Je ris.

Comment lui dire que si je ne me contenais pas, j'aurais probablement déjà joui en elle ?

— Putain, non. Pardonne-moi, princesse, mais c'est si bon.
— Ne sois pas désolé, au contraire. Laisse-moi juste m'habituer. Un instant, j'avais presque oublié que tu étais si…

Un sourire satisfait et suffisant ourle mes lèvres. Je sais d'avance que l'ultime mot de sa phrase va ravir mon ego. Lui qui a sacrément morflé ces derniers temps, il mérite bien ça !

— Imposant, finit-elle.

Bingo ! + 1 pour le mâle fier qui sommeille en moi !

— Si en plus, tu me complimentes... murmuré-je en mordillant son épaule. Est-ce que je peux essayer de bouger ?
— Oui, je pense que ça va.

J'inspire à pleins poumons pour me préparer au typhon qui m'attend et commence à m'animer lentement en elle.
Je vais, je viens, je vais, je viens... doucement, et pourtant, je prends mon pied comme jamais je n'aurais cru pouvoir le prendre de cette manière.

— Arh... si c'est ton cadeau de mariage, je peux te dire qu'il est... réussi, gémis-je au creux de son oreille, en transe.

En appui sur mes paumes pour éviter de peser sur Kath, je sens le plaisir qui me paralyse, me force à rendre mes coups de reins plus saccadés. Lorsque je l'entends geindre légèrement, je n'arrive pas à deviner s'il s'agit de douleur ou si elle apprécie enfin ce que nous vivons. J'ai mal au cœur d'être le seul à profiter de ce moment. Même si je sais que, de manière différente, Kathleen aussi aime ce que nous faisons.
Après quelques minutes, elle commence à se détendre, je me sens moins à l'étroit. Plus libre de mes mouvements, j'essaie d'accélérer très modérément la cadence. J'entremêle mes mains avec celles de ma femme et m'enfonce en elle jusqu'à la garde.

— Oh bordel de merde... murmuré-je, tandis qu'elle se tend

tout contre mon torse.

Mes dents se referment sur la peau fine de son cou, et je m'immobilise. J'ai peur d'avoir été trop loin, de lui avoir fait mal, quand de sa voix fluette, elle articule :

— Encore.
— Attends, je ne peux pas, je…

Je vais jouir, putain !

— Non, encore ! ordonne-t-elle.

Et je reprends avec beaucoup de précautions. Mais c'est toujours meilleur à chaque fois ! Comment lutter ? Nos corps sont recouverts d'une fine pellicule de transpiration, mes muscles se tétanisent, ma queue tressaute, étreinte par l'intimité de mon épouse. Je culpabilise de ressentir autant de plaisir, alors qu'elle est certainement en train d'en baver.

— Beautiful, est-ce que ça va ? haleté-je, ailleurs.

Un ange passe avant qu'elle daigne me répondre :

— Bien sûr, ne t'en fais pas.

Pas très convaincante…

— C'est… supportable ?
— Je ne sais pas trop. Ce n'est pas… c'est différent, mais… disons qu'entendre l'effet que ça a sur toi, c'est bien assez pour

me combler, continue.

Une nouvelle fois, je découvre le côté altruiste de la femme de ma vie. Je reste toujours émerveillé de la voir ressentir une telle quiétude à l'idée de me faire du bien, même si elle n'en reçoit pas en retour. Malgré tout, je doute de sa sincérité, je suis certain qu'elle a mal, et ça me tord le bide.

— OK, donc ce n'est pas du tout agréable pour toi, soupiré-je.
— Je l'ai voulu, jamais je ne regretterai que nous ayons vécu ça. Arrête de t'inquiéter.

À regret, je m'abîme doucement une dernière fois en elle en jurant, et tout en dessous mon nombril s'enflamme. Une chose est sûre, je ne suis pas près d'oublier un truc pareil !
Après m'être retiré, je l'invite à me faire face. Elle est vraiment magnifique. Une de ses mèches blondes colle à son front à cause de la transpiration, son teint est rosé par l'effort et ses yeux pétillent. J'effleure sa joue du bout de mes doigts et déchaîne ma bouche sur la sienne.
Elle murmure un rapide « déjà ? » et je ricane sans cesser de l'embrasser. Mes mains partout sur son corps, les siennes perdues dans mes cheveux. Un rictus canaille étire mes lèvres, lorsque je lui réponds entre deux baisers :

— Non. J'ai envie qu'à ton tour, tu aimes ça.
— Mais j'aime…
— Arrête, l'interromps-je en souriant. Tu y as droit, toi aussi.

La sentir tout contre moi provoque une nuée de frissons

dans tout mon être. Je ne sais pas ce que j'ai fait pour mériter un si grand bonheur, et je ne compte pas y réfléchir plus longtemps. Je saisis rapidement les lingettes dans le tiroir de la table de nuit et me nettoie avant de la retrouver, plus moite que jamais.

Kathleen écarte les jambes pour me recevoir, elle s'accroche à mon cou, mordille le lobe de mon oreille et sans attendre, je la pénètre brutalement d'une seule poussée. Je me rends compte que son état n'a rien à voir avec celui d'une femme qui aurait agi contre sa volonté. Elle est mouillée comme jamais ! Le simple fait de constater que, malgré la douleur, elle ait pu être si excitée en m'écoutant prendre mon pied en elle, décuple mon envie de lui apporter du plaisir.

Un infini plaisir.

— Seigneur, enfin… gémit-elle.

Et, aussitôt, toutes mes terminaisons nerveuses se réveillent, mon cœur s'affole. Elle n'attendait que ça. Ma Beautiful se cambre en soufflant mon prénom. Sa peau est de plus en plus rougie et transpirante, sa poitrine se soulève dans une cadence du diable. Pris par l'exultation du moment, je me penche sur elle, saisis un de ses tétons entre mes lèvres et le suce avidement. Ma bouche court jusqu'à sa carotide, le nez dans ses cheveux, je respire son odeur parfaite, excitante, unique. Je me sens comme un putain de dieu en l'entendant miauler, couiner au rythme de mes coups de reins et de langue. Et c'est ainsi que je lâche, comme une évidence :

— *Pour le meilleur, et pour le pire…*

Chapitre 13

Kathleen

La lumière du jour perce légèrement les persiennes, lorsque j'entrouvre un œil. Je me prélasse et pousse un soupir d'aise, tandis que la voix de mon mari vient chuchoter tout contre moi.

— Bonjour, madame Miller… Mon mari, le mien, rien qu'à moi.
— Hum, grogné-je. Dis-le encore…

Il ricane en m'étreignant un peu plus.

— Madame Miller, madame Miller, madame Miller…

Alors c'est bien vrai, Dieu merci.

Son ventre collé à mon dos, sa chaleur, tout de lui me rassure et m'apaise. Son souffle brûlant effleure la peau de mon épaule, tandis que je ne peux me retenir de sourire en sentant ses paumes se balader partout sur mon corps nu.

— Je vous trouve bien entreprenant, monsieur Miller…

Une vague de frissons m'enveloppe. Mon cœur bat plus fort dans ma poitrine, chaque terminaison nerveuse de mon épiderme réagit au moindre frôlement de mon homme. Ses mains caressent mes fesses, mon ventre arrondi, mes seins avec une tendresse et une habilité qui me rendent folle. Doucement, il gigote et approche sa bouche pour mordre le lobe de mon oreille. Je tressaille sous la pression de ses dents, quand il murmure sur un ton à la fois rieur et coquin :

— J'ai envie de toi…

Je crois qu'en effet, j'avais compris, ou devrais-je dire… senti ? Qu'importe, puisque c'est également ce je désire.
Alors même que cette nuit, nous avons vécu quelque chose de nouveau, d'intense, de différent, que le soleil commençait à se lever à l'horizon, je n'étais toujours pas rassasiée de l'homme que je venais d'épouser… Je suis épuisée d'avoir fait l'amour à maintes reprises, pendant des heures… pourtant, ce matin, j'ai encore faim de lui.

— Je devrais peut-être te demander ce que tu as mangé, pour être dans une telle forme depuis hier soir, dis-je avec un petit rire.

Quelques mouvements me permettent de me tourner rapidement vers lui. Ses lèvres trouvent délicatement les miennes dans un parfait silence. Il caresse mes cheveux, je ferme les yeux pour déguster ce baiser fondant comme… comme un entremets au chocolat !

Oui, je crois que la grossesse me donne faim et pas que de sexe, de nourriture aussi !

— C'est toi, mon moteur, princesse, répond-il d'une petite voix, tandis que sa langue court jusqu'entre mes seins.

En un rien de temps, je suis coincée entre le matelas et le corps puissant de Brax. Sa bouche descend jusqu'à mon nombril, il chuchote « Salut, fiston » au passage.

— Tu crois qu'il ne sait pas qu'on est réveillés ? Je te parie qu'il nous déteste, alors qu'il est à des lustres d'atteindre l'adolescence, pour avoir perturbé son sommeil pendant plus de vingt-quatre heures !
— Tu plaisantes, je suis certain que tout ça n'a fait que le bercer un peu plus… me contredit-il en caressant mon ventre avec admiration.
— C'est bien possible, oui.

Pour dire vrai, je suis persuadée que Braxton a raison. Notre fils m'a canardée de coups de pied durant le peu de temps où j'ai dormi. En revanche, au cours de nos parties de jambes en l'air, il ne s'est pas manifesté une seule fois ! Peut-être que finalement, les endorphines libérées par mes orgasmes l'apaisent, lui aussi.

Tout en passant une main dans les cheveux de mon mari, de l'autre, je saisis la sienne et entremêle nos doigts pour m'extasier devant la concrétisation de nos vœux. Le futur père de mon fils, l'homme que j'aime, l'amant le plus extraordinaire que la terre ait porté.

Il est à moi.

J'aime le toucher, l'admirer, l'embrasser, connaître chaque partie de lui par cœur, le faire gémir, le sentir proche du précipice et y plonger tête la première avec lui.

Je l'aime, lui.

— Je te veux, je te veux tellement… murmure-t-il.
— Alors, prends-moi.

Son corps frémit et sa respiration vacille au son de ma voix. La chair de poule s'étend le long de son dos, son souffle erratique chatouille ma nuque, lorsque mes ongles griffent lentement ses muscles saillants.

— Ne me le dis pas deux fois, je n'attends que ça…
— Et donc… pourquoi n'est-on pas déjà en train de faire l'amour ? le taquiné-je, joueuse.

Mes paumes glissent sur son ventre. Il ricane et dépose un baiser au coin de mes lèvres.

— Rien, justement, je…

Quelqu'un sonne à la porte et interrompt Braxton dans sa lancée. Il niche sa tête dans mon cou en soupirant.

— N'ouvre pas et reste avec moi, proposé-je en l'enlaçant.
— Et si c'était Andrew, avec Lily ?
— Il aurait appelé avant, non ?

— Possible, mais dans le doute…

Sur ces mots, Brax se lève, enfile un boxer et les premiers vêtements qu'il pioche dans son armoire. Puis il pousse un grognement mécontent, avant de franchir la porte de la chambre pour aller ouvrir.

— Je suis certain que c'est encore cet abruti de facteur qui ne trouve pas la boîte aux lettres ! maugrée-t-il.

Je m'étends dans les draps en souriant niaisement et tends l'oreille, pendant que Braxton tourne la clef dans la serrure. Comme je ne discerne pas d'éclats de voix provenant du séjour, j'en déduis qu'il ne s'agit pas de cette grande gueule d'Andrew. Sans quoi, même la voisine du dessous l'aurait entendu brailler.
De ce fait, je hurle :

— Dis-lui d'aller se faire foutre !

Quelques minutes s'écoulent au cours desquelles je me fais silencieuse. Je tente de capter le moindre son qui pourrait m'aider à connaître l'identité de celui qui vient nous rendre visite, en vain. Sentant mon pouls s'accélérer, je me redresse à genoux sur le matelas, fixant la porte entrebâillée.

— Braxton ?! m'écrié-je assez fort pour qu'il m'entende.

Mais rien.

Une boule se forme dans ma gorge, je commence à avoir peur, à m'imaginer n'importe quoi. Avec rapidité, mais maladresse, je me lève, me précipite près de la commode, passe un des boxers de Brax et sa chemise de marié.

Aussitôt, les cheveux en bataille, le corps encore endolori par nos ébats, je longe le couloir pour enfin atteindre le salon et… sentir mon cœur se rompre.

Des agents de police, quatre exactement, se tiennent sur le seuil de l'appartement. Je vois mon homme de dos, j'entends quelques mots… et puis je comprends.

Ils vont me l'enlever.

Mes oreilles bourdonnent, mes pulsations cardiaques m'assourdissent.

Ils vont me l'enlever !

L'air sembler saigner autour de moi, l'oxygène se raréfie dans mes poumons.

— Brax… ? tenté-je de l'interpeller, la voix étranglée par l'angoisse.

Mon mari se tourne aussitôt vers moi, les bras ballants. Je lis sur ses lèvres lorsqu'il articule en silence « pardonne-moi », et deux larmes roulent sur ses joues. Un officier saisit ses mains pour les tordre dans son dos. Braxton tombe à genoux, la tête basse, et se fait passer les menottes.

Ils me l'enlèvent.

Malgré mon état second, je titube et m'écroule près de

l'homme de ma vie pour le serrer dans mes bras, avant de fondre en pleurs. Mon cœur explose en un milliard de particules.

— Non, ne me quitte pas, murmuré-je en sanglotant.
— Nous savions que cela pouvait arriver, tu seras forte, je le sais mon ange, essaie-t-il de me dire pour me rassurer.

Mais rien ne peut atténuer ma peine.
Et, je pleure davantage. Je sens ses larmes mouiller mes joues, ou peut-être que ce sont les miennes, les nôtres. Comment peut-il dire ça ? Comment puis-je survivre sans lui, alors qu'il est mon seul repère ?

— Pitié, ne pars pas loin de moi, je n'aurai jamais le courage d'élever cet enfant sans toi, mon amour…

J'inspire son odeur, la douceur de sa peau, la force de ses étreintes. Le retenir, faire quelque chose pour sauver ma famille, le père de mon bébé. Voilà le pouvoir que je voudrais avoir…

Mais je suis impuissante.

Une main pleine d'assurance m'éloigne des bras de mon mari, une policière me ceinture pour m'empêcher de le rejoindre.

— Beautiful ! m'appelle Brax en tentant de se relever.

Sa voix déraille.
Mais un des flics le cloue au sol en lui sommant de ne pas bouger. C'est du délire ! On le traite comme s'il était un tueur en série, alors qu'il n'a fait qu'une foutue maudite erreur, dont il se

repent depuis des lustres, ils ne savent pas combien toute cette histoire le ronge ! Merde, il a déjà payé, de par toutes ces années de castration, au sein d'un couple toxique, de frustration et de solitude. Braxton refusait de vivre, il pensait ne plus y avoir droit. La culpabilité avait détruit sa capacité à croire en lui et en la gent féminine et maintenant que nous nous sommes trouvés, maintenant qu'il a réappris à aimer, voilà qu'on me le retire !

Pourquoi ? C'est tellement injuste !

— Braxton ! Je vous interdis de faire ça ! Nooon !

Mon âme crève, se déchire. Je pousse des cris, je n'entends plus que ce policier qui récite ses droits à l'homme que j'aime, des « calmez-vous, mademoiselle » auxquels je réponds en vociférant « C'est MADAME, PUTAIN ! Madame MILLER ! »

Ils m'arrachent mon bonheur, mais ils ne pourront jamais m'enlever la fierté de porter son nom.

Les larmes ruissellent… Je suis désespérée, j'aimerais mourir et ne plus avoir à ressentir cette douleur cuisante, la souffrance harassante de le voir partir sans pouvoir le sauver. J'essaie de me défaire de la prise de la policière, en gesticulant dans tous les sens comme une véritable hystérique, sans résultat.

— Lâchez-moi ! tenté-je de hurler, bien que le chagrin rende ma voix presque inaudible.

Et d'ailleurs personne ne m'entend. Les policiers l'emmènent rapidement, trop rapidement. Il disparaît, comme nos projets d'avenir. Et très vite, la jeune femme qui me retenait se volatilise à son tour.

Quand la porte claque, je m'écroule à genoux sur le carrelage de l'appartement. La rage, la tristesse, la solitude me prennent dans leurs bras pour m'étouffer. Je cogne le sol de toutes mes forces à coups de poing.

Dès le premier jour, je l'ai aimé. Je suis tombée folle amoureuse de Braxton à la seconde où ses lèvres se sont posées sur les miennes. À lui seul, avec ses manières et sa façon d'être, il m'a appris la signification des mots qui comptent.

D'abord, « estime de soi », lorsqu'il m'a fait prendre conscience que j'avais tant de choses en moi qui pouvaient toucher et plaire en dehors de mon physique.

Ensuite, Braxton m'a appris le sens du mot « aimer », pas vaguement, ni un peu, ni à la folie. *Non.* Mais démesurément... oui, comme on respire pour vivre, il m'a offert un amour fusionnel, à toute épreuve. Un amour qui malgré les embûches ne s'est jamais amoindri.

Et cela fait seulement quelques semaines que j'ai également saisi le sens du mot « famille ». La famille, ce n'est pas seulement celle qui te met au monde, c'est avant tout celle pour qui tu pourrais mourir, celle qui te fait grandir, te donne la possibilité d'être toi, avec tes peines et tes joies, qui te soutient, quelles qu'en soient les conséquences et les raisons. Cette famille-ci, c'est Braxton qui me l'a donnée. Et à présent, je devrais moi aussi être capable du pire pour la sauver.

Mais au lieu de ça, je n'ai plus que mes yeux pour pleurer. Mon époux, celui qui me rendait si heureuse... est parti. On me l'a violemment arraché.

Et si ma vie a véritablement commencé le jour où je l'ai rencontré, elle vient également de prendre fin à la seconde même où ils me l'ont enlevé.

Chapitre 14

Braxton

Un mois s'est écoulé depuis mon arrestation, une semaine depuis que le procès a eu lieu. Tout a été très vite mais, en même temps, je m'y attendais. Il n'y avait pas à tergiverser. Les preuves que gardait précieusement Callie ont bien fait leur boulot. Sacrée garce, je ne pensais vraiment pas qu'elle mettrait ses menaces à exécution. Je suppose que mon mariage l'a convaincue qu'il n'y avait plus aucune chance pour elle de me récupérer. Il a donc fallu qu'elle déverse son fiel de rage et qu'elle me pourrisse la vie, comme elle pense que j'ai pourri la sienne en la quittant.

Son témoignage et celui de ce connard de Mike ont fini de m'enfoncer. Il l'a finalement rompu, son foutu pacte. Ben voyons ! Comme s'il y avait eu un jour une quelconque amitié entre nous qui pouvait nous lier comme des frères ! Quel enfoiré, si je ne l'avais pas connu, toute ma vie aurait été différente, c'est sûr !

Mais je n'aurais peut-être pas rencontré Kathleen. Et ça, je n'arrive pas à savoir si ç'aurait été une bonne ou une mauvaise chose. Probablement une mauvaise pour moi, puisqu'elle m'a sauvé. Mais sûrement une bonne pour elle, car cela lui aurait évité une vie entière de souffrance.

Le simple fait d'y penser me brise. La Cour suprême de l'Ohio a prononcé son verdict. Compte tenu des circonstances, de mon rôle de père et de la grossesse de ma femme, je n'ai pas été condamné à mort, comme j'aurais dû l'être pour le meurtre d'un agent assermenté.

Parce qu'en Amérique, s'attaquer à l'un de ceux qui représentent les États-Unis, c'est s'attaquer au pays lui-même.

Le juge et les jurés m'ont donc condamné à une peine de prison… à perpétuité. J'ai et j'aurai probablement toujours du mal à y croire. Me dire que je ne respirerai plus l'air pur de Villa Madenna, que je ne saurai plus ce qu'être libre signifie, que je crèverai ici…

Il n'existe pas de prescription pour les meurtres, pas de pitié pour les criminels, qu'ils soient d'aujourd'hui ou d'antan, et je le comprends. Mais je suis comme un lion en cage, enfermé dans cette foutue cage froide et étroite. Un codétenu est censé me rejoindre bientôt, celui avec qui je devais partager ma cellule est décédé avant mon incarcération, et les transferts sont longs.

Tant mieux.

L'air ici pue la violence, la trahison, la merde. Impossible d'aller pisser, de manger ou de se doucher sans avoir la crainte de se faire taillader au détour d'un couloir. Alors, qui sait le genre de type qui va venir pioncer juste en dessous de moi ?

J'aimerais mieux mourir que de penser que je ne pourrai plus jamais construire de souvenirs avec ma famille, mes amis, que je vais passer tout le temps qu'il me reste à vivre sans eux.

En somme, c'est comme si on m'avait déjà tué. Puisque je

ne verrai ni ma fille grandir, ni mon fils naître, et que je ne ferai plus jamais l'amour à ma femme... Kathleen, elle, finira par me remplacer, pour son bien et celui du bébé. Et quand arrivera ce moment, je n'aurai plus qu'à me pendre dans cette maudite cellule.

Alors que je suis allongé sur ce lit pourri, la voix du gardien me fait sursauter.

— Miller, tu vas avoir de la compagnie plus tôt que prévu !

Je me redresse et, d'un bond, je saute sur mes pieds pour comprendre ce qu'il veut dire exactement.

— Comment ça ?
— Ne discute pas et dis bonjour à ton nouveau copain ! Benítez, tiens-toi à carreau cette fois !

Un instant, je me demande quel est le foutu problème de ce mec, pour appeler tous les détenus par leur nom de famille. Comme si nous n'étions que des chiens. Et puis, il y a ce nom qui coupe court à toutes mes autres interrogations et qui me laisse bouche bée. Benítez.

J'espère me tromper.

— Recule au fond de la pièce, mains sur la tête, Miller, je vais ouvrir la cellule !
— Je ne vais pas m'enfuir, j'irais où ?
— Je ne sais pas, au trou, par exemple ? crache cet abruti.

Je soupire et m'exécute.

Ouais, c'est bon sale con, on a compris que tu te prenais pour un roi.

Quand la grille se referme, je quitte la position de sécurité et me retourne rapidement pour constater que je ne m'étais malheureusement pas gouré.

Il est là.

— C'est une putain de blague ?! dis-je en dépassant mon codétenu pour me coller aux barreaux de cette cage à poules. Il a témoigné contre moi, et vous me le foutez dans la même cellule ?!

Je suis à la fois vert de rage et bleu de peur. Si j'appréhendais de me trouver avec un sociopathe, ma peur est deux fois plus grande maintenant que je suis forcé d'être enfermé avec le mec que j'ai trahi. Mais ma panique a plutôt l'air d'amuser le gardien. Un rire sardonique lui échappe.

— Pas mon problème, se contente-t-il de répondre. Et si vous vous entretuez, ça ne sera toujours pas le mien non plus. Je suis plus de service dans cinq minutes, à demain, les filles !

Et ce tocard tourne les talons pour se barrer. Je reste un instant figé, sans vraiment prendre conscience de ces derniers mots. Puis, une voix insupportable se fait entendre dans mon dos.

— Ben alors, t'es pas content de me voir, Miller ?

Un souffle las franchit mes lèvres.

— Mike...

J'ai craché son nom, comme je le ferais pour parler d'une putain d'infection qui pullulerait dans le monde entier. Quand je me retourne, je constate que depuis le procès, il n'a pas vraiment changé. Hormis ces fringues orange qui ne nous vont pas mieux à l'un comme à l'autre, il a toujours ce regard vif et cruel, cette façon provocante de se tenir, cette sale gueule marquée de cicatrices qui montre aux yeux de tous combien il est véreux de l'intérieur.

— En chair et en os, dis donc ! T'as cru que t'allais te débarrasser de moi pour toujours ? jubile-t-il en se laissant tomber sur le matelas libre.

Quelques pas me permettent de me poster devant lui. Je m'appuie contre le mur et l'examine avec précaution. Je sais exactement ce qu'a prévu ce connard. Me pourrir l'existence jusqu'à ce que je me pende avec mes draps, ou un truc de ce genre. Mais ça ne prendra pas. Je le connais mieux que tous les mecs qu'il a pu fréquenter dans cette prison, il ne m'impressionne pas.

— C'est toi qui as fait en sorte de te retrouver dans ma cellule, je me trompe ? demandé-je, sur mes gardes.

Il lève ses yeux noirs sur moi, hoche les épaules d'un air innocent et esquisse un sourire sadique.

— Peut-être bien…

— Comment t'as fait ? renchéris-je.

— J'ai juste conseillé à cet abruti de Carlos Bodega, mon ancien codétenu, de se trancher la gorge avant qu'une piqûre létale ne se charge de son cas, m'apprend-il, comme s'il était fier de lui.

— Et il t'a écouté ?

Je ne suis pas surpris que Mike arrive encore à avoir de l'influence sur quelqu'un, il en avait déjà sur moi, à l'époque.

— Carlos avait beaucoup d'ego, alors il l'a fait. Et ça a été une vraie boucherie, du sang partout, ricane Mike. Du coup, nettoyage oblige, transfert du codétenu aussi…

On dirait bien que cet énergumène est content que ses petits plans se déroulent comme il le souhaite.

Putain, je me demande bien ce qui me retient de lui exploser la tête !

Sûrement le fait que je l'ai trahi il y a quelques années, qu'il ait de ce fait une dent contre moi et, surtout, que je ne veuille pas m'abaisser à son niveau.

— Ça ne te fait rien qu'un mec se suicide, juste parce que tu lui en donnes l'idée ? m'indigné-je.

Nouveau haussement d'épaules je-m'en-foutiste.

— Il allait crever, quelle différence ?

Non, mais sérieux ! Comment ai-je pu croire à une époque que ce type était mon ami ?

— Et moi alors, pourquoi tu viens me faire chier ?

Je devrais peut-être prendre des pincettes, mais j'ai les nerfs à vif. Et quand il hausse encore les épaules comme un débile, je suis à deux doigts de péter un câble et de lui écraser la cervelle contre le mur de cette cellule merdique.

— Fallait bien qu'on ait une petite discussion…
— Je n'ai rien à te dire, Benítez, lâche-moi.

Et je grimpe sur mon lit pour m'allonger, bien déterminé à l'ignorer. Un long silence s'écoule, je pense qu'enfin, il va se décider à me laisser en paix, mais c'est bien mal le connaître.

— T'as quand même fini par te faire choper, j'y croyais plus !
— Ta gueule, grogné-je en fermant les paupières.
— Si je suis là, tu te doutes que c'est pas pour le plaisir des retrouvailles, alors, descends de ton pieu, faut qu'on parle, connard !

J'ai tout juste le temps d'ouvrir les yeux que sa main puissante m'attire hors du lit pour me jeter contre le mur. Son regard injecté de sang me foudroie, je sens enfin toute cette rage que je savais présente en lui. Mike me bloque la gorge avec son avant-bras, je me débats. Mais, aujourd'hui, il arrive visiblement mieux que moi à maîtriser un mec qui fait une tête de plus que lui.

— Je devrais te crever et te faire bouffer tes entrailles pour m'avoir laissé moisir dans cette prison sans aucune nouvelle, putain !

— Je me suis marié avec Callie, on a eu une fille, je ne pouvais pas te suivre ici, Mike, dis-je, malgré ma trachée obstruée par son coude.

Son ricanement sombre retentit dans toute la cellule.

— Ferme-la, t'es qu'un lâche ! T'étais bien content d'offrir des diamants à cette pétasse, et quand t'as plus eu besoin de moi, tu m'as oublié et t'as continué à mener tranquillement ta petite vie merdique !

— C'était la vie que je voulais, tout le reste était une monstrueuse… erreur.

Mike me donne un violent coup au thorax, et je tombe à genoux en crachant de la bile. La douleur est cuisante, l'air qui pénètre dans mes poumons me brûle.

— Monstrueuse erreur ? Espèce de trou du cul, c'est ça que notre amitié était pour toi, une erreur ?

Oui, ma plus grosse erreur.

Je ne peux m'empêcher de rire. Il est hors de question que ce type se sente supérieur à moi. L'époque où mes fins de mois dépendaient de lui est révolue, je ne suis plus son élève, il n'est plus mon mentor.

— T'es en train de me faire une scène de ménage, dis-moi, Benítez ? ricané-je en toussant.

Et mes paroles ont l'effet escompté. Mike me saisit par le col de mon tee-shirt et me soulève contre le mur, enragé.

— J'pensais juste que t'avais un peu de reconnaissance, que tu culpabilisais de m'avoir regardé plonger sans honorer notre pacte ! Mais en fait t'es qu'un sale égoïste de merde ! Alors, maintenant, tu rends la monnaie de ta pièce, tu vas crever ici, avec moi. En laissant ta nouvelle nana toute seule avec son môme.

Ma respiration se bloque. Comment peut-il être au courant ? Devant ma stupéfaction, Mike explose de rire et reprend :

— J'ai fait une déposition à ton procès, t'as oublié déjà ? C'est là que je l'ai vue. Elle était plutôt bandante, les femmes enceintes… ça a toujours été mon truc, je…
— Ferme ta gueule ! hurlé-je, pris d'une rage incontrôlable.

Mon sang ne fait qu'un tour, je sens la colère me posséder de part en part. Dans un élan de hargne, je me défais de la poigne de Mike et le force à reculer avec violence jusqu'à ce que son dos heurte les barreaux de la cellule.

— Je t'interdis de parler de ma femme ! T'as compris, ordure de merde ? Si tu reparles d'elle une seule fois, je n'hésiterai pas à t'arracher la langue et à te la faire bouffer, je ne suis pas à une éternité de prison près, alors fait gaffe, Benítez, de ne pas aller trop loin !

Les larmes envahissent mes yeux, mon organe cardiaque palpite, je revois le beau sourire de ma Beautiful, j'entends son rire, les battements du cœur de notre bébé lors de l'échographie où nous avons appris qu'il s'agissait d'un garçon. J'imagine Lily, les cheveux de Kathleen, la soirée de son anniversaire, celle aux Hamptons. Tout se mélange dans ma tête, je deviens dingue.

Étourdi par tous ces flashs, je relâche Mike et donne un énorme uppercut dans le mur juste à côté de lui, avant de me laisser tomber sur la chaise, près du lavabo. Les mains plaquées sur le dessus de mon crâne, je me concentre pour ne pas pleurer. Elles me manquent tellement, elle, son parfum, sa présence, et Lily… mon petit chat. Comment vais-je réussir à passer une vie ici, alors que les êtres que j'aime le plus au monde sont ailleurs ?

— Eh ben… si Callie était une connasse, celle-ci a l'air de valoir le coup ! crie Mike dans mon dos.

Il va vraiment falloir qu'il apprenne à être silencieux.

— Je t'ai déjà dit de fermer ta grande gueule, Mike.
— T'es certain de vouloir que je me taise, t'as pas envie de connaître la vérité sur notre dernier braquage ? questionne-t-il en se laissant tomber près de moi, à même le sol.

J'abaisse mon regard vers lui, déboussolé.

— Quelle vérité ?
— J'sais pas… Peut-être que t'as pas tué ce type… Peut-être que c'est moi qui l'ai buté…

Mon cœur s'arrête de battre.

Qu'est-ce qu'il vient de dire ?

— Pourquoi tu racontes de la merde, comme ça ? Callie avait tout, mes fringues couvertes de sang, le flingue…
— J'raconte pas de la merde. J'ai voulu te l'avouer, dès le lendemain, mais comme tu t'souvenais de rien, j'ai décidé de protéger nos arrières. Moins t'en savais, moins on risquait gros. Et j'ai bien fait !

Mes pensées s'emmêlent. Submergé, je me lève et passe une main dans mes cheveux.

Ça n'est pas possible !

— Ne joue pas avec mes nerfs, Mike, ça ne prend pas !
— Moi ? Je joue avec tes nerfs ?!

Il se rapproche de moi jusqu'à me coincer de nouveau entre le mur et lui.

— Oui ! Toi ! crié-je en le repoussant.
— Arrête de faire la sourde oreille, putain ! Et maintenant, écoute-moi bien ! Quand j'ai compris que t'allais pas me suivre en taule, j'ai voulu m'venger et m'assurer que durant toute ta putain de vie tu continuerais à te voir comme un assassin, comme un mec aux mains couvertes de sang ! J'te connais comme ma poche, j'savais que ça pourrirait ton existence !

Et mon monde s'écroule.

Comme le jour où Kathleen a appris pour mes frasques, comme le jour où elle m'a quitté. Mes forces s'évaporent, je n'ai plus envie de m'énerver ni de réfléchir.

Parce qu'il n'y a plus rien à comprendre.

Je pensais l'avoir trahi, et c'est finalement lui qui tire les ficelles depuis le début. *Il m'a manipulé,* pour que je souffre de mener une vie à laquelle il ne pouvait plus aspirer.

— C'est toi qui as buté ce type ? dis-je, trop sous le choc pour crier.

Il acquiesce, fier de lui.

— T'as buté ce type, et tu m'as laissé croire que j'l'avais fait ? Il acquiesce encore, un sourire d'enfoiré greffé aux lèvres.

Je vais le crever.

Mes mains deviennent moites, je n'entends plus que mes pulsations cardiaques qui s'affolent et agitent mon cœur.

Je vais lui faire la peau.

Inspiration, expiration… il faut à tout prix que je me calme.

— Ça ne tient pas la route ton histoire, pourquoi ne m'as-tu pas balancé pour les braquages si tu voulais que je paie ? Pourquoi t'as endossé la mort de cet homme, si t'avais prévu de me faire croire que j'en étais le responsable ?!

La rage mène un tumulte sans nom dans ma tête et mon cœur, je vais craquer, je le sens.

— Mais t'y es pas du tout… soupire-t-il avec insolence. J'suis pas en taule pour ça, Miller, j'ai juste pris pour les vols. Ils n'ont jamais su qui avait tué ce type, avant de finalement te trouver. Et j'suis pas une pute comme toi ! Je tenais à notre pacte, t'étais mon frère, bordel ! Mais… (Il hoche les épaules avec sa suffisance naturelle.) puisque t'allais tomber, c'est comme Bodega, un mal pour mal, autant enfoncer le clou.

— J'y crois pas une seconde, si t'avais eu l'occasion de te venger, tu ne te serais pas gêné !

Un ange passe, Mike me fixe droit dans les yeux, impassible… et il se marre à gorge déployée. Puis, comme un putain de schizophrène, il fonce dans ma direction et s'arrête à quelques centimètres de moi, désormais hors de lui.

— Mais c'est ça, ma vengeance, Miller, articule-t-il en pointant son index contre mon torse. Des années de culpabilité à ruminer, à te dire que les choses auraient pu être différentes. Et maintenant, enfin, tu vas croupir en taule encore plus longtemps que moi ! Tout t'accuse, et tu le mérites pour m'avoir laissé ici, pendant que tu refaisais tranquillement ta vie avec une blondasse !

Mon poing s'écrase sur sa mâchoire, un craquement se fait ressentir dans mes phalanges. Mike tombe en arrière et se redresse aussitôt, le regard noir de haine, la lèvre inférieure éclatée.

— Pourquoi tu me dis tout ça, putain ? enragé-je. T'as pas peur que j'aille le raconter ?!

Et il se moque tout en essuyant le sang qui coule de sa blessure.

— Tu peux me dire qui te croira ? Ta meuf ? Tes potes ? Et après ? La seule qui connaît la vérité et qui a la preuve de tout ça, c'est ma femme. Et je peux t'assurer qu'elle n'ouvrira pas son clapet, elle se fera égorger dans le cas contraire !

Je tombe sur le cul. Ce connard a vraiment tout prévu. Aucun mot ne sort de ma bouche et je visualise, en même temps, l'enfer qui m'attend ici. Mike a les matons dans sa poche, je ne bénéficierai d'aucune faveur dans cette prison, à moins de me soumettre à lui.

Ce qui est inconcevable.

— Frères de crime… tu te souviens ? ricane-t-il avec fierté. Maintenant, tu vas m'avoir sur le dos vingt-quatre heures sur vingt-quatre, mon pote.

Faussement résigné, j'entends la sonnerie indiquant l'heure de la promenade. Les grilles s'ouvrent et, d'un coup d'épaule, je dépasse Mike pour sortir de ce trou à rat.
Mon cerveau bouillonne. Je réfléchis comme un dingue aux solutions qui s'offrent à moi.

Je ne suis pas un meurtrier.

Putain… tout à coup, je prends conscience de tout ce que cela implique. Arrêter de me prendre pour un monstre, arrêter de vivre avec les mains couvertes de sang. Oui, j'ai été un voleur, et ç'a été une terrible erreur pour laquelle je ne cesserai jamais de me repentir. Mais, je n'ai pas volé la vie d'un homme et ça… ça n'a pas de prix. Je me sens soulagé d'un poids lourd comme une chape de plomb, et la première personne à qui j'ai envie de le dire, c'est elle, le grand amour de toute mon existence, Kathleen. Même si, malgré tout, je n'arrive pas à éprouver vraiment de la joie.

Comment le pourrais-je ? Je suis cloîtré ici, sans aucun moyen de prouver mon innocence !

Quand je sors dans la cour de la prison, barricadée de grilles hautes de sept mètres, surplombée de miradors à chaque coin et de barbelés tranchants, j'occulte immédiatement la possibilité de m'évader pour trouver les preuves de mon innocence. L'air frais pénètre dans mes poumons, mais ne me revigore pas. Je traîne des pieds, jusqu'à me laisser tomber sur un banc, à l'écart.

Quelques minutes plus tard, la sonnerie retentit de nouveau. Je ne suis définitivement pas prêt à ce que ce bruit assourdissant rythme mes journées jusqu'à la fin de ma vie.

Et encore moins depuis que je me sais victime des plans machiavéliques de Mike !

Je suis le mouvement, les quartiers sont appelés les uns après les autres, pour retourner en cellule. Mais, lorsque c'est à mon tour de pénétrer dans le bâtiment, un gardien m'arrête dans ma lancée en plaquant sa matraque contre mon abdomen.

— Miller, un parloir vient d'arriver pour toi.

Chapitre 15

Braxton

J'espère un court instant que ce soit Kathleen qui me rende visite. Et puis, je me souviens lui avoir fait passer un message par l'intermédiaire de mon avocat. Je ne veux pas qu'elle vienne ici, je ne veux pas voir la femme de ma vie, enceinte, au beau milieu d'une salle pleine de sales types qui vont se donner à cœur joie de la mater sans aucune retenue. Ça me rend malade rien que d'y penser. Alors, même si je crève d'envie de la serrer dans mes bras, je préfère qu'elle reste à l'écart de tout ça, en attendant que nous obtenions un parloir privé.

Lorsque je pénètre dans la salle, je suis donc résigné au fait de ne pas la voir, et mes doutes se confirment quand j'aperçois une silhouette familière, mais qui n'est pas celle de ma femme. La brune se redresse, lisse son chemisier et agrippe ses doigts à la table avec nervosité. Je n'arrive pas à croire qu'elle vienne m'emmerder jusqu'ici. À vrai dire, je me demande comment elle a pu avoir un droit de visite, après tout ce qu'elle m'a fait !

— Callie, grogné-je en m'arrêtant à quelques mètres, les bras croisés.

À cette heure matinale, je constate qu'il y a fort heureusement peu de visiteurs à la prison de Cincinnati. Une grand-mère et son petit-fils, une femme et son mari. Le lieu est donc beaucoup plus calme que d'habitude.

— Braxton, comment vas-tu ?

Bizarrement, je sens dans sa voix beaucoup plus de douceur et d'inquiétude encore que pendant toutes nos années de vie conjugale. Et je comprends immédiatement la raison de sa présence. Elle culpabilise. Elle a besoin de me demander pardon. D'avoir mon absolution.
Eh bien… *qu'elle aille en enfer.*

— T'as détruit ma vie, mais ça ne te suffit pas ? Il faut en plus que tu viennes chouiner dans mes bottes ? lancé-je sèchement, toujours debout.
— Brax, je…
— Casse-toi, Callie, t'as rien à foutre ici, t'es plus rien pour moi.

Je détourne les yeux, sa simple présence m'insupporte, et me rappelle à quel point j'ai été naïf de croire qu'elle avait suffisamment de cœur pour m'épargner. Non, elle n'a pensé qu'à elle, à sa vengeance, elle a oublié Lily, méprisé Kathleen et notre enfant à naître. Les gens que j'aime n'ont été que des dommages collatéraux pour elle, et je la hais deux fois plus fort qu'avant pour ça.

— S'il te plaît ! implore-t-elle. Tu as bien vu que je n'étais pas au procès, pas vrai ?

La fureur me fait trembler. J'inspire pour tempérer ma colère et braque de nouveau mon regard sur elle.

— J'ai surtout entendu la déposition que tu as faite, bien planquée dans le bureau d'un flic ! Puisque t'as pas eu le courage de m'affronter en personne ! m'emporté-je en la pointant du doigt.

Au même moment, le gardien alerté par les cris nous somme de la fermer. Je me calme et décide de m'installer en face de mon ex-femme pour éviter d'éveiller à nouveau les foudres du maton.

— Je n'avais pas le choix, chuchote-t-elle à présent. Nous ne sommes plus mariés, Braxton, j'aurais pu aller en prison moi aussi, si je n'étais pas passé aux aveux ! C'est le deal qu'ils m'ont proposé, j'étais coincée !

Je ris et me moque d'elle, comme de ses excuses à deux balles, sans m'en cacher.

— Arrête ton cinéma, s'il te plaît ! Si t'avais juste appris à la fermer, t'aurais rien eu besoin d'avouer !

Ma paume claque sur la table et fait sursauter Callie. Elle ouvre ses grands yeux bleus remplis de culpabilité, mais malheureusement pour elle, je n'éprouve aucune empathie à son égard.

Au contraire.

— Tu ne comprends pas ! C'est Kent qui a tout balancé, pas moi !
— Quoi ?

De nouveau, la rage me prend aux tripes. Je ne sais pas si je dois croire Callie, alors qu'elle n'a pas hésité à tout raconter à Kathleen dans le seul but de l'éloigner de moi. Ce ne serait pas étonnant qu'à présent, elle tente de se blanchir en accusant quelqu'un d'autre !

— J'ai largué Kent, il y a plusieurs semaines. Et quand j'ai appris… commence-t-elle, subitement embarrassée, pour votre mariage, votre bébé… par Lily, bien entendu… j'ai compris qu'il n'était pas « toi », et…
— OK, allez, ç'a assez duré, je me casse… m'emporté-je en quittant la table, abasourdi par tant de conneries.

Mais elle me retient par le poignet.

— Laisse-moi finir, je ne cherche pas à te reconquérir, Braxton, écoute-moi !

Impossible, j'arrime mon regard au sien, attendant qu'elle s'explique.

— Tu sais que je regrette mon comportement, que j'ai changé. J'en suis certaine, tu vois d'habitude toujours le bon en chacun de nous !
— Le problème, Callie, c'est qu'il n'existe pas de bon en toi ! enragé-je, les larmes aux yeux.
— C'est faux… tente-t-elle pour se défendre, dépitée. Je me

rends compte que j'ai tout détruit avec mes menaces idiotes, mais toi tu sais, au fond, que jamais je ne les aurai mises à exécution… puisque je t'aime toujours et que je t'aimerai toute ma vie !

Un ange passe, je la fixe, sans émotion. Puis, je plisse les yeux.

— Pour tout te dire…
— Oui ? répond-elle immédiatement, avec espoir.
— Je n'en ai rien à foutre, Callie ! !

Mon ton est froid, virulent et sec, son visage se décompose, elle pâlit.

— Qu… quoi ? bégaie-t-elle.
— Que tu regrettes, que t'aies changé, que tu m'aimes. Je m'en branle complet ! OK ? finis-je par crier. Je suis en taule à cause de toi ! Parce que j'ai fait tout ça pour toi, à l'époque, et maintenant c'est toi qui me jettes dans la gueule du loup !

Mon ex-femme baisse les yeux. Je sais qu'elle a honte, que c'est la première fois qu'elle ressent de la culpabilité, que sa conscience la titille jour et nuit et l'empêche de dormir. Je n'aurais jamais pensé qu'elle puisse regretter son comportement passé. Mais si c'est le cas aujourd'hui, et si elle morfle, alors je suis content.

— Ce n'est pas moi, je te le jure, murmure-t-elle, au bord des larmes. Je me suis livrée à Kent sur tes secrets, je lui faisais confiance, parce que je…
— Parce que tu l'aimais, ce n'était pas un crime, tu peux le

dire, complété-je devant son hésitation.
— Oui, je pensais l'aimer.
— Je t'ai déjà dit que je m'en foutais, dis-je avec détachement.
— Oui, d'accord. Mais il faut que tu me croies, parce que je n'aurais jamais fait ça à Lily ! J'ai quitté Kent en lui expliquant que j'étais toujours amoureuse de toi, et tu sais à quel point il te déteste. Il ne l'a pas digéré.

Tout l'air dans mes poumons disparaît. Je serre les poings sur mes genoux, mes phalanges blanchissent et mes dents grincent les unes contre les autres.

Putain, ils se sont bien trouvés ces deux-là, ma parole !

— Et alors ? Son ego a pris une claque, ça va, il s'en remettra, craché-je.
— Il savait où était le coffre, m'apprend-elle.

Je redresse la tête d'un coup sec.

— Le coffre ?
— Celui qui contenait les preuves que je gardais pour… te faire chanter, soupire-t-elle, mal à l'aise. Et il m'a tout volé. C'est comme ça qu'elles ont pu être utilisées contre toi, au tribunal. De mon propre chef, je n'aurais jamais fait un truc pareil, lorsque je te menaçais, c'était pour te faire peur, pour que tu restes !

Callie tente de s'agripper à mes mains, mais je recule. À la seconde où elle m'a touché, j'ai eu envie de vomir. Elle ne me fait ressentir que haine et mépris.

— Tu risques une peine pour tout ça ?

En réalité, j'espère vraiment qu'elle me dise oui, même si, dans un sens, je ne le pense pas vraiment, puisque Lily a besoin de sa mère, faute de pouvoir profiter de son père !

— Non, puisque j'ai… fait cette déposition contre toi. Kent a fait en sorte que je ne sois pas accusée de complicité, lorsqu'il a présenté ces preuves au juge.

Je soupire. Bien entendu, elle n'a rien fait, après tout. Mais je trouve injuste que tout le monde s'en sorte indemne pendant que moi, je reste enfermé ici à tort, impuissant.

— Il t'aimait peut-être vraiment, finalement, ricané-je avec ironie.
— Peut-être, mais moi c'est…
— Tais-toi, pitié ! Ne dis pas un truc aussi con !
— Mais je le pense… se plaint-elle, larmoyante.

Aussitôt, je me lève et claque mes mains sur la boiserie de la table. Je n'aurai que quelques minutes avant que le gardien ne se manifeste, alors je la fais courte. Tout en plongeant mes yeux dans les siens, pour lui communiquer toute la rage qu'elle m'inspire, j'articule :

— Le peu de respect que j'ai encore pour toi ne tient que parce que tu es la mère de ma fille, mais je t'en supplie Callie : oublie-moi ! Et si tu ressens pour moi autant d'amour que tu le prétends, ne reviens jamais ici ! Tu ne suscites en moi que dégoût et mépris, je ne t'aime plus et jamais de ma vie je n'éprouverai autre chose que de la haine à ton égard !

Les larmes roulent désormais sur ses joues, tandis que mon cœur bat à toute allure dans ma poitrine, emballé par la colère.

— Brax... je... je suis désolée... je...
— Barre-toi ! hurlé-je en pointant la sortie derrière elle.

Elle tente une nouvelle fois d'argumenter, je vocifère de nouveau :

— Dégage !

Et je me détourne sans plus la regarder. Le gardien me repasse les menottes, ouvre la porte et m'entraîne à sa suite. Je disparais, la laissant seule avec sa culpabilité et sa vulgaire petite crise existentielle.
Tout ce que je souhaite, c'est que Callie connaisse un quart de la souffrance qu'elle m'a fait subir ces dernières années. Et si, ce jour-là, elle arrive à se relever autant de fois que moi, alors... elle pourra peut-être prétendre à mon pardon.
Mais pas avant, jamais.

Chapitre 16

Braxton

Depuis que Mike partage ma cellule, je me contente de faire des allées et venues entre les sanitaires, la salle de repas, la cour et mon lit, dans un silence de plomb. Il essaie bien de me mettre en colère, de m'emmener sur un terrain glissant, voire mortel, en me parlant de Kathleen. Mais il est hors de question que je lui fasse le plaisir de m'emporter une nouvelle fois comme je l'ai fait hier. Je ne perdrai pas mon temps avec lui, je préfère le passer à réfléchir aux différentes façons de prouver mon innocence.

Et ce matin, j'ai peut-être trouvé une porte de sortie. Pendant que Benítez était parti à sa visite médicale trimestrielle, j'en ai profité pour écrire une lettre à ma femme. Le seul problème étant : comment la lui remettre ? Ni en mains propres ni par courrier, c'est une certitude… puisqu'elle sera forcément lue avant d'arriver jusqu'à elle. Et comme je n'ai toujours pas l'intention de gâcher mon unique espoir de liberté bêtement, tout doit rester secret.

Alors que je patiente désormais dans la salle des visites depuis plusieurs minutes, je touche nerveusement cette fameuse lettre se trouvant dans la poche de ma tenue orange vif. Une couleur qui me donne d'ailleurs déjà la nausée et que, si je sors d'ici, je jure de bannir de mon quotidien.

Le gardien est venu me chercher dans ma cellule sans aucune explication et me voilà à poireauter comme un idiot.

Encore un parloir.

Impossible de deviner qui me fait languir, en revanche, je sais qui je n'attends pas. La femme de ma vie, par exemple. Je ne peux pas m'empêcher d'imaginer de quelle manière elle gère tout ça. Bien que je sois certain qu'Andrew et Cassidy prennent soin d'elle, je la connais assez pour savoir qu'elle a tendance à se renfermer sur elle-même lorsqu'elle souffre et à refuser la main qu'on pourrait lui tendre. Notre séparation a été un déchirement, un crève-cœur. C'était comme si son âme et la mienne mouraient de ne plus pouvoir faire qu'une.

Un profond soupir franchit mes lèvres en même temps que le grincement de la porte parvient à mes oreilles. Je relève la tête d'un coup sec, et tout mon corps ressent un soulagement presque violent lorsque je reconnais mon meilleur pote, mon frère.

Mal coiffé, pas rasé, débraillé. Lui aussi a perdu sa classe légendaire, et je sais que je suis en partie responsable de son état. D'un geste vif, je me lève pour accueillir Andrew. J'hésite malgré tout sur le comportement à adopter. J'ai envie de pleurer ma rage sur l'épaule de mon ami, pourtant quelque chose m'en empêche… Je suis mal à l'aise de lui avoir menti, de ne pas avoir eu le courage de tout lui avouer, de l'avoir en quelque sorte trahi.

Nous n'avons pas eu l'occasion de nous revoir depuis mon arrestation. Seul mon avocat, qui est avant tout le sien, a laissé entendre qu'il était « sous le choc ». J'avais mis Andrew au fait concernant les cambriolages, mais j'avais bien sûr omis de lui parler du meurtre. Plus par honte de moi, que par manque de confiance en lui.

Alors que je me pose mille questions, sa voix retentit à travers la pièce.

— Allez, viens par-là, frérot.
— C'est bon de te voir, dis-je sincèrement.

Et l'air pénètre de nouveau dans mes poumons. Je me raccroche à ce que je peux, à ce qui a de la valeur à mes yeux, pour avoir l'impression d'être encore un peu dehors. Et mon meilleur ami en fait partie.

Je ne me fais pas prier et le prends dans mes bras. Un bref sourire aux lèvres, il resserre ses doigts autour de mon épaule et s'assied sur une chaise. Tandis que je m'installe, moi aussi, un long silence court entre nous. Andrew soutient mon examen de ses yeux noir de jais en tapotant nerveusement sa montre sur la table.

OK, il faut que l'un de nous deux parle ou je vais suffoquer !

— Andrew, bredouillé-je. Je suis…
— Non, m'interrompt-il. Écoute, je… je suis comme brisé et choqué depuis ton arrestation. C'est comme quand une trop grosse émotion reste coincée dans ton cœur et qu'elle n'arrive pas à sortir. Cassidy a pleuré chaque nuit, pendant près de deux semaines, mais depuis ce matin elle commence à aller un peu mieux. Rien n'était capable de la consoler, pas même moi, parce qu'elle n'avait pas besoin de mon amour, mais de son meilleur ami, et elle l'a perdu. Quant à moi, je n'ai pas réussi à verser la

moindre larme, Braxton, tu comprends ? Alors, ne t'excuse pas, ne me dis pas combien je compte pour toi et à quel point tu es anéanti de m'avoir menti, car je ne suis pas certain de ne pas craquer ici, devant toi.

Les paroles d'Andrew ne me ménagent pas. Mon cœur se brise un peu plus, mettre Cassidy dans un tel état me démolit, si bien que j'ose à peine imaginer celui de Kathleen. Je sais que c'est volontaire, que ses mots visent à me secouer, à me permettre de réaliser qu'en cachant cela à mes proches, j'ai fait souffrir tout le monde.

Mais je suis déjà au courant de tout ça, merde !

— Tu peux pleurer, ça ne sera pas la première fois que tu le feras devant moi, mon frère. Je suis là aussi pour encaisser ta colère.

Andrew se frotte le visage, les yeux rougis.

— Non, hors de question, balance-t-il.
— Il faut que tu comprennes… Je… J'avais peur… j'avais peur que vous me rejetiez !
— Mais enfin, c'est toi qui ne captes rien, mon pote ! Je me fous du passé, de ce que tu as pu être quand on ne se connaissait pas, puisque je sais ce que tu vaux aujourd'hui ! Mais je t'en veux de me l'avoir caché ! J'ai encaissé plus de coups dans la gueule que n'importe qui, comment as-tu pu penser que je te rejetterais en apprenant que tu avais buté un type ?

Je reste muet. Avec du recul, je me rends compte que la

meilleure solution aurait été de tout lui avouer à l'hôpital, quand Kathleen était dans le coma. Mais les bonnes décisions apparaissent toujours lorsque les mauvaises ont été prises, sinon ce serait trop facile…

Aujourd'hui, il faut absolument que je lui dise que je n'ai pas tué cet homme. Mais je le vois si chamboulé par les évènements, que je préfère mettre les formes pour lui annoncer la vérité d'aujourd'hui. Cela fait environ un mois qu'il s'est fait à l'idée que son meilleur ami est un meurtrier, et qu'il ne le verra jamais plus ailleurs qu'en prison… et maintenant, je m'apprête à lui balancer qu'il est enfermé à tort et que personne ne peut prouver son innocence.

— Dis quelque chose bordel ! s'emporte Andrew.

Bon, quand il faut y aller…

— Je cherche les mots qui… Bon, écoute, je pensais qu'il fallait que je fasse ça doucement, mais ça ne fera qu'empirer les choses. (Je me rapproche de lui et me mets à chuchoter.) Andrew, je n'ai pas tué ce mec.

Mon meilleur ami recule brusquement sur sa chaise en écarquillant les yeux.

— Quoi ?! crie-t-il.

Je pose un doigt sur mes lèvres pour le faire taire. Il acquiesce et reprend sa place initiale.

— Mike est ici…

— Hein ? Ici, dans cette prison ?!

— Oui, il s'est arrangé pour être dans la même cellule que moi, et… c'est lui qui m'a tout raconté. Il m'a avoué avoir tué cet homme, en étant certain et même fier que, de toute façon il me serait impossible de prouver mon innocence, et il a raison, comment le pourrais-je ?

— Mais enfin, Brax ! C'est du délire, pourquoi t'aurait-il menti tout ce temps ?

— Pour se venger Andrew… Je t'avais brièvement parlé de notre pacte à Mike et moi, « si tu tombes, je tombe ». Quand Mike s'est fait attraper, je devais le suivre. Mais Lily allait naître et je me suis dégonflé !

Un ange passe, mon ami plonge ses yeux dans les miens et secoue la tête, dégoûté.

— Oh non, hein, tu ne vas pas te mettre à culpabiliser pour ce sale type ! me sermonne Andrew, le regard noir. Tu as fait ce que tu avais à faire pour ta famille, Brax. En revanche, loin de moi l'idée de briser tes espoirs, mais… es-tu sûr qu'il te dise la vérité ?

J'inspire profondément pour clarifier mes pensées, jette un bref coup d'œil autour de moi et repose mes yeux sur mon pote.

— En fait, commencé-je à voix basse, après ce braquage, gros trou noir, et c'est d'ailleurs toujours le cas aujourd'hui. J'ai été assommé, point barre. C'est juste des semaines plus tard, quand j'ai avoué à Mike que je ne plongerais pas avec lui en taule, qu'il m'a dit que c'était moi qui avais tiré sur cet homme, histoire que je n'oublie pas que, moi aussi, j'avais ma part de responsabilité, mais aussi une dette, envers lui. J'aurais dû y penser plus tôt ! Il a inventé ça pour que je ne puisse plus me regarder dans une glace, c'était une manière de me faire payer, sans pour autant rompre le pacte. Et comme il a tué ce mec avec l'arme qui portait mes empreintes, il savait que son plan fonctionnerait tôt ou tard !

Alors que je raconte toute l'histoire à mon ami, la situation s'éclaircit aussi pour moi. Je comprends, au fur et à mesure de mes explications, les raisons qui ont poussé Mike à agir ainsi et la façon dont il s'y est très certainement pris pour me manipuler.

— Tu penses vraiment qu'il tenait autant à ce pacte ?

Je soupire, résigné.

— Mike a bien des défauts, mais il ne revient jamais sur sa parole. Tu peux me croire, c'est un sacré enfoiré, mais je l'ai trahi, ça l'a blessé, et il a voulu me le faire payer. Il a buté ce mec qui venait de m'assommer. Alors… je suppose que dans sa tête, j'ai effectivement une dette envers lui, tu captes ?

Andrew acquiesce à contrecœur et prend sa tête entre ses mains en jurant.

— Putain, Brax ! Pourquoi rien n'est jamais simple avec toi ?

Ma fierté se ratatine au fond de mes pompes, ma poitrine se serre lorsque je sens le ton lourd de lassitude et de reproches de mon ami.

— Pardonne-moi, soufflé-je, les larmes aux yeux.

— Bien sûr que je te pardonne, qu'est-ce que tu crois ? Écoute, essaie de récolter plus d'infos auprès de Mike, je reviendrai dans un mois. OK ?

L'angoisse m'attrape à la gorge. Je déglutis, malgré ma trachée asséchée.

— Dans un mois, tant que ça ?!
— C'est tout ce que le juge veut bien m'accorder, un parloir mensuel. Et comme tu refuses que Kathleen vienne te voir… tu n'auras sûrement pas d'autre visite.
— C'est pour son bien, Andrew, elle est enceinte et si fragile. Je ne veux pas d'elle ici. Mais dis-lui… non, en fait, ne lui dis rien. (J'extirpe discrètement la lettre de ma poche et la glisse sur les genoux de mon meilleur ami sous la table.) J'ai écrit cette lettre pour elle, est-ce que tu peux la lui donner ?

Andrew esquisse un sourire et saisit le papier pour le planquer sous sa chemise.

— Tu lui racontes ce que tu viens de me dire ?
— Oui. Seule la femme de Mike est au courant qu'il est l'auteur du meurtre dont je suis accusé, et je la connais, rien ne la fera passer aux aveux. Sauf peut-être une nana amoureuse et enceinte de moi, expliqué-je dans un murmure.
— Tu es sûr que ce n'est pas dangereux pour Kath ?

Je fronce les sourcils et me recule un peu.

— Regarde-moi, Andrew, me crois-tu capable de mettre

Kathleen en danger ? Sérieusement ? Meredith, la femme de Mike, a certes une trouille bleue de son mari, mais elle n'est dangereuse pour personne.

Plein de bienveillance, Andrew tapote mon genou.

— Je lui donnerai cette lettre, mais il faudra bien qu'elle vienne te voir, Brax, elle ne tiendra pas longtemps sans toi. Elle habite à la maison pour le moment, mais…
— Sérieux ? le coupé-je. Elle a accepté de quitter mon appartement ? Je n'y aurais pas cru, mais j'avoue que ça me rassure.
— Ça a été dur, mais oui.

Putain.

Je pourrais bien chialer, là, maintenant, en pensant à eux, ma Beautiful, notre fils et ma petite Lily. Je donnerais tout pour respirer le parfum de l'amour de ma vie, entendre le rire de ma fille…

— Merci Andrew de prendre soin d'elle. Et je demanderai un parloir privé quand j'aurai « pris mes marques », en espérant que je n'aurai pas trop le temps de le faire.
— C'est tout ce qu'on souhaite, mon pote, te voir hors de ces murs. Ce n'est pas facile de te savoir enfermé, tu viens de te marier, merde !
— Je sais, frérot, mais ça va aller maintenant. Je suis plus solide que j'en ai l'air. En attendant, fais passer cette lettre à ma femme, d'accord ?
— Compte sur moi, dit-il en se levant. Une liasse de billets

à l'entrée devrait pouvoir empêcher le contrôle, je suppose qu'il serait dommage que cette lettre tombe entre de mauvaises mains.

Nous échangeons un regard complice.

— En effet, merci frangin.
— « Pour le meilleur et pour le pire », ça ne fonctionne pas que dans le mariage, ça marche aussi pour la famille… *frangin*.

Je souris légèrement, et il s'en va.

Chapitre 17

Kathleen

Les Tillman viennent de me déposer à mon appartement. Après maintes tentatives, ils ont finalement accepté de me laisser le réintégrer sans craindre mon suicide. Tout de même, je porte le fils de l'homme que j'aime, notre fils, et jamais je ne ferais quoi que ce soit qui puisse le mettre en danger !

Je suis soulagée d'être un peu seule, leur présence constante autour de moi commençait à devenir pesante, étouffante. Bien que je comprenne leur inquiétude. Je ne souris plus. Je ne parle plus. Je ne pleure plus. Ce n'est pas nouveau, avant de rencontrer Braxton, peu de choses suscitaient des émotions en moi, alors aujourd'hui que je l'ai perdu pour toujours, elles se sont éteintes, emportant avec elles tous nos projets d'avenir.

Assise sur le canapé de mon salon, je fixe depuis plusieurs minutes, cette lettre que Braxton a remise à Andrew pour moi. J'effleure le papier du bout des doigts. Le meilleur ami de mon mari m'a pourtant dit de ne pas me laisser abattre, de me décider à la lire, avant d'imaginer quoi que ce soit. Que j'y trouverais peut-être la plénitude, l'espoir. Mais je ne vois pas comment la souffrance de mon homme pourrait me rendre moins malheureuse ?

La seule chose capable de m'apaiser serait d'être près de lui, d'entendre sa voix, de sentir l'odeur de sa peau, la force de ses bras qui se resserrent autour de mon corps, de l'embrasser. Mais c'est impossible. Je pourrais demander une visite, bien sûr… et je le ferai. Mais pas avant d'être certaine que cela soit dans un parloir privé, juste lui et moi. Je refuse d'aller contre sa volonté, alors qu'il vit déjà probablement l'enfer.

Un profond soupir franchit mes lèvres tandis que, résignée, je m'enfonce dans le canapé en posant la lettre sur mes genoux. Délicatement, je la déplie et, les mains tremblantes, la gorge subitement trop sèche, je commence à lire…

Mon amour, ma Beautiful, ma femme,

Je t'écris cette lettre pour te demander pardon. Pardon de te faire tant de mal, pardon de t'avoir abandonnée, contre mon gré. Pardon d'être si amoureux de toi que jamais je ne pourrai te laisser à un autre, même en sachant que tu serais plus heureuse sans moi.

Tu n'as pas idée à quel point tu me manques. Ta présence, ta chaleur, ton rire, ton parfum… Je ne rêve que de me réveiller à tes côtés, pour voir notre enfant grandir en toi et tenter de t'apporter le bonheur que tu mérites tant, envers et contre tout.

Ici, ce n'est pas tous les jours le Club Med, tu dois bien t'en douter ! Mais ne te fais pas de souci pour moi, je vais bien. Je vais bien parce que je t'aime, parce que je t'aime plus que tout, et c'est cet amour qui m'aide à ne pas perdre espoir.

Maintenant, il faut que tu m'écoutes attentivement, que tu saches la vérité. Ce que je m'apprête à te dire va bouleverser ta vie, jusqu'à l'idée que tu te faisais à présent de ton avenir.

Mon ange, je n'ai pas tué cet homme. Ça doit te sembler fou, tu dois certainement ouvrir tes grands yeux bleus de stupeur à l'heure qu'il est (rien que de t'imaginer, je souris bêtement) et j'ai eu la même réaction que toi lorsque je l'ai appris. Mais tu dois me faire confiance, Mike a voulu se venger du pacte que je n'ai pas honoré en me faisant croire que j'étais l'auteur de ce meurtre. Me pensant faible et perdu pour toujours, c'est lui-même qui me l'a avoué. Il n'y a que sa femme, Meredith Benítez, qui est au courant et qui détient la preuve de mon innocence. J'ignore de quelle preuve il s'agit, mais il faut que tu ailles la voir et que tu le découvres. (Son ancienne adresse est au dos de cette lettre, j'espère qu'elle n'a pas déménagé…)

Tu me connais assez bien pour savoir que jamais je ne te ferais prendre le moindre risque. Meredith a peur de Mike, mais elle est inoffensive. Si je te le demande à toi, c'est parce qu'elle m'a souvent dit que j'étais trop bien pour ce genre de vie, celle que menait son mari.

Elle a toujours pensé que j'étais différent de Mike. Alors, si elle rencontre la femme qui porte mon enfant, je suis certain qu'elle acceptera de m'aider, de nous aider.

Si je le pouvais, je ne poserais pas ce poids sur tes épaules, mais s'il y a sur terre une personne qui a la force de se battre pour notre famille, c'est bien toi. Aujourd'hui, tu as peut-être le pouvoir de me disculper, de me rendre ma liberté et me faire l'honneur de retrouver ma place dans notre vie, dans notre lit. (Et Dieu sait combien j'en rêve… !)

Aussi, ne m'en veux pas de refuser ta présence dans cette prison maudite, je donnerais absolument tout pour poser mes lèvres sur les tiennes, une toute petite fois encore, sois en sûre. Je souhaite simplement t'éviter ce supplice autant que faire se peut, tant que le juge ne nous aura pas accordé de parloir conjugal.

Te voir, mais ne pas pouvoir te toucher. Te sourire, mais ne pas pouvoir te respirer.

T'écouter, mais ne pas pouvoir t'embrasser. T'aimer, mais ne pas pouvoir te le montrer. Je ne pense pas en avoir la force.

Mais sache qu'il n'y a pas une seule minute qui passe sans que je ne pense à toi. Si tu as l'occasion de la revoir, dis à Lily que je l'aime, dis-lui combien elle me manque, elle aussi.

J'espère de tout cœur que notre fils se porte bien, ne te laisse pas aller, tu es un roc, tu es la femme la plus belle et la plus courageuse que je connaisse. Tu y arriveras, tu avanceras et tu te battras, avec ou sans moi. Pour notre enfant.

Et n'oublie pas que tu es ma lumière, même dans l'obscurité.

Je t'aime comme je respire, Ton mari

En lisant cette lettre, et ces deux derniers mots, mes larmes entachent l'encre sur le papier. Je caresse doucement les quelques lettres qui ont tant d'importance à mes yeux : *Ton mari.*

Mes pensées s'emmêlent et m'étourdissent. Un million d'émotions contradictoires se vouent une guerre sans merci à l'intérieur de mon cœur, et je n'ai que très peu de répit pour réaliser ce que je viens d'apprendre. *Braxton n'est pas un meurtrier.* Bon sang, je ne sais pas si cette nouvelle me réjouit ou si elle m'anéantit. Tout ce temps perdu à angoisser pour rien, toute cette souffrance à vivre séparés, à le haïr, à tenter de lui pardonner, d'oublier, alors qu'il était innocent. Tout s'envole. Et je suis autant soulagée de ne plus avoir à lui prouver qu'il est un homme bien, qu'attristée qu'il soit désormais accusé à tort.

Allons-nous sortir indemnes de cette énième épreuve ?

C'est un véritable bouleversement des sens que d'apprendre une possible libération de l'amour de ma vie, alors que je le pensais enfermé pour toujours. Un léger sourire se dessine sur mes lèvres. Ce n'était pas arrivé depuis l'arrestation de Braxton. Et quand mon petit garçon me donne à son tour quelques petits coups de pied pour manifester sa présence, c'est comme si lui aussi sentait le vent d'espoir qui se glisse lentement dans mon cœur.

— Je te ramènerai ton papa, c'est juré mini Miller, murmuré-je en caressant mon ventre.

J'ignore si je pourrai tenir cette promesse, mais cela faisait si longtemps que je n'avais pas eu ce regain d'espoir. Alors, si dans cette lettre se trouve la seule chance que nous ayons pour retrouver mari et père, il n'est pas imaginable de la laisser passer. Mais avant de faire quoi que ce soit, il faut que je me soulage d'un tout autre poids.

Papa.

L'amitié de Luna, d'Andrew et Cassidy, me fait du bien, mais elle ne suffit plus à contenir tout le flot d'inquiétudes, de questions, de peurs qui m'assaillent depuis que Braxton n'est plus là pour me rassurer. J'ai besoin de mon père, plus que jamais, et tout ce que j'espère, c'est qu'il comprenne. Après tout, mon mari n'est pas le meurtrier que nous pensions. Alors peut-être que pour une fois, il saura faire preuve d'indulgence ?

Une grosse demi-heure plus tard, mon paternel sonne à ma porte. Les jambes en coton, je me dirige jusque dans l'entrée pour lui ouvrir. J'ai pris le soin d'enfiler le pull le plus large de ma garde-robe pour éviter que l'une des nouvelles que je m'apprête à lui révéler soit trop brutale.

Quand mon regard croise le bleu clair de celui de mon père, je frissonne de la tête aux pieds. Bien que nos relations se soient considérablement améliorées ces derniers mois, il demeure celui que je crains le plus de mes deux parents. Pourtant, il est aussi celui qui me comprend le mieux et à qui j'ai toujours préféré me confier. C'est assez contradictoire, mais je suppose que c'est parce qu'il m'a toujours épaulée – à sa façon – que je me tourne vers lui lorsque quelque chose m'échappe. C'est bien connu, Georges Anderson est l'homme de chaque situation, au travail, en famille ou même avec ses amis. C'est sur lui que l'on compte, en toutes circonstances. J'espère donc ne pas regretter mon choix.

— Entre, papa, je t'en prie, soufflé-je, angoissée.

Mon père acquiesce et passe une main dans ses cheveux poivre et sel avant de se diriger au salon.

— Cela fait un moment qu'on ne t'a pas vue à la maison, on commence à se demander si tu ne nous caches pas quelque chose, m'annonce-t-il en s'installant dans un fauteuil.

Je me racle la gorge, il ne croit pas si bien dire…

— Oui, je sais, bredouillé-je en m'asseyant à mon tour.

Silence radio.

— Bon, soupire-t-il finalement au bout de quelques minutes. Tu disais vouloir me parler ? Tu as de la chance que je ne sois pas au travail à cette heure-ci de la journée.

Anxieuse, je me redresse sur mon siège et croise les bras pour tenter de masquer du mieux que je peux mon ventre déjà bien rebondi.

— Eh bien, oui… j'ai vu les infos concernant cette affaire, au sein de Purity, datant de plusieurs années, et je…
— Aaaah, nous y voilà ! Il me semble en effet que tu as quelques explications à me donner ! s'exclame mon père sans me quitter du regard.

La boule de stress, qui coinçait les mots dans ma gorge, l'obstrue désormais complètement. La peur m'étouffe. Incertaine, je rive mes yeux à ceux de mon paternel et prends mon courage à deux mains pour lui répondre.

— Co… comment ça ? Tu sais ?
— Je sais quoi, Kathleen ? Quoi ?! s'emporte-t-il en se dressant sur ses jambes.

Je le regarde me surplomber de toute sa prestance et sa colère, puis je comprends.

— Tu sais pour Braxton… murmuré-je en détournant la tête.

Et cette fois, c'est bel et bien une affirmation, et non une interrogation.

— Eh oui, ma fille ! J'ai eu vent des exploits de M. Miller !
— Mais comment ?

Mon père ouvre des yeux ronds, effaré que j'ose lui demander un truc pareil, et je regrette aussitôt ma question. Complètement déstabilisée, je ne veux même pas imaginer ce qu'il va penser de moi en apprenant tout ce que j'ai fait derrière son dos.

— Mais enfin ! Je suis le patron de cette société, tu croyais réellement que mes avocats agissaient sans me tenir au courant de tout ce qui se passe ?

C'est vrai que j'ai été un peu naïve d'espérer avoir le privilège – la corvée – d'être la première à lui en parler. Penaude, j'entremêle mes doigts, le regard bas, en bafouillant :

— C'est juste que... co... comme tu n'étais pas au procès, je... je pensais que...
— Tu pensais que quoi ?! gronde-t-il. Que je ne savais pas que tu couchais avec un vaurien ?! Je ne m'étais finalement pas trompé sur la condition de ce type ! Et d'ailleurs, tu peux me dire ce que, toi, tu foutais au tribunal ?! Ce n'était pas ta place !

Des larmes enragées commencent à me monter aux yeux. Mes poings se contractent sur mes cuisses et je serre les dents pour mesurer mes mots, en vain. Tout en me relevant pour faire face à mon mentor, je craque.

— Si tes chiens de garde arrêtaient de tout te rapporter, on aurait peut-être pu avoir une discussion civilisée ! Je pensais que tu avais changé, papa !

Au lieu de le toucher, mes paroles le font rire.

— Tu te moques de moi, c'est ça ? Je suis moins dur, mais je ne suis pas devenu imbécile Kathleen ! Je suis le Big Boss, OK ?! hurle-t-il. J'ai des yeux, des oreilles partout, c'est comme ça, il faut t'y faire !
— Alors, pourquoi ne pas m'en avoir parlé tout de suite ?
— Parce que j'espérais que ma fille ait le cran d'une Anderson, le courage de me dire les choses elle-même. Je pensais que, toi aussi, tu avais changé, grandi ! me sermonne mon père en pointant un doigt accusateur vers moi.

Cette fois, je lis la déception dans son regard. Celle qu'il sait si bien me communiquer dès qu'il veut que je me sente nulle et honteuse. Mais ça ne prend plus. Pour la simple et bonne raison que grâce au mari le plus merveilleux du monde, aujourd'hui, j'ai confiance en moi. J'aime mon père bien plus qu'il ne se l'imagine. Pourtant, il n'arrivera plus à me déstabiliser en jouant sur l'admiration que j'ai pour lui. Avant, je pensais tout lui devoir, désormais je sais que je ne suis devenue moi, qu'à la force de mes bras, non des siens.

— Mais ça n'a rien à voir, je ne savais pas comment te le dire, c'est tout !
— Et pourquoi ? Ce n'est pas ta faute si ton ex-petit ami est un voyou et un criminel !

Un long silence s'installe entre nous, mon père se laisse de nouveau tomber dans le fauteuil sans me regarder. C'est le moment que je choisis pour me jeter dans la gueule du loup, au sens propre comme au figuré.

— Justement, en parlant de Braxton… bredouillé-je.

Nerveusement, mon paternel tourne la tête d'un geste vif vers moi.

— Quoi ?
— Je… il n'est pas mon ex-petit ami, mais mon mari.

Je ferme les yeux, je ne veux pas voir l'expression qui doit déformer le visage de mon père. J'entends lorsqu'il se lève, puis le bruit de ses chaussures hors de prix claquer sur le plancher. Ma respiration se bloque, mon cœur bat à m'en faire mal. Et quand, finalement, je sens son after-shave tout près de moi, mes paupières s'ouvrent d'elles-mêmes.

— Tu te fous de ma gueule, j'espère ?

Sa voix grave et anormalement calme résonne dans mon salon. Je déglutis sans le quitter des yeux. Une larme perle sur ma joue.

— Non, non… ne me dis pas que…

Mon père prend brusquement mes doigts pour les examiner. Lorsqu'il voit l'alliance autour de mon annulaire gauche, un grognement sourd lui échappe en même temps qu'il me tourne le dos. La tête entre ses mains, il jure et tape du pied d'un coup sec, pour ensuite revenir me fusiller du regard.

— MAIS C'EST PAS VRAI, PUTAIN ! Qu'est-ce qu'on t'a fait, ta mère et moi, pour que tu nous maudisses à ce point ?! vocifère-t-il.
— Papa, s'il te plaît, calme-toi, écoute-moi…
— Tu étais au courant depuis le début de son crime, de son passé en lien avec Purity ? m'interrompt-il.

Silencieuse, je baisse la tête, tandis que mes sanglots s'accentuent.

— KATHLEEN !

Je sursaute… (Il a crié si fort que sa voix s'est presque brisée.)

— O… oui. Enfin presque, mais j'ai essayé de le quitter, papa, sauf que cela m'était impossible, je l'aime trop ! Et maintenant… maintenant…

Je me jette à son bras pour le supplier de me comprendre.

— Maintenant QUOI ?!
— Maintenant je suis enceinte de lui et il est mon mari, tu dois l'accepter !

La culpabilité m'envahit aussitôt ces mots prononcés. Mon cœur se brise un peu plus lorsqu'il me dévisage, complètement abasourdi par ce qu'il vient d'entendre.

— Enceinte ? Tu n'as pas fait ça ! Dis-moi que tu n'as pas fait ça !

Paniqué, mon père tire sur mon pull.

— Arrête, papa ! Ça suffit ! Tu es ridicule !

J'essaie de me débattre, mais il m'empoigne pour me forcer à m'asseoir sur le canapé, et remonte brusquement le tissu qui m'abritait pour découvrir mon ventre arrondi.
Sa bouche forme un O de surprise ou de déception, peut-être bien les deux.

— Seigneur Dieu… jure-t-il tout bas en se redressant.

Je me lève à sa suite et pose ma main sur son épaule pour tenter de m'expliquer.

— Papa… murmuré-je.

Mais il sursaute en me repoussant et me lance des éclairs avec ses yeux.

— Toi ! Toi, tu es définitivement la honte de cette famille ! Toi et cet enfant maudit, ne vous avisez JAMAIS de mettre un pied dans ma maison, je suis bien clair ?

Sa rage m'incite à reculer de quelques pas, tandis que je continue de pleurer. Ses mots me brisent, me font un mal de chien. C'est si difficile d'entendre ça de la bouche de celui qui a toujours été un modèle à mes yeux.

— Arrête, je t'en supplie, papa ne dit pas des trucs que tu regretteras demain !

— Que je regretterai ? s'offusque-t-il en pointant un doigt sur son torse. Que MOI, je regretterai ? Ton Braxton a détruit la carrière de mon meilleur ami ! Aujourd'hui, paix à son âme, la maladie l'a terrassé, heureusement il n'est pas là pour voir une chose pareille ! Mais il doit se retourner dans sa tombe ! Un homme est MORT, bon sang, Kathleen ! MORT ! Comment as-tu pu épouser un criminel et le laisser te faire un enfant ?!

Tandis que le patriarche de ma famille écume sa haine, toute tremblante, je récupère la lettre de mon mari sur la table basse et la déplie devant son visage.

— J'ai la preuve qu'il n'a pas tué ton employé à cette époque ! Papa ! Braxton n'est pas un meurtrier, il ne…
— Tais-toi ! (Il se dirige vers la sortie, je marche dans ses pas.) Je t'ai suffisamment écoutée ! Et cesse de m'appeler papa, tu me donnes envie de vomir !

Et mon âme crève d'entendre ça.

J'arrête net ma course. Je n'essaie plus de le retenir. Je ne tente plus de me justifier, j'ouvre juste mon cœur.

— Mais… mais tu es mon père… je t'aime, suffoqué-je, terrassée par une immense souffrance.

Mon paternel soutient mon regard avec dédain, voire pitié. Mes sentiments ne le touchent guère, pas plus que mes larmes et, avant de claquer la porte, il me donne le coup de grâce.

— Non. Si je n'en reste pas moins ton géniteur, ça ne fait plus de toi ma fille, pas après ça.

Chapitre 18

Kathleen

Quelques jours se sont écoulés depuis que mon père m'a définitivement rayée de sa vie. Je pensais que je trouverais malgré tout la force d'aller voir Meredith Benítez, mais non. Je n'arrive pas à sortir de mon appartement. Je rampe tout juste jusqu'à la cuisine afin de manger en quantité suffisante pour mon fils, je prends une douche, m'écroule sur mon lit. La litanie se répète ainsi matin et soir, même la nuit lorsque mes cauchemars me laissent pantelante et transpirante aux creux des draps, seule, sans lui.

Les appels, les SMS de Luna, d'Andrew et Cassidy s'accumulent. Je me contente d'un « tout va bien » de temps à autre pour éviter de voir le SWAT[3] débarquer dans mon salon, mais ça s'arrête là.

J'ai honte, alors que je devrais être en train de me battre et de récolter des preuves pour sauver mon homme, je me lamente

---

[3] SWAT : Special Weapons And Tactics est une unité spécialisée au sein des principales polices américaines. Sa mission peut consister en des assauts coordonnés contre des objectifs choisis tels que des criminels lourdement armés dans des lieux retranchés, etc.

sur mon propre sort et me laisse dépérir.

Je ne le mérite pas.

C'est comme si sortir de la vie de mon père m'avait vidée de toute ma hargne.
On sonne à la porte, ce qui me force à ne plus penser à tout ça durant quelques secondes.
Hagarde, je lève la tête au beau milieu de mes couvertures. Les cheveux en bataille, je grogne en m'extirpant difficilement de mon lit. Vêtue simplement d'une des nombreuses chemises de Braxton, je titube jusqu'à l'entrée et jette un œil par le judas pour connaître l'identité de celui qui ose venir me déranger.

— Maman ?! m'exclamé-je.

Surprise, j'ouvre la porte sans attendre et la fixe, bouche bée.
J'aurais cru qu'elle soutiendrait mon père envers et contre tout, sans chercher à se faire sa propre opinion de la situation. Je me suis visiblement trompée.

— Alors, comment va la jeune mariée ?

La voix de ma mère est plus douce que dans tous mes souvenirs. Et je me rends compte fébrilement que tout m'avait manqué chez elle, de son carré blond tiré à quatre épingles, jusqu'à son regard parfaitement maquillé et son tailleur impeccable. Quand tout s'est arrangé avec mon père, elle a aussi cessé les vouvoiements et les fioritures sans intérêt. Entre nous, tout est devenu un peu plus fusionnel, mais elle n'avait jamais pris ce ton « maternel » en s'adressant à moi. En fait, j'ai toujours eu l'impression d'avoir une amie plus âgée que moi d'une quarantaine d'années, mais pas une maman. À cette minute, c'est tout l'inverse.

J'esquisse un sourire en m'effaçant pour la faire entrer. La porte claque et elle me serre dans ses bras. C'est comme une bouffée d'oxygène. Pour la première fois depuis bien longtemps, je me sens moins seule pour affronter tout ce qui m'arrive, et je saisis encore plus l'impact et l'importance de prendre soin de mon enfant. La présence d'un parent est primordiale à notre équilibre vital, quel que soit l'âge que nous pouvons avoir.

— Je suis désolée, murmuré-je en me défaisant de son étreinte.

Ma mère frotte doucement mon épaule et s'installe dans le canapé. Je nous prépare rapidement du thé et la rejoins. Tout en lui tendant la tasse, je remarque qu'elle ne quitte pas mon ventre des yeux.

— Ça fait un peu plus de sept mois maintenant, m'expliqué-je devant son regard insistant.
— Et tout va bien ?
— Oui, il se porte comme un charme, et moi aussi.

Heureusement, il y a au moins une partie de ma vie qui se déroule normalement !

Son visage s'illumine.

— Il ?

J'acquiesce en souriant et pose une main sur mes formes maternelles.

— Un petit garçon. J'ai une photo de la dernière échographie, mais elle est dans l'appartement de Brax, j'irai la chercher dans quelques jours, je n'en ai pas la force pour le moment.

Ma mère pousse un profond soupir et accole sa main sur la mienne. Je frissonne, comme si une vague de bien-être s'injectait en intraveineuse dans mon organisme.

— Quand ton père m'a tout raconté, j'ai cru à une mauvaise blague… mais, comment a-t-il fait pour ne pas voir lui-même que tu étais enceinte ?!

Je grogne en levant les yeux au ciel.

— Tu le connais, il ne fait attention qu'à ce qui l'intéresse, et puis… je l'avais bien caché sous un gros pull.

Elle secoue la tête de gauche à droite, désabusée.

— Je suis désolée du comportement de ton père, et aussi de ne pas être venue immédiatement…

Est-elle vraiment en train de s'excuser ? Les rôles ne devraient-ils pas être inversés ?

— Ce n'est plus mon « père », d'après lui, craché-je, le cœur serré.

Je sens déjà les larmes poindre aux coins de mes yeux en repensant aux mots acerbes qu'il m'a balancés avant de disparaître. Et, finalement, j'explose en sanglots dans les bras de celle qui m'a mise au monde. Aussitôt, elle entoure mes épaules et je me love tout contre elle. Son geste me fait tellement de bien, même si je ne peux m'empêcher d'être étonnée par cette marque visible d'affection.

— Chhht… calme-toi, ma chérie, ça va aller, murmure-t-elle en me berçant.
— Il a été si horrible avec moi, maman, il m'a brisé le cœur, me confié-je, larmoyante.

Un souffle las lui échappe, tandis qu'elle embrasse ma tempe.

— Il est en colère. Tu n'as pas choisi l'homme le plus facile à aimer, pour lui en tout cas, tente-t-elle de me rassurer.

Sa voix bienveillante m'apaise un peu et je parviens à calmer mes pleurs. Après tout, c'est vrai. Ça n'a pas dû être simple pour mon père d'avaler autant de nouvelles en même temps. Je venais de lui apprendre que Braxton n'était plus mon ex, mais mon mari, et que j'attendais un enfant de lui. Il y a carrément de quoi péter un câble.

— Je sais, maman, mais c'est facile pour moi de l'aimer, cet homme…

Mon timbre n'est qu'un murmure noué par l'émotion.

— Je te comprends, mon cœur.

— Alors… tu ne m'en veux pas ? demandé-je, hésitante.

Elle rit doucement, embrasse de nouveau ma joue en se redressant, et boit une gorgée de son thé.

— Même si c'est loin, moi aussi je suis tombée amoureuse, un jour. Et puis, je vais être grand-mère, jamais je ne pourrais renier une si belle chose, Kathleen. Je sais que je n'ai pas toujours été une maman exemplaire, mais je t'aime, j'espère que tu n'en doutes pas.

Les larmes perlent encore au bout de mes cils. L'entendre me le dire est complètement différent que de se forcer à y croire. C'est réel, comme l'air qu'on respire ou le sang qui coule dans nos veines. L'amour de ma mère m'éclate en plein visage pour la première fois de ma vie, et je n'aurais jamais imaginé que cela me fasse autant d'effet.

— Je ne te reproche rien, maman, et je t'aime aussi.

Bien entendu, si j'étais vraiment sincère, je dirais que je lui en veux quand même un peu de ne pas m'avoir élevée et d'avoir délégué cette mission à une inconnue, de ne pas avoir été présente quand j'allais mal. Mais cela n'est plus d'actualité, je suis prête à tout pardonner, à tout oublier, si je peux enfin avoir la mère dont j'ai toujours rêvé.

— Merci, se contente-t-elle de répondre, un bref sourire aux lèvres, avant de s'enfoncer de nouveau dans le sofa.

Il règne une sorte de sérénité entre nous, en total contraste avec l'animosité qui planait entre mon père et moi, il y a quelques jours. J'en profite pour sortir la lettre de Braxton du tiroir afin de la lui montrer. Si je m'étais trompée la première fois en pensant que mon paternel serait le plus compréhensif, je sais désormais que ma mère prendra le temps d'analyser chaque mot avant de me dire ce qu'elle en pense.

— Dis, j'aimerais que… tu lises cette lettre, s'il te plaît.

Je tends le bout de papier d'une main tremblante. Elle relève la tête brusquement vers moi, ses yeux s'arrondissent, et puis elle finit par s'en saisir.

— Ton père a vaguement évoqué une histoire de lettre… comme quoi tu aurais une preuve de l'innocence de ton Braxton. Il n'y croit pas une minute, mais tu le sais déjà, puisqu'il n'a même pas souhaité la lire. C'est cette lettre ?

J'acquiesce d'un mouvement de tête, ma gorge est trop sèche pour répondre. Doucement, ma mère la déplie et commence à parcourir les lignes. Je la vois parfois sourire, légèrement, puis froncer les sourcils… ses traits se détendent, se crispent encore, et finalement, ses yeux s'embuent.

Depuis toute petite, j'ai toujours vu mes parents comme des sortes de robots. Exempts d'émotions, d'affection, de larmes, de faiblesses. Ils ne m'ont montré depuis ma plus tendre enfance que la face glaciale de leurs personnalités. Je n'ai jamais ressenti l'amour qu'ils me portent, alors qu'il est bel et bien présent depuis toujours. Et je n'en prends conscience qu'aujourd'hui.

Quand elle termine sa lecture, ma mère replie la lettre et redresse lentement le nez vers moi.

— Je vais essayer de raisonner ton père.

Elle me balance ça comme une bombe, et je comprends alors que les mots de Braxton n'ont pas touché que moi.

— Tu crois ?

J'ai posé cette question comme s'il s'agissait d'une folie.

— Mais oui, je lui parlerai… Je ne peux rien te promettre quant au résultat, mais compte sur moi, je ferai tout pour qu'il entende raison.

Un vent d'espoir s'instille en moi. La possibilité que mon père me pardonne me semble lointaine, trop lointaine, mais aussi terriblement merveilleuse. J'ai besoin qu'il m'accorde son absolution, de lui dans ma vie de femme, de fille et bientôt de mère.

Mais avant cette éventuelle discussion, il faut que je m'assure d'avoir le temps de rencontrer Meredith. Si nous nous réconcilions, mon père et moi, je suis presque certaine qu'il s'opposera à cette entrevue et qu'un des gardes du corps de la famille Anderson me collera aux basques vingt-quatre heures sur vingt-quatre. Il est pourtant vital que je m'y rende, quels que soient les états d'âme de mon paternel, car cette femme est ma seule chance de libérer mon homme. Et pour cela, je vais avoir besoin du soutien de ma mère. Voilà sa chance de me montrer que je compte autant qu'elle le prétend.

— Tu sais maman, avant… j'aimerais que tu attendes que… que j'aille voir Meredith. Son regard se gorge d'inquiétude, elle me donne une tape sur la cuisse.

— Kathleen ! Tu es enceinte, tu ne vas pas jouer les Sherlock Holmes !

Ne voulant pas briser ce moment de complicité rare, je prends ses mains le plus doucement possible.

— Maman, il faut que tu me fasses confiance. Je ne suis plus une enfant, et Braxton est un homme bien. Il ne me mettrait pas en danger, je dois simplement… demander à cette femme ce qu'elle sait, si elle ne m'aide pas, mon bébé ne connaîtra jamais son père en dehors d'une prison d'État ! Est-ce cela que tu veux comme avenir pour ton petit-fils ?

OK, c'est mesquin. Mais je suis certaine qu'il s'agit là du seul argument qui peut faire pencher la balance en ma faveur !
Le visage de la matriarche Anderson se décompose. Elle pâlit et, finalement, elle rit.

— Tu as la détermination de ton père ! Ça, on ne peut pas le nier !

Je ne peux m'empêcher de sourire.

— S'il te plaît, je te jure de t'écrire à la seconde où j'aurai rencontré cette femme, et ensuite tu pourras tout raconter à papa. S'il apprend l'existence de Meredith avant moi, il m'interdira d'aller la voir, tu le sais !

— Et s'il y allait lui-même, ce ne serait pas plus sûr et raisonnable ?

— Maman, par pitié… Je suis la seule à pouvoir la convaincre, si mon… si Braxton le dit, je le crois, j'ai confiance en lui.

— Ton mari, tu peux le dire, Kath, c'est ce qu'il est. Et je suis contente pour vous.

Bien que je ne doute pas de la sincérité de ma mère, j'ai perçu une certaine amertume dans sa voix.

— Je suis navrée, maman, ne pas avoir pu vous convier à ce jour si spécial a été…

— La pilule est certes dure à avaler, m'interrompt-elle. Mais même si tu n'as pas l'air dans ton assiette aujourd'hui, je sens que tu es heureuse d'avoir franchi le pas, et c'est tout ce qui m'importe, ma chérie.

Sa main caresse tendrement mes cheveux, je ferme les yeux un instant pour respirer et m'apaiser. Parler de Braxton est quelque chose d'extrêmement douloureux. Je le veux, partout, tout le temps. Je l'aime à en crever, autant que je crève de son absence.

— Alors, c'est d'accord ? Tu attendras mon signal ?

Un sourire en coin ourle les lèvres de ma mère, elle soupire et se lève.

— Oui, c'est promis. J'espère que tu sais ce que tu fais.

— J'agis par amour et, pour moi, il n'y a pas de meilleure

façon d'agir.

Elle plonge ses yeux dans les miens et, à cet instant, je suis sûre de l'avoir déjà convaincue.

— Dans ce cas, secoue-toi ! Retire la chemise du père de ton fils, et prends une douche ! Je t'emmène au restaurant !

Je m'apprête à refuser. Et puis… je me dis que cela fait des lustres que je ne suis pas sortie de la maison pour autre chose que me rendre chez Brax, voir les Tillman, ou aller aux consultations médicales liées à ma grossesse, et des semaines que je n'ai pas profité d'un vrai bon repas. Mon homme n'aimerait pas que je me laisse ainsi abattre, alors, pour lui, je dois me donner un coup de pied aux fesses et reprendre du poil de la bête.

— Si tu veux, mais pas trop longtemps. Je n'ai pas du tout envie de me promener, râlé-je.
— Promis, cesse donc de te plaindre maintenant et viens ici ma toute petite.

Ma mère réduit la distance entre nous et me prend dans ses bras. Je la serre volontiers contre moi et inspire une grande bouffée d'oxygène. Ce n'est pas encore ça, mais sa présence m'aide à garder le cap, à ne pas sombrer, à recouvrer la force de me battre pour mon mari, ma famille.

— Tout va s'arranger, ma puce, je te le promets, chuchote-t-elle à mon oreille avant de s'écarter.

Je souris, pas totalement convaincue, et me retourne pour

faire face au miroir du salon. J'examine ma silhouette dans cette chemise bleu marine dix fois trop grande, mes formes maternelles, mes seins qui ont doublé de volume et mes cheveux comparables à un tas de foin. C'est vrai qu'en dehors de mon ventre de femme enceinte, je n'ai pas grand-chose à envier.

Lorsque je grimace, je croise le regard de ma mère qui veut dire « oh oui, tu es sacrément déguenillée, ma fille ! ».

Un ricanement m'échappe.

— Bon d'accord, je crois qu'il est temps d'enfiler quelque chose de plus présentable…

Chapitre 19

Kathleen

Ce moment passé avec ma mère, hier, m'a redonné espoir. Si Maryse Anderson est capable de me témoigner son amour, alors tout est possible. C'est pourquoi, la lettre de Braxton entre les doigts, me voici devant la maison censée être celle de Meredith Benítez. Il s'agit d'une petite bâtisse aux murs décrépits et aux volets d'un vert terne. L'allée et le jardin ne sont pas entretenus, parsemés d'herbes sauvages en tout genre. La rue est déserte. Ce n'est pas un coin de Cincinnati dans lequel j'ai l'habitude de me balader mais, pour autant, je ne m'y sens pas en danger. Je pense juste que Meredith a eu moins de chance que moi en tombant sur le vrai mauvais gars qui se fout de ce que peut devenir sa femme sans lui.

Le cœur battant, mon angoisse à son apogée, j'avance jusqu'à la porte d'entrée. Mes tennis heurtent les graviers, tandis que j'espère qu'elle n'a pas déménagé. Il n'y a pas de nom sur la boîte aux lettres. Mes jambes tremblent lorsque je grimpe les quelques marches délabrées pour rejoindre le perron. Je prie pour la trouver ici, mais si tel est le cas, qu'est-ce que je vais bien pouvoir lui dire ?

Improviser me semble la meilleure alternative. Si je lui ouvre mon cœur, peut-être qu'elle aura pitié de moi et qu'elle finira par me donner ce que je veux ? On peut toujours rêver, non ?

Une profonde inspiration plus tard, j'appuie sur la sonnette. J'aperçois une ombre par la fenêtre la plus proche de l'entrée. Les rideaux bougent légèrement. Une chose est maintenant sûre, que ce soit elle ou un nouvel habitant, il y a quelqu'un dans cette maison, et je ne repartirai pas avant de savoir qui !

Déterminée, je m'apprête à sonner de nouveau, quand on ouvre brusquement la porte.

— Qu'est-ce que vous voulez ? m'agresse une femme d'une quarantaine d'années, le visage marqué.
— Je... Vous êtes Meredith Benítez ?
— Oui, c'est moi. On se connaît ?

Je déglutis, cherche mes mots. Tout ça est tellement bizarre. J'ai l'impression de découvrir une partie de Braxton qui m'est étrangère. Cette femme l'a fréquenté alors que je n'étais qu'une gamine et que, lui, pratiquait ses activités peu orthodoxes. Que pense-t-elle de lui aujourd'hui ?

— Euh... pas vraiment, en fait... je voudrais vous parler de... Mike.

Très vite, Meredith tente de me fermer la porte au nez, mais je suis plus rapide. Avec mon pied, je l'en empêche et plonge mes yeux dans le noir des siens. Ses cheveux châtains attachés en un chignon décoiffé, sa maigreur et ses cernes présagent que ce Mike ne l'a pas laissée dans les meilleures conditions de vie qui soient. Ça me fait mal au cœur.

— S'il vous plaît, attendez. C'est vraiment important !
— Je ne peux rien vous dire, mademoiselle, je ne sais pas qui vous êtes, mais partez d'ici !

Le ton de sa voix est apeuré. Elle pousse encore contre la porte, mais je tiens bon, pour l'instant.

— C'est trop facile de vous cacher pour ne pas avoir à affronter la vérité ! Un innocent croupit en taule, et cet innocent c'est mon mari, vous êtes la seule à pouvoir le sauver, je ne vous laisserai pas vous défiler, madame Benítez !

En entendant mes explications, Meredith cesse de lutter et sort sur le seuil tout en croisant les bras sur sa poitrine. Son regard scrute les environs avec nervosité, comme si elle était une fugitive.

— Vous parlez de Braxton, pas vrai ? Vous êtes la femme de Braxton Miller ?

J'acquiesce, les larmes envahissent mes yeux. Je sens mon bébé s'agiter dans mon ventre, certainement alerté par mon cœur qui s'emballe. Je ne peux pas abandonner, pas maintenant, pas après la promesse que je lui ai faite.

— Alors il a fini par quitter la suceuse de fric… ce n'est pas un mal.
— Vous devez être au courant de son arrestation, on vous a forcément interrogée concernant ses « crimes » passés, réponds-je pour en venir au fait.

Critiquer Callie ne me déplaît pas outre mesure, mais j'ai d'autres chats à fouetter !

— J'ai dit ce que j'avais à dire aux policiers, je n'ai rien à ajouter, désolée.
— Désolée ? Bordel de merde, je suis une femme enceinte d'un bébé qui ne connaîtra jamais son père ! Vous n'avez pas le droit de nous faire ça, vous êtes notre seul espoir, Meredith !

Je m'accroche à son avant-bras, et elle ne me repousse pas. C'est comme si toute forme d'émotions l'avait quittée depuis des années. Je la sens... brisée, résignée à souffrir.

— Et vous, vous ne savez ce que c'est que d'être la femme d'un homme qui vous a battue pendant des années ! Qui continue de vous terroriser même en prison et fait épier vos faits et gestes par ses gorilles ! Si je venais à parler, vous seriez très certainement la dernière personne à me voir en vie, et soyez sûre que je ne donne pas cher non plus de votre peau, comme celle de votre bébé, s'ils vous trouvent ici !

Ses mots abrupts me forcent à reculer. Braxton ne doit pas être au courant de cette partie de l'histoire, des violences conjugales que Mike faisait subir à sa femme et de la « surveillance rapprochée » qu'elle doit supporter depuis sa mise derrière les barreaux.
Je devrais m'enfuir, c'est probablement ce que mon homme m'ordonnerait de faire en apprenant toutes ces informations et ces dangers. Mais, il faut qu'elle me dise comment prouver l'innocence de Brax avant que je ne quitte cette maison.

— Écoutez, je peux vous aider à avoir un quotidien meilleur. J'ai beaucoup d'argent, je peux… je peux…

— Vous ne pouvez rien pour moi ! m'interrompt-elle en criant. (Ses mains se cramponnent à mes épaules, elle harponne son regard noir de rage au mien.) Si je veux rester en vie, je dois la fermer ! Autrement, on retrouvera ma tête dans l'Ohio River et mon corps dans l'Hudson ! Vous captez ce que je vous dis ou pas ? Mike n'est pas un rigolo, il ne fait pas dans la dentelle ! Alors dégagez, bon sang, dégagez avant de vous mettre en danger, vous aussi !

Mon cœur tambourine dans mon thorax. Effrayée, j'écarquille les yeux en posant mes mains sur mon ventre arrondi. Meredith me relâche, recule de quelques pas et s'apprête à refermer la porte. Juste avant qu'elle ne s'exécute, mon poing s'abat sur le pan en bois, provoquant un bruit sourd. Aussitôt, je noie mon regard dans le sien et laisse couler toute ma haine et mon chagrin.

— Je n'en ai pas fini avec vous, madame Benítez. J'ai peut-être l'air d'une gamine, mais si jamais Braxton passe le restant de ses jours en prison à cause de vous, de votre silence… je peux vous assurer que les menaces de votre mari seront des louanges à côté de ce que je pourrais vous faire.

Et je tourne les talons sans même la regarder plus longtemps. J'entends la porte se fermer au bout de quelques minutes. Une fois dans le taxi, je regarde sa maison disparaître au coin de la rue et écris un message à ma mère.

[Tu peux parler à papa. Merci pour ta patience maman <3]

Envoyé. Je m'apprête à ranger mon téléphone, quand il se met à sonner entre mes doigts. Lorsque je lis le nom d'Andrew sur l'écran, je lève les yeux au ciel et finis par décrocher.

— Non, je ne suis pas morte. Oui, je vais bien ! m'exclamé-je avec lassitude.

Andrew ricane à l'autre bout du fil, ce qui m'arrache un sourire.

— Désolé de t'embêter, mais on s'inquiétait un peu pour toi. Comme on n'avait pas de nouvelles, depuis que tu as réintégré « ton appart » ...
— J'étais avec ma mère, mens-je délibérément. Excuse-moi, je n'avais pas franchement le moral, tu t'en doutes, et je n'avais pas envie d'en parler.
— Oui, c'est justement pour ça que je te téléphone.
— Ah oui ?
— Je pense que tu vas très vite aller mieux...

Je me dresse comme une furie sur mon siège, le chauffeur de taxi me regarde en biais dans le rétroviseur de courtoisie comme si j'étais dingue.

— Explique !
— J'ai appelé mon avocat, tu sais... celui qui a défendu Brax lors de sa comparution immédiate.
— Et ?

— Et il a réussi à vous avoir un parloir privé, pour dans quelques jours.

Mon cœur s'arrête de battre. Je souris sans pouvoir me contrôler.

— Rien que nous deux ? soufflé-je, la voix nouée d'émotions.
— Rien que vous deux, affirme Andrew.

La vie s'infiltre à nouveau dans mon organisme et je me sens un peu plus… moi.

— Merci, merci pour tout.

Un ange passe avant que le meilleur ami de mon mari me réponde :

— Je t'en prie, la famille est faite pour ça. Bon tête-à-tête, les amoureux.

Et il raccroche.
Je mets quelques minutes à prendre conscience du bonheur que je suis sur le point de vivre.

Mon homme, le mien.

Enfin, je vais le voir, le toucher, le respirer, l'embrasser. Ma poitrine prend feu, mon cœur s'embrase lui aussi et mon sang crépite dans mes veines comme si la simple idée de le retrouver animait un incendie en moi.

— Tu entends, fiston, on va aller rendre une petite visite à papa… murmuré-je en regardant mon ventre, tandis qu'une larme perle sur ma joue.

S'il y a encore quelques jours, je me demandais si nous sortirions indemnes de cette épreuve, aujourd'hui, j'ai en moi une certitude, une réponse : nous en ressortirons encore plus forts et plus amoureux que jamais.
Cette nouvelle me redonne la détermination qu'il me manquait et que les difficultés avaient fait voler en éclats. Le destin de ma famille est entre mes mains. La femme de Mike ne sait pas jusqu'où je peux aller pour Braxton, pour notre fils… car ma hargne est en train de reprendre ses droits et ses forces !
Oui, je serais capable du pire pour retrouver l'homme de ma vie, le père de mon fils. Même si elle m'a paru impossible, Meredith l'a compris. Je l'ai vu dans ses yeux, sur son visage qui s'est décomposé devant mes menaces. Elle finira par me donner ce que je veux, je ferai tout pour qu'elle crache le morceau. Il est hors de question que je laisse une telle injustice durer plus longtemps. Quitte à me salir les mains, je ferai tout, absolument tout pour le sauver. Pour nous sauver.

Chapitre 20

Braxton

Enfermé entre les quatre murs de ma cellule, je tourne en rond comme un lion en cage. Ici, impossible d'avoir la notion du temps. Je n'arrive à me repérer que grâce à cette sonnerie insupportable qui me lacère les tympans plusieurs fois par jour. Le café immonde et âcre a été avalé il y a environ deux heures, alors il doit être aux alentours de neuf heures du matin. On ne devrait donc pas tarder à venir me chercher. Depuis que mon avocat a demandé une entrevue en urgence pour m'apprendre qu'un parloir privé nous avait enfin été accordé, les secondes me semblent des minutes, les minutes des heures, et les jours… peut-être des semaines !

Et pourtant, c'est aujourd'hui, dans quelques minutes j'espère, que je vais la revoir. J'ai l'impression qu'il y a des années que je n'ai pas respiré sa peau, embrassé ses lèvres, entendu le son de sa voix.

— Miller, debout ! C'est l'heure !

En sursaut, je bondis immédiatement hors du lit, quand le

maton tape sur l'un de barreaux avec sa matraque. Mike, qui roupillait, s'étire, réveillé par le vacarme.

— Putain, mais vous ne pouvez pas faire moins de boucan, je me fous que ce connard aille tirer un coup ! râle-t-il en bâillant.

Je ricane, ses provocations ne m'atteignent plus. Tout en me mettant dos à la porte de la cellule pour que le gardien me passe les menottes, j'esquisse un sourire suffisant en fixant Mike droit dans les yeux.
Il croise les bras derrière sa tête, sur son oreiller, et me le rend.

— Qu'est-ce qui te fait rire, connard ? crache-t-il.
— Oh rien, je me disais que ça ne risquait pas de t'arriver…
— Quoi ?
— Ben, de baiser. C'était quand la dernière fois que t'as pris ton pied autrement qu'en te masturbant dans les douches de la prison, Mike ?

Son regard se voile et devient noir.

— Je t'emmerde, OK ?

Il lève le bras et dresse fièrement son majeur. Je ris de nouveau, content d'avoir heurté son ego. De toute manière, rien ni personne ne pourra m'enlever ma bonne humeur d'aujourd'hui.

— Très classe, Benítez, à ton image !

Le gardien lui ordonne de se placer au fond la cellule. Mike l'insulte, mais s'exécute, la porte s'ouvre, se referme, et je disparais dans les couloirs sombres du QG45.

Quand je pénètre dans l'alcôve destinée aux parloirs conjugaux, le maton retire mes menottes et ferme la porte derrière moi. Cette pièce est semblable à une chambre d'hôpital. La propreté des lieux me semble irréprochable, mais l'odeur aseptisée me fiche mal à la tête. Les murs sont jaune pâle, les fenêtres habillées de stores classiques blancs. Un canapé, un lit, une salle d'eau, un miroir. Tout ce décor me donne des haut-le-cœur. J'ai beau désirer ma femme plus que tout sur cette terre, il est hors de question que je lui fasse l'amour ici. Plutôt mourir. Je m'étais déjà fait une raison, je savais qu'il me serait impossible de faire ça dans cette prison, que le blocage serait là, présent, mais cette fois, mes doutes se confirment.

Un soupir las m'échappe. C'est pourtant tout ce qu'on pourra obtenir, jusqu'à ce qu'elle parvienne à prouver mon innocence. Et ce sera dur, très dur, de résister à la tentation.

Au même moment, un brouhaha se fait entendre. Je me fige, regarde la poignée s'agiter, mon palpitant s'emballe et, finalement, la porte s'ouvre.

— Tu connais la procédure, au fond de la pièce, contre le mur, m'explique la gardienne chargée de fouiller les visiteurs de la prison.

J'ai souvent noté la gentillesse dont cette dernière savait

faire preuve pour me parler, contrairement à ceux qui gèrent le quartier dans lequel je suis incarcéré. Je pivote sur mes baskets sans lacet et me colle au mur.

Chacune de mes pulsations cardiaques se répercute dans mes oreilles, je sens mes muscles tressauter, mes mains fourmiller à l'idée de se poser à nouveau sur le corps divin de ma Beautiful. Mes sens s'animent et s'impatientent de retrouver leur raison de vivre.

La porte se referme, une voix tinte à mes oreilles comme une caresse.

— Bonjour, bébé.

Et mon cœur rate un battement.

Il ne me faut pas un quart de seconde pour me retourner et enfin la regarder. J'imaginais que je lui foncerais dessus, que je l'embrasserais à en perdre haleine, que parler serait inutile.

Mais je n'avais raison sur rien. Parce que si je perds mes mots devant Kathleen, je perds aussi ma capacité à la rejoindre. Immobile, je n'ose pas bouger. J'ai peur qu'elle s'évapore, que le rêve prenne fin.

Ses cheveux blonds relâchés tombent en cascade sur ses épaules. Elle porte une robe bleu roi au-dessus du genou, qui galbe son corps à la perfection. Un lien noué par un gros nœud surplombant son ventre me permet de voir que mon fils se développe à merveille. Les traits de Kath, en revanche, sont tirés. Elle semble fatiguée, épuisée même. Je sens une boule se former dans ma gorge. Alors que j'aimerais lui dire combien cela a été dur de vivre sans elle durant tout ce temps, j'en suis incapable.

— Je savais que tu aurais cette réaction, affirme-t-elle en

souriant légèrement.

Un gros sac en plastique dans une main, elle marche lentement vers moi. J'ai le temps de la regarder, de l'admirer, d'un instant oublier où nous sommes, et ça fait du bien, putain. Quand elle arrive à ma hauteur, je ferme les yeux et inspire de toutes mes forces.

Bordel, ce parfum…

Comme réveillé d'un coma, je m'anime enfin et la serre contre moi. C'est presque brutal lorsqu'elle plaque son corps au mien et enroule ses bras à mon buste. Le nez dans ses cheveux, je m'enivre, je prends ma dose. Même si ce sera trop court, trop difficile de la quitter, j'essaie de ne pas y penser trop vite, d'oublier le temps, de juste… l'aimer.

— Si tu savais à quel point tu m'as manqué, soufflé-je d'une petite voix.

Je n'arrive plus à la relâcher, elle me serre plus fort, ne parle pas. Je perçois sa respiration, je sens dans son ventre arrondi notre fils qui fait sa séance de boxe quotidienne. Un sourire se dessine sur mes lèvres, c'est comme s'il me disait « salut, papa ».
Quand finalement, Kathleen s'écarte de moi, ses yeux brillent.

— Ç'a été un enfer de respecter ta décision, tu sais, murmure-t-elle. Je mourrais d'envie de te voir.

La joie qui s'empare de moi est immense lorsque j'entends

sa voix, sa douce voix s'adresser à moi.

— Pardonne-moi, pour l'attente, pour tout, mon amour. Mais, je t'assure qu'un parloir classique, ça n'est pas franchement le pied.
— Ici, ça ne me semble pas mieux. Ça ressemble à… un truc pour prostituées ! grimace-t-elle.
— Quelque chose dans ce goût-là, ouais, ricané-je. Mais tu es là, alors qu'importe l'endroit pour moi, Beautiful.

Un ange passe et, finalement, elle croule contre moi.

— C'est bon de t'entendre dire ça, j'étais terrifiée à l'idée de ne plus jamais te revoir.

Je souris.

— Et moi, j'ai eu peur de ne plus jamais vivre un moment comme celui-ci. D'ailleurs, laisse-moi te regarder.

D'une main, je l'éloigne un peu pour la faire tourner sur elle-même. Elle rit.

— Alors, je te plais ?

Le ton qu'elle emploie est rempli d'humour. Je suis heureux de constater que malgré la situation, nous n'allons pas passer ce moment à nous apitoyer sur notre sort.

— Cette robe… cela peut paraître complètement dérisoire, mais elle est nouvelle, non ?

Kathleen rougit.

— C'est sûrement bête, mais j'avais envie d'être belle pour toi. Je me disais que ce que tu vis ici doit être si désespérant, qu'un peu de féminité ne te ferait pas de mal.

Un pas me permet de me rapprocher d'elle, ses yeux se ferment lorsque je glisse mes doigts le long de son cou.

— Tu es magnifique, merci, chuchoté-je.

Et je me décide enfin à écraser mes lèvres sur les siennes. Une main derrière sa nuque, j'attrape ses cheveux par la racine et l'attire plus encore à moi. Surprise, elle s'agrippe à mes épaules, un couinement s'échappe de sa bouche, captive de la mienne. C'est comme ce sucre qui pétille sous la langue, un saut en parachute ou une bombe qui imploserait dans ma poitrine. Son souffle erratique se mêle au mien, sa chaleur émane contre la mienne.

Et rien ne pourrait être meilleur.

Un chapelet de baisers le long de sa clavicule, mes mains qui se baladent jusqu'à ses hanches avant de caresser son ventre adorable. À cet instant, je suis dans un tel état de manque que retrouver la saveur de sa peau est presque plus jouissif que d'être en elle.

— Comment va mon fils ? dis-je sans cesser de l'embrasser.
— Mieux que moi.

Cette réponse glace mon sang, si bien que je m'arrête immédiatement. Kath ouvre les paupières et je me noie dans ses yeux où baignent des larmes.

Putain. Je n'en peux plus de la voir pleurer !

— Mon amour, je…
— Non, me coupe-t-elle en posant son index sur mes lèvres. On a la chance d'être ensemble, mais durant si peu de temps, je ne veux pas le gaspiller, s'il te plaît.
— Il faut bien qu'on parle de ce que je t'ai dit dans… la lettre, dis-je dans un murmure.

Elle articule d'une voix presque inaudible :

— Est-ce qu'ils peuvent nous entendre ou nous voir ?

Je secoue la tête de gauche à droite.

— Normalement non, la loi l'interdit.

Kathleen acquiesce et se baisse pour récupérer quelque chose dans le sac qu'elle a apporté.

— Qu'est-ce que c'est ? On t'a autorisée à m'apporter des affaires ?

Les mains dans le cabas, elle se penche pour me regarder et m'accorde un clin d'œil.

— L'argent achète beaucoup de choses, bébé, tu devrais le savoir avec Andrew.

Je ris à sa pique.

— Et c'est quoi ?

Lorsqu'elle se redresse, une pile de linge dans les bras, je sursaute, surpris.

— Tiens !

Elle me donne un flacon que je reconnais, il s'agit de mon gel douche préféré.

— Je fais quoi avec ça ?
— Eh bien, tu te déshabilles pour mon plus grand plaisir, commence-t-elle, une moue aguicheuse aux lèvres. Tu vas dans cette salle d'eau, tu l'utilises, et ensuite tu enfiles ça ! (Elle me tend un jogging, un boxer et un tee-shirt.) Ils viennent de chez toi, ça te donnera peut-être plus l'impression d'être à la maison !
— Je me suis déjà lavé, tu sais.
— Oui, avec quarante-cinq autres détenus autour de toi. C'était quand la dernière fois que t'as pris une vraie douche, avec des odeurs familières ? Tiens, j'ai aussi emporté une serviette. Je t'attends, dépêche-toi, on n'a pas toute la nuit !

Elle me donne une claque sur les fesses, et je ne peux m'empêcher d'afficher un sourire canaille.

— Bien, madame Miller...

Je dépose un baiser papillon sur ses lèvres et m'exécute. Décidément, même en prison, ma femme arrive à me surprendre. Je me demande si un jour elle cessera d'y parvenir...

Dix minutes top chrono plus tard, après m'être lavé et habillé de mes vêtements « civils », je sors rapidement. Lorsque je retrouve la pièce principale où m'attend Kathleen, je vois qu'elle a recouvert le dessus-de-lit repoussant d'un de ces nombreux immenses plaids roses. Assise sur le matelas, les jambes croisées, elle lève le nez quand j'apparais.

— Tu te lances dans la décoration ? Tu sais, je crois que cet endroit est une cause perdue, plaisanté-je.
— C'est tout ce que j'avais d'assez grand, heureusement qu'Andrew m'a un peu renseignée sur le style de l'endroit... Tu viens près de moi, oui ou non ?

Je souris et la rejoins.

— Bien sûr.

Tout en me laissant tomber, allongé, je l'entraîne avec moi. C'est un lit une place, bien trop petit pour y tenir à deux, mais comme cela nous force à nous coller l'un à l'autre, je ne m'en plains pas.

— Comment as-tu deviné que j'avais envie de retrouver le

parfum de mon gel douche, de ma lessive… ?

— Je sais deux choses qui te concernent bébé, tu es attaché à tes habitudes. Les odeurs qui enveloppent ton quotidien t'apaisent, tu es perdu lorsqu'on bouleverse tes repères.

Cette remarque m'amuse. Kathleen me connaît vraiment par cœur. Elle n'imagine pas combien elle a raison, il m'est impossible de dormir une nuit complète dans cette foutue cellule, même lorsque je tombe de fatigue. Simplement parce que je n'ai pas tout un tas de petits trucs pour me rassurer. Et puis, il y a surtout ELLE, qui me manque.

— Et la deuxième ?

Kathleen met quelques secondes à me répondre, comme si elle hésitait.

— … La seconde, c'est qu'en plus des odeurs, la chose qui t'apaise le plus, c'est Lily.

Une douleur sourde au sternum m'empêche soudain de respirer normalement.

— Tu as de ses nouvelles ? demandé-je, la gorge nouée.

Quand elle prononce le prénom de ma petite fille, je reste impassible, mais mon cœur me fait mal. J'ai honte de ne pas être le père qu'elle mérite, de la priver de moi. Elle me manque, j'ai l'impression de replonger dans le même enfer que celui que j'ai connu quand j'ai failli perdre sa garde. Je lui avais juré de ne plus jamais la laisser, et voilà que je romps encore ma promesse, je suis le pire des papas.

— Non, pas vraiment. Mais elle va bien, j'en suis certaine. C'est juste que sa mère doit être morte de honte après ce qu'elle t'a fait !
— J'espère qu'elle va culpabiliser jusqu'à la fin de sa vie.

Kath pose la tête sur mon torse, je glisse une main le long de son dos, tandis qu'elle rabat le plaid sur nous. Je devrais lui dire que Callie m'a rendu visite, que c'est son ex et avocat qui m'a balancé, mais nous avons déjà si peu de temps, que je refuse de le passer à parler de cette garce.
Aujourd'hui, ce n'est pas l'heure des explications, mais celle des retrouvailles. Je préfère me dire qu'une fois libéré, je lui raconterai tout dans les moindres détails. Imaginer que ça arrivera un jour me permet d'espérer encore un peu.
Un long silence s'écoule, avant que je ne me décide à le briser.

— Et toi, oserais-je te demander si tu vas bien ?
— Quand je suis chez moi, tu es loin et j'en souffre. Quand je suis ici, tu es près de moi, mais je ne peux pas faire ce dont j'ai envie, alors oui, je suis malheureuse, Braxton. Mais c'est comme ça, pour l'instant.

— Pour l'instant ? répété-je presque immédiatement.

L'idée qu'elle puisse abandonner un jour m'est insupportable.

— Bien entendu ! Je ne laisserai pas les choses s'éterniser, on s'est compris.

Je me détends aussitôt, et me sens con d'avoir imaginé que Kath puisse se résigner à rendre les armes, ce serait bien mal la connaître.
Sa détermination me fait sourire. Ma femme, ma battante. Je pense immédiatement qu'elle fait référence à Meredith et, même si je fais erreur, je me mets à espérer de tout mon cœur que ma Beautiful m'annonce une bonne nouvelle.

— Est-ce que tu l'as vue ?
— Ouais, ce n'était pas l'accueil le plus chaleureux de ma vie. Tu savais qu'il la battait ?

Ma poitrine se serre. Je me redresse d'un coup, Kathleen s'adapte et s'installe entre mes jambes, allongeant son dos contre mon torse.

— Non, bien sûr que non !
— Je m'en doutais.
— Et… alors ? murmuré-je, hésitant.
— Elle n'a rien voulu me dire, répond-elle sur le même ton. Mais j'y retournerai jusqu'à ce qu'elle en ait marre de me voir. Je me battrai, tu ne resteras pas ici.

Je soupire.

— Ne prends pas de risques, OK ?
— Je te le jure. Maintenant, changeons de sujet…

C'est mal de faire des promesses que tu ne tiendras pas, bébé.

Inquiet, je l'incite à me faire face. À genoux sur le matelas, elle me regarde d'un air innocent qui me fait fondre.

— Je suis sérieux, Kathleen, l'avertis-je en prenant son visage en coupe. Je t'ai demandé d'aller la voir, pas de te mettre en danger en faisant des trucs déraisonnables. Je t'aime plus que tout et tu portes mon enfant, je ne survivrai pas à ta perte, votre perte.

Un court silence plane entre nous, puis Kath me sourit.

— Ça va, bébé, j'ai compris. Je ferai attention.

Je sens une certaine lassitude dans sa voix, ce qui m'irrite un peu. Hors de question que l'on s'engueule aujourd'hui, mais elle doit comprendre que je ne plaisante pas. Mike est un malade mental, et plus je réfléchis, plus je me dis que j'ai été un vrai connard de confier cette « mission » à Kathleen.

— Demande à quelqu'un de chercher cette maudite preuve à ta place, promets-le moi, je refuse que vous vous mettiez en danger pour moi, t'as compris ?!

Ma Beautiful acquiesce rapidement, un peu surprise par mon ton sévère et sans appel.
Empli de culpabilité et de craintes, je regrette aussitôt de m'être emporté. Si, dans le feu de l'action, je n'ai pas vraiment réfléchi aux conséquences, ce n'est pas pour autant sa faute. En envoyant Kathleen voir Meredith, j'aurais dû me douter qu'elle ne se cantonnerait pas à une petite discussion entre filles ! Quel

abruti !

— Pardon, je ne voulais pas te parler comme ça, princesse, c'est juste que… je ne rigole pas sur ce coup-là, je préfère encore que tu files l'info à Noa !

— C'est bon, j'ai peur pour toi ici, tu as peur pour moi dehors, je suppose que c'est normal. (Elle cajole ma joue du bout des doigts, mes paupières se ferment.) Je ne ferai rien qui puisse nous mettre en péril, le bébé et moi, tu as ma parole, maintenant calme-toi, d'accord ?

Mon front tombe contre le sien, et je l'embrasse rapidement en soupirant.

— Je t'aime trop et ça me rend nerveux.

Kathleen plonge ses yeux dans les miens.

— Je trouverai un autre moyen, je n'irai plus Brax, je te le promets.

Pour que nous soyons réunis à nouveau, je sais qu'elle aurait le courage de faire des trucs fous, et cela me fait peur. Je n'aurais pas dû mettre ce poids sur ses épaules même si, de mon point de vue, elle est la seule capable de convaincre Meredith. Sauf que maintenant, il est trop tard pour ça. Il ne me reste donc plus qu'à prier qu'elle se tienne tranquille, comme elle me l'a promis.

— Je te crois, soufflé-je en la ramenant à moi.

Son corps vient de nouveau se blottir tout contre le mien,

et je pense déjà à la nuit froide qui m'attend dans ma cellule dégoûtante, avec un coloc qui l'est tout autant. J'oublie sciemment de dire à Kathleen que je partage avec Mike non seulement la même prison, mais aussi la même cage à poules. Il y a des détails qu'elle n'a pas besoin de connaître. Son inquiétude est depuis longtemps au summum de ce qu'elle peut supporter, pas besoin d'en rajouter.

— Ta présence me fait me sentir tellement puissant, je t'aime… je t'aime si fort, mon amour, me confié-je en l'étreignant plus fort.

Elle murmure « et moi encore plus » avant de se cacher dans mes bras.

— Laisse-moi te respirer…

Tout en lui parlant, je nous recouvre entièrement avec l'immense plaid, de la tête aux pieds, et glisse le corps de ma femme sous le mien, pour me retrouver au-dessus d'elle. C'est bête, je sais que personne ne peut nous voir ou nous entendre, mais j'ai besoin que l'espace soit confiné autour de nous, pour occulter l'environnement qui nous entoure.

— En parlant de respirer, j'ai quelque chose pour toi.

Ma curiosité est aussitôt attisée. Appuyé sur les coudes, je la questionne du regard, pendant qu'elle cherche quelque chose à tâtons dans le grand sac en plastique.

— Ah, voilà ! s'exclame-t-elle. Tiens.

Et elle dépose un mouchoir plié au carré sur son ventre. Je le reconnais immédiatement, brodé de ces deux lettres d'or : K & A. L'une des premières choses que j'ai vues d'elle, lorsque j'ai renversé mon verre de champagne sur sa robe, au Venus.

— Je te dois toujours un pressing pour cette robe, dis-je en riant.
— Tu m'as donné bien plus, ouvre-le.

Intrigué, j'arque un sourcil et déplie doucement le morceau de tissu, pour y découvrir un cliché de notre mariage. Les larmes envahissent mes yeux, quand je redresse le nez dans sa direction.

— Elles sont déjà prêtes ?
— J'ai juste pu en avoir une petite, pour toi.

Sur cette photo, il y a Lily, Kathleen qui porte notre fils, et moi. Tout le monde est heureux. Nous sommes bien loin d'imaginer ce qui nous attend…

L'enfer après le paradis.

— C'est vraiment ce dont j'avais besoin, pour les moments où… c'est la merde dans ma tête.

Je prends sa main pour la lier à la mienne.

— C'est bien là son seul et unique but mon cœur, te remonter le moral ! avoue-t-elle en me donnant une légère pichenette sur le bout du nez.

Nos iris se confondent, Kath sourit. Une nouvelle fois, nos alliances se croisent et je m'émerveille. J'aimerais lui demander si son père est au courant pour nous deux, parce qu'il n'était pas présent au procès, mais je ne sais pas si c'est le moment. Je dépose la photo sur le guéridon près du lit et porte le mouchoir à mon visage pour le respirer.

Coco Mademoiselle… ma came.

— Je peux le garder ?
— Il est là pour ça, lui aussi, répond-elle avec un petit rictus timide.

Ce cadeau me rend heureux, pourtant j'ai toujours ces questions qui tournent en boucle dans ma tête. J'essaie de faire bonne figure, mais je ne peux pas. Il faut que je sache à quelle sauce Georges Anderson compte nous manger, si je sors d'ici vivant. Tout en enfouissant le mouchoir dans ma poche, j'arrime de nouveau mes yeux à l'azur des siens.

— Dis, Beautiful… Est-ce que ton père est…
— Oui, et ça s'est mal passé, comme tu peux l'imaginer, m'interrompt-elle. Mais ma mère, elle, ne m'en veut pas, elle est plus compréhensive. Étonnant, pas vrai ? Mais ça s'arrangera, elle va lui parler, elle trouvera quoi lui dire, j'en suis sûre. Fais-moi confiance et ne t'inquiète pas pour ça. Embrasse-moi plutôt, d'accord ?

Je soupire, elle a débité tout cela si vite que je n'ai pas eu le temps de placer un mot. Bien entendu que j'ai envie d'en savoir plus. M. Anderson peut se montrer blessant lorsqu'il est en colère, et j'aimerais connaître les détails de leur altercation. Mais, comme elle a choisi de respecter mon souhait en ne venant pas au parloir classique, je décide d'en faire de même pour le sien, en n'insistant pas sur le sujet.

Un sourire tendre ourle mes lèvres, tandis que je dépose un baiser au coin des siennes.

— T'épouser a vraiment été la plus belle chose que j'aie faite, n'en doute jamais s'il te plaît, pas une seconde, tenté-je de la rassurer à voix basse.

Sait-on jamais, des fois que cette histoire avec son paternel la déstabilise !

D'une main, je remonte doucement le long de sa cuisse, en retroussant sa robe jusqu'à sa taille. L'épiderme de ses jambes se couvre de chair de poule, la sentir si réceptive provoque un tas de pensées indécentes dans mon esprit. Lorsque la dentelle de son tanga se retrouve sous la pulpe de mes doigts, je tremble et m'y arrête une demi-seconde.

Qu'est-ce que j'aimerais le lui arracher ! OK, on se calme ou, du moins, on essaie…

Une fois sorti de mes désirs inavouables, je reprends mon périple jusqu'à sa hanche.

— T'es si belle, putain. C'est du gâchis.
— Tu sais, Brax, moi, ça ne me dérange pas. Je pensais simplement que toi…

— C'est trop glauque pour moi, oui. Surtout avec cette femme juste derrière la porte, je ne peux pas faire ça ici.

Et c'est bien dommage !

— Ton avocat ne t'a pas informé ?

Sa voix est empreinte d'étonnement, je relève la tête d'un coup sec en l'entendant.

— De quoi ?
— Andrew s'est assuré personnellement qu'il n'y ait personne aux alentours de la pièce conjugale jusqu'à la fin de notre... « rendez-vous ».

Je ricane.

— Sacré Tillman, j'aurais dû m'en douter !
— Tu devrais le remercier, on n'a pas tous des amis qui pensent à notre vie sexuelle... me charrie-t-elle.

Pour dire vrai, savoir que personne ne nous épie me libère d'un poids, mais je ne pourrais jamais aller au bout des choses. Même s'il se peut que ce soit mon ultime chance de faire l'amour à ma femme, je ne peux pas m'y résigner. Me conforter dans l'idée que je serais en elle pour la dernière fois, c'est abandonner l'espoir de sortir d'ici un jour. Et ça, c'est inconcevable.

— Mais nous ne ferons pas l'amour ici, mon ange. Quoi que tu me dises.
— Sérieusement ?

J'acquiesce.

— Je comprends, j'aurais quand même cru que tu sauterais sur l'occasion, car pour nos prochains parloirs, Andrew ne pourra pas toujours convaincre les gardiens de nous laisser un peu de répit. Mais bon…
— Premièrement, j'espère ne plus avoir à te rejoindre dans cette pièce maudite, je préférerais mieux te voir chez nous. Et deuxièmement, j'ai dit que je ne te ferais pas l'amour, pas que tu repartirais sans avoir eu un orgasme…

Et ma bouche emprisonne la sienne, aussi ardemment qu'elle le peut. Kathleen introduit sa main entre nous en souriant, en même temps que je l'embrasse. Je tombe sur le côté et plaque mon buste au sien. Sous le plaid, elle dénoue rapidement sa robe portefeuille sans quitter ma bouche, et me permet de découvrir pleinement sa lingerie fine en dentelle noire.

— T'es vraiment un joyau, Kathleen Anderson Miller…

Tout en dessinant un chemin de baisers, de son cou jusqu'entre ses seins, je glisse mon pouce sous la baleine de son soutien-gorge pour pincer son aréole droite. Kath gémit en fermant les yeux, son téton durcit et, au contact de mes caresses, elle doit se mordre la lèvre inférieure pour rester silencieuse. Ma queue fait un bond dans mon boxer, j'ai l'impression de ne pas avoir été excité depuis un million d'années, pourtant ça ne fait qu'un mois. Et je sais maintenant que je vais souffrir de ne pas assouvir mes envies, toutes mes envies.

— Ce sera rapide, je suis une bombe à retardement, susurre-t-elle, alors que sa main s'invite le long de mon dos.

J'embrasse son ventre et tente de me mettre à genoux.

— Cette couverture est vraiment immense…
— En fait, comme je n'étais pas sûre de l'intimité qu'on aurait, j'ai demandé à Luna d'en coudre plusieurs à la suite.

Je ris de nouveau.

— Tu étais prête à tout pour abuser de moi, avoue ?
— Oui, j'assume ! Si j'ai été au fond du trou ces derniers temps, mes hormones, elles, ne m'ont pas oubliée. Je reste une femme enceinte avec un besoin de jouir démesuré.
— Hum, vraiment ? Alors, détends-toi, mon ange, je m'occupe de tout…

Je me cale entre ses jambes, regarde ses paupières se fermer et insère mon index entre sa peau et la dentelle de sa petite culotte.

Doucement, je pénètre son sexe mouillé d'un doigt, puis deux, et son buste s'arque en avant pour m'inviter à aller plus loin. Je me mords la langue, l'intérieur des joues, alors que mon érection gonflée de ma faim d'elle rend mes gestes trop approximatifs.

Je savais que j'allais l'embrasser, la serrer dans mes bras, lui dire tout mon amour, mais je n'imaginais pas avoir l'honneur de sentir à nouveau sa moiteur sur ma main.

— C'est un putain de bonheur… Merde, Brax…

L'entendre feuler comme une petite chatte me fait un effet de malade, mes synapses se déconnectent les unes après les autres, impossible de réfléchir, de prendre conscience de ce que je fais. Je glisse trois doigts dans son vagin et la martèle de toutes mes forces en poussant un juron étouffé.

— Pour le meilleur, mais aussi pour le pire, soufflé-je.
— Aujourd'hui tu m'offres le meilleur, alors… n'y pense… pas…

Ma femme gémit, perd ses mots, ses ongles se plantent dans mes cuisses, elle halète de plus en plus vite, sa poitrine se soulève à un rythme effréné.

Elle est grandiose, bordel…

— Je te veux, Beautiful, dis-moi que je t'aurai bientôt… Promets-moi que tu vas me faire sortir d'ici et que je pourrai te faire l'amour comme un fou, grogné-je en accélérant mes jeux de phalanges en elle.

Tout son corps se tend, je transpire comme si je venais de courir un marathon, une perle de sueur roule entre ses seins divins, sa respiration sifflante s'intensifie. Elle est excitée, excitante. Ma langue traîne sur sa clavicule, pendant que je la caresse d'avant en arrière, absolument partout entre ses cuisses. Quand elle jouit – bien trop vite à mon goût – contre ma main, je sens une larme couler et mouiller mon visage.

Est-ce moi qui pleure ?

Probablement, et je m'en fous. Parce que je savais que ça arriverait, que la toucher et imaginer que ça puisse être la dernière fois avant des mois meurtrit mon âme et mon cœur, que je ne supporte pas l'idée de la voir partir d'ici sans moi !

Merde, ce n'est pas humain, je l'aime tellement...

Kathleen essuie ma joue d'un revers de la main, m'ôtant ainsi mes pensées négatives. Et c'est là, dans ce bataclan d'émotions contradictoires, ce mélange de tristesse et de bonheur absolu, que je l'entends soupirer :

— Je te le promets, bébé.

Chapitre 21

Kathleen

Cela fait maintenant une semaine que Braxton et moi nous sommes vus à la prison de Cincinnati. Je savais qu'il serait dur de se quitter, mais je n'imaginais pas que cela serait un tel déchirement. C'était comme si je le perdais encore, comme si nous n'avions pas subi assez de séparations comme ça. Malgré tout, j'arrive à aller mieux, parfois. C'est cette lueur d'espoir quant à sa libération qui me permet de tenir. Même si je n'ai toujours pas de nouvelle de mes parents, en dépit de ce que m'avait promis ma mère.

D'ailleurs, j'ai peur. Peur que mon père ne me pardonne pas, peur qu'il m'efface définitivement de son existence. Mais j'essaie d'avoir confiance en celle qui m'a mise en monde, parce qu'elle a su, la dernière fois, me prouver qu'elle pouvait être présente à mes côtés. Laisser le temps au temps, voilà ce que j'ai décidé de faire concernant ma relation avec mon paternel.

Et il faut dire que j'ai bien d'autres choses en tête à l'heure actuelle !

Plusieurs fois, j'ai voulu retourner voir Meredith pour l'interroger. Ne pas respecter la promesse que j'ai faite à mon mari est tentant, je l'avoue. Si cela pouvait contribuer à sa libération, je suis certaine qu'il finirait par comprendre. Mais s'il venait à m'arriver quelque chose, notre enfant aussi serait touché, et ça… c'est impensable. Alors je me tiens à carreau, du moins je fais de mon mieux pour y parvenir.

Téléphoner à Noa, comme me l'a conseillé Brax, m'a effleuré l'esprit, mais je n'ai pas pu. La rancœur que j'éprouve à son égard ne s'est toujours pas tarie, et je me retrouve donc seule. Je trouverai bientôt une solution, je parviendrai à dénicher la foutue preuve de l'innocence de mon homme sans prendre de risques. Il est hors de question que je perde espoir. Tant que Meredith sera sur cette terre, je ne compte pas lui laisser le moindre répit.

Assise sur mon canapé, je relève rapidement le nez en fronçant les sourcils quand on sonne à la porte. Je n'attends personne. Intriguée, je me lève et marche jusqu'à l'entrée pour regarder par le judas. Mon cœur s'emballe immédiatement lorsque je reconnais la silhouette élancée de mon père.

En un tour de clef, j'ouvre, tremblante. Il plonge le bleu cristal de ses yeux dans les miens, et je me ratatine aussi vite dans mes chaussettes.

— Qu'est-ce que tu fais là ? demandé-je, sur la réserve.
— Je peux entrer ?

Il esquisse un sourire qui apaise un peu mes inquiétudes. Je n'étais pas d'attaque à supporter une énième leçon de morale.

— Je t'en prie, soufflé-je en m'effaçant.

Mon père n'a pas sitôt mis un pied dans l'appartement, que je referme rapidement la porte à clef, comme si je craignais qu'il puisse encore s'enfuir. Après s'être installé sur le sofa, il m'examine de la tête aux pieds. Je reste bête, debout, les bras ballants, à ne pas savoir quoi dire pour entamer la discussion.

— Kathleen, je…
— Écoute, papa, il faut que…

Nous rions doucement alors que nous venons de prendre la parole en même temps. D'un hochement de tête, je décide de le laisser commencer.

— J'ai parlé avec ta mère, il y a quelques jours. Elle m'a également fait un compte rendu de cette lettre que tu voulais absolument me faire lire, m'explique-t-il avec son calme légendaire. Il m'a fallu… du temps pour digérer tout ça, tu t'en doutes. (J'acquiesce en m'installant à ses côtés.) Mais, pour toi et pour… ton fils, si tu me promets que Braxton a changé, vraiment changé, hein ! (Mon visage s'illumine.) Je veux bien alors tenter de pardonner, d'accepter votre… relation. Il faudra juste ne pas m'en vouloir si par moments ma colère refait surface, du moins au début.

La bouche à demi ouverte, je cligne plusieurs fois des yeux pour m'assurer que je ne suis pas en train de rêver. Je me demande comment a fait ma mère, pour retourner ainsi le cerveau de mon paternel et le faire changer d'avis aussi « résolument ».

Mon père veut bien me – nous – laisser une seconde chance.

C'est inespéré, merveilleux, euphorisant. Je me sens bien l'espace d'un instant, je n'ai plus cette angoisse qui vrillait mon estomac, je suis juste apaisée, et ça fait du bien.

— Merci, papa, tu n'imagines pas combien j'étais malheureuse de t'avoir tant déçu.
— Tu es certaine de ça ? J'ai pourtant l'impression que si tu le pouvais, tu recommencerais sans hésiter !

Il me foudroie du regard, tandis que je baisse le mien sur mes doigts que j'emmêle nerveusement.

— Tu dois comprendre, je… je me suis mariée avec Braxton afin que personne ne puisse me séparer de lui et aussi pour que je ne sois pas forcée de témoigner contre lui ! m'exclamé-je en braquant de nouveau l'azur de mes iris dans les siens. J'avais peur de le perdre, et l'épouser m'a aidée à me sentir mieux, du moins… jusqu'à ce qu'il me soit enlevé. Alors oui, je suis désolée, mon cœur se brisera si tu décides de me renier, mais je ne regretterai en effet jamais ce choix.

Lorsque je cesse de me justifier, je remarque que j'ai attrapé ses mains et qu'il les tient fermement autour de mes doigts. Il n'a pas l'air d'être en colère en m'écoutant, contrairement aux autres fois. Non, aujourd'hui… c'est autre chose. Peut-être de la peine ?
Très vite, ses yeux rougis répondent à ma question.

Oui, j'ai fait du mal à mon père. Et j'en ai honte.

— Je suis surtout triste de ne pas avoir pu être présent à ton mariage. Ma petite princesse est devenue une femme, et je n'ai même pas eu le droit de l'emmener jusqu'à l'autel.

Le pincement que je perçois à l'intérieur de moi n'a rien à voir avec celui que je ressentais jusqu'à présent. Non, avant j'étais en colère contre lui, je lui en voulais de me rejeter si cruellement, c'était une forme de rage qui attisait ma propre peine. Mais, à cette minute, je m'en veux d'avoir brisé ce cœur qu'il cache si bien. Je l'ai blessé égoïstement, pour satisfaire ma petite personne. Et c'est désormais la culpabilité qui accompagne mon chagrin.

— C'est vraiment ce que je suis pour toi ? Une petite princesse ?

Les larmes envahissent mes yeux. Ma lèvre inférieure tremble. Mon père se décale un peu pour réduire la distance entre nous.

— Ma fille, si j'ai réagi si durement avec toi, c'est certes parce que ton mari a... enfin tu sais ce qu'il a fait, on ne va pas revenir là-dessus ! Mais, c'est surtout parce que j'ai été blessé et meurtri dans ma fierté de papa, Kath.

Je laisse échapper une larme que j'essuie aussi rapidement. Bien que j'aie eu souvent tendance à l'oublier, il reste en effet mon « papa ». Et même s'il n'a pas toujours honoré son rôle dans ma vie, il tente de se rattraper et, pour cette raison, je ne l'en aime que plus fort.
Tout en posant ma main par-dessus la sienne, je souris timidement à mon père.

— Sache que je te comprends, et que je m'en veux énormément de vous avoir fait souffrir, maman et toi. Mais devenir « Mme Miller » a été la plus belle chose que j'aie faite, je ne reviendrai pas là-dessus, désolée papa.

Un lourd sanglot obstrue soudain ma gorge. Je suis « Mme Miller », mais je n'ai même pas le luxe de pouvoir le crier sur tous les toits, puisque mon homme est enfermé dans une prison, loin de son fils, de moi. Depuis son arrestation, je suis passée par beaucoup d'étapes. À commencer par le déni, la colère, le désespoir. Ont suivi la hargne, la force et l'envie de me battre. Durant cette courte période, j'aurais pu abattre des montagnes pour que Brax et moi soyons réunis. Mais aujourd'hui, je ne connais plus que la douleur de son absence, la violence de mes nuits solitaires. C'est trop dur, je ne supporte plus de ne pas sentir sa peau frôler la mienne lorsque je m'endors, je n'arrive plus à faire comme si mon cœur n'était pas en miettes.
Et je ne me retiens plus. Une deuxième, puis une troisième larme perlent à mes cils. Mon père me dévisage de ses rétines translucides et essuie ma joue d'un revers de la main. Un soupir las lui échappe, avant qu'un sourire ne fasse apparition sur son visage.

— Tu sais qu'Henry me tuerait, s'il pouvait me voir ! Mais tu es ma fille, alors je ne t'abandonnerai jamais, même si cela implique que je laisse ton… mari… (Il grimace, visiblement peu enclin à s'habituer à ce dénominatif.) entrer dans notre famille.

Sans réfléchir, je me lève et prends mon père dans mes bras. Il sursaute d'abord, et je peux le comprendre. Les effusions de tendresse sont assez rares chez les Anderson, mais je sais que ça nous fait du bien à tous les deux. Finalement, il resserre son étreinte autour de moi, et je recouvre une certaine légèreté d'âme.

— Prends soin de mon petit-fils, quoi qu'il arrive, d'accord ? murmure-t-il.
— C'est promis, je... (*Est-ce que je vais le dire ?*) je t'aime, papa.

C'est... bizarre. En même temps, c'est comme si j'apprenais une nouvelle langue, oser m'ouvrir ainsi alors que mon père m'a toujours conseillée et appris à : me fermer, me blinder, me battre. Avancer avec ou sans les autres, ne pas m'attacher pour ne pas pleurer. Mais aujourd'hui, ses leçons ne comptent plus.

— Je t'aime aussi, ma puce.

Je ris nerveusement. Le typhon de sentiments qui me malmène est sans pitié. Tout est mélangé, je suis heureuse de renouer avec mes parents, comme une vraie petite fille avec son papa et sa maman, mais en même temps je m'en veux d'éprouver ne serait-ce qu'une once de bonheur alors que mon homme en est privé.

À l'instant où je m'apprête à m'écarter de mon père, son téléphone sonne. Il décroche rapidement, bredouille un « tu es devant ? ... j'arrive ! ».

Tout en marchant dans ses pas, je m'inquiète. Après tout, la vie a su se montrer tellement cruelle ces derniers temps, que je m'attends à tout !

— Tout va bien, papa ? Où vas-tu ?

Sans me regarder, il élude complètement ma question et abaisse la poignée de porte.

— Est-ce que tu permets que je fasse entrer quelqu'un chez toi ?
— Qui ça ?

Pourquoi est-ce que je ne comprends rien ? Pourquoi ai-je peur, tout à coup ?

— C'est... (Il se pince l'arête du nez et marque une pause.) C'est la partie la plus difficile de ce que j'ai à te dire.

Il ouvre la porte en grand sur... Noa. Et ma respiration devient brutalement instable.

Que peut-il bien faire ici ?!

Chapitre 22

Kathleen

Ma rage refait violemment surface.

— OK, c'est bon, dehors ! Tous les deux ! hurlé-je en les poussant hors de chez moi.

— Kathleen, arrête ! Ce n'est pas ce que tu crois ! tente d'expliquer mon paternel.

— Cet enfoiré a failli tuer l'homme de ma vie ! Il m'a… il… je ne veux pas de lui ici ! sangloté-je.

Ma vue se trouble. Je commence à trembler. Aussitôt, mon père prend mon visage en coupe et me force à le regarder dans les yeux.

— Eh ! Je sais ce qu'il s'est passé ce jour-là, je sais tout. Mais tu dois nous écouter, ce que l'on a à te dire va… va te sembler insurmontable, mais je suis là. Tu entends ? Je suis là !

Mon esprit s'assombrit. Je sens l'oxygène se raréfier dans

mes poumons. Mes mains cramponnées à ses poignets, je repousse son contact. Noa entre, et je claque la porte d'un geste brusque.

— Mais enfin, expliquez-moi ! ? Dis-moi, papa, tu me fais peur !

Plantée au milieu du couloir, les bras croisés, je masque mes émotions tant bien que mal. Quelque chose d'insurmontable, a-t-il dit… Qu'est-ce qui pourrait bien l'être, après tout ce que j'ai encaissé ces dernières années ? L'angoisse me paralyse, lorsque je remarque les visages fermés de mon père et de Noa. C'est comme s'ils s'apprêtaient à m'annoncer la pire des nouvelles. Et j'ai bien l'impression que c'est le cas.

— Bon ! Papa ! Tu vas me dire ce que cet abruti fait ici ?! ajouté-je devant le silence des deux hommes.

Noa baisse les yeux, tandis que mon paternel m'entraîne doucement au salon.

— Viens t'asseoir.

Une fois au milieu du séjour, je me défais de sa prise un peu vivement.

— Je n'ai pas envie de m'asseoir ! Je veux que tu me parles !

Hors d'haleine, les poings serrés, je fixe mon père droit dans les yeux, et malgré l'agacement que je peux lire dans ses rétines, il ne m'impressionne plus.

— D'accord, soupire-t-il, résigné, en se laissant tomber sur le sofa.

Ses doigts pianotent sur le tissu du canapé, le silence qui règne entre nous fait grimper mon irritation et mon appréhension.

— Papa ?
— Écoute, c'est… quand ta mère m'a parlé de cette lettre et qu'elle a prononcé le nom de « Meredith Benítez », j'ai tout de suite demandé à Noa d'enquêter discrètement sur elle.

La panique m'envahit. Pourvu qu'ils n'aient pas fait une connerie !

— Quoi ? m'insurgé-je en me tournant vers mon ex. Meredith détient une preuve matérielle, Noa ! C'est Mike qui l'a dit à Braxton ! Je… je retournerai la voir, j'arriverai à la convaincre ! Tu ne dois surtout pas t'en mêler, ça pourrait être dramatique, tu entends ?!

Je secoue Noa dans tous les sens, mais il reste inerte. Les battements de mon cœur se fracassent contre ma cage thoracique. Mon père affiche une tête d'enterrement, et je ne sais toujours pas où ils veulent en venir !

— Mais réponds-moi, Noa ! Pourquoi ne réagis-tu pas ?!

L'intéressé se racle la gorge avant de poser ses yeux verts au fond des miens.

— Dès que ton père m'a appelé, il y a maintenant quelques jours, j'ai commencé par retracer le passé de ce « Mike », m'apprend-il, embarrassé.

La salive peine à glisser dans ma trachée, je déglutis et prends une grande inspiration pour ne pas flancher.

— Et alors ?

Noa hausse les épaules en soupirant.

— Rien de très reluisant. Une femme battue, des mains courantes pour violences conjugales, et j'en passe. Une vie tantôt luxueuse, tantôt misérable. Je suppose que ça faisait partie du plan, ne pas avoir l'air trop riche, pour ne pas éveiller les soupçons.

Je m'agace. Je suis au courant de tout ça, ce n'est pas une révélation ! Alors, pourquoi tourner autour du pot pendant des lustres ? Cette sale manie que lui et mon père ont de me prendre pour un petit oiseau aux ailes brisées est insupportable ! Je suis plus forte qu'il n'y paraît, et ils vont très vite l'apprendre à leurs dépens.

— Oui, il n'y a pas besoin d'être flic pour savoir ça, Noa. J'étais déjà au courant, raillé-je. Mais encore ?
— Je m'en doute, Kath, mais j'ai fini par rendre visite à Meredith Benítez.

J'écarquille les yeux.

— Quoi ? En uniforme de police ?!

Il acquiesce, ne semblant pas se rendre compte de la connerie qu'il a faite.

— Tu es allé voir Meredith pendant ton service ?!

Tout en agrippant son pull, je le force à reculer contre le mur. Il se laisse faire et lève les mains en signe de résignation.

— Kathleen, calme-toi ! Tu es enceinte ! hurle mon père en se redressant.

Je me moque ouvertement de son conseil.

— Depuis quand ce bébé est important pour toi ?! C'est nouveau ! crié-je, la voix vacillante.
— Je t'interdis de me parler sur ce ton, et relâche ce pauvre garçon tout de suite !

Voilà qu'il ose maintenant me sermonner sous mon propre toit, dites-moi que c'est un cauchemar !

— C'est bon, Georges, elle est en colère, c'est normal, l'apaise mon ex-petit ami.

Georges ! Non, mais cette fois, c'est certain, on nage en plein délire !

Quand sont-ils devenus si proches ? Mais qu'importe, puisque mon paternel l'écoute et se rassied, me permettant de revenir à l'essentiel.

— Réponds, ordonné-je en soutenant le regard de Noa, hors de moi.

En réalité, je ne suis pas en colère. Ce serait une émotion bien trop douce par rapport à ce que j'éprouve à cet instant. Lui et mon père ont peut-être ruiné mes derniers espoirs, si tel est le cas, je ne suis pas certaine de pouvoir un jour leur pardonner.

— Oui, j'y suis allé ! Et j'ai prétexté un complément d'enquête concernant l'arrestation de Braxton, c'est tout ! Elle ne savait pas que je te connaissais ! Je voulais juste repérer un peu la maison !

Noa débite ses explications à une vitesse vertigineuse. Je peux lire dans ses yeux combien il est désolé pour tout, combien il veut réussir à se racheter. Alors, j'essaie de me tempérer. Tout en relâchant son col, j'inspire, expire, marche à travers la pièce, et me masse les tempes.

— OK, t'as donc été la voir, reprends-je plus calmement. Et après ?
— Après rien, il y avait des mecs, du genre armoire à glace chez elle. Elle ne m'a pas laissé entrer, elle m'a demandé de revenir un peu plus tard.

Seigneur.

— Des mecs ? Oh mon Dieu ! Bien entendu, les hommes de Mike ! Ils la surveillent vingt-quatre heures sur vingt-quatre, pour être certains qu'elle garde le silence au sujet de Brax ! Il faut… il faut…

Je bégaie, perds mes mots et pivote sur moi-même à la recherche de mon sac à main et ma veste. Une fois en possession de mes affaires, je fonce, tremblante, jusqu'à la porte d'entrée.

— Kathleen, mais tu vas où ? Attends ! crie Noa dans mon dos.
— KATHLEEN ANDERSON !

La voix rocailleuse de mon patriarche résonne dans tout l'appartement et me force à tourner la tête en sa direction.

— Je dois y aller, tu ne m'en empêcheras pas, et c'est KATHLEEN MILLER ! enragé-je.

Au moment où je prononce ces derniers mots, il me fusille du regard. Je viens de le mettre en colère ? Eh bien, tant pis pour lui !

— Tu ne vas nulle part ! m'ordonne-t-il en me rejoignant à grandes enjambées.

Aussitôt, il agrippe mon bras et m'attire jusqu'au milieu du séjour.

— Mais enfin, lâche-moi ! Je dois m'assurer qu'il ne lui est rien arrivé, ils peuvent la tuer, et s'ils la tuent… tout est fini, Braxton ne sortira plus jamais ! Elle ne doit pas mourir, je…
— Arrête ! vocifère mon père en empoignant mes épaules

pour me faire sortir de ma transe. Meredith est morte ! Elle est déjà morte, Kathleen, c'est trop tard !

Instantanément, quelque chose se brise en moi. C'est mon cœur, ou peut-être est-ce moi qui suis en train de me fissurer ? Tout devient flou et lointain autour de moi, le sang me bat aux tempes, je n'entends plus qu'un chapelet résonnant de « Meredith est morte – trop tard ».

— Qu… quoi ?

Une pluie de larmes s'abat sur mes joues. La bouche entrouverte, je tente de recouvrer un souffle normal, mais rien n'y fait. J'ai mal, j'ai peur, je suffoque.

— Ce matin, j'ai voulu y retourner comme elle me l'avait demandé. Et puis… les pompiers étaient là. La maison venait d'être dévorée par les flammes, et le corps de Meredith aussi, m'explique Noa, la voix empreinte de tristesse.
— Mais… mais alors…

Les forces me quittent, je sens mes jambes devenir molles.

— Il n'existe plus de preuves capables de sauver ton mari, je suis désolé, murmure mon paternel, presque inaudible.

Il me faut quelques secondes pour prendre pleinement conscience de ce que cela veut dire. Puis, la douleur harassante qui enveloppe mon cœur me fait tomber à genoux. Mes mains heurtent le parquet, mes larmes viennent les rejoindre.
Aucun des deux hommes n'ose bouger.

— Non... dis-moi que... dis-moi que ce n'est pas vrai ! sangloté-je en relevant la tête vers lui.

Mais seul le silence me revient en écho. Hagard, mon père ne me regarde même plus.

— PAPA ! crié-je à bout de forces.

Il sursaute et se précipite pour me serrer dans ses bras. Sa stature ne devient plus qu'une forme floue dont je n'arrive plus à distinguer les contours.

— Noa, laisse-nous, ordonne-t-il.

J'entends vaguement quelques pas, un soupir, la porte qui se ferme, et puis j'explose.

— Pitié, papa, tu dois pouvoir faire quelque chose... dis-moi qu'il existe encore une solution, je ne peux pas me résigner à vivre sans lui. J'ai... (un sanglot obstrue ma gorge) ça fait trop mal !
— Je suis désolé, ma princesse, tellement désolé... murmure-t-il en me caressant les cheveux.

La tendresse de mon père m'achève. L'acidité de mes larmes brûle mes yeux, réduit mon cœur en cendres, bousille littéralement ce qu'il reste des débris de mon âme. Je me sens perdue. C'est fini. J'ai échoué.
C'est comme si un million de décharges électriques pulvérisaient mon cerveau. Je revois son sourire étincelant et

charmeur, je me souviens de l'odeur musquée et animale de son corps en sueur sur le mien, le vibrato de sa voix grave et rassurante, la violence passionnelle de nos ébats. J'entends son corps claquer contre ma chair, mes gémissements. Je ressens de nouveau la crainte qu'il disparaisse à jamais, je me remémore le goût de ses larmes, de sa langue. Et tout s'évapore. Plus rien n'a de sens, je n'aurai dorénavant plus que des souvenirs. Il n'y aura plus de nous deux.

J'avais perdu une bataille, mais je pensais pouvoir gagner la guerre. Et j'ai fini par être terrassée par l'adversaire. Cette fois, l'ennemi a été de taille, il a muselé notre amour, cramé nos espoirs par la racine. Alors que je croyais que rien ne pourrait jamais se mettre en travers de notre route, de notre liberté, je suis bel et bien à terre, impuissante et détruite.

Non, je ne me relèverai plus.

Pas sans lui.

Chapitre 23

Kathleen

Alors que je suis assise sur le canapé, dans le salon de Braxton, l'inspiration que je prends pour relire une énième fois cette lettre me crève le cœur. Sans pouvoir me retenir, je me mets de nouveau à pleurer à chaudes larmes. Cela fait une semaine que j'ai appris qu'il n'existerait plus jamais de moyen de le sauver, sept jours que j'ai réintégré son appartement avec la ferme intention d'y emménager pour toujours. Mon palpitant se serre lorsque je me souviens de l'époque où nous parlions de tous nos projets. J'aurais tant aimé vivre ici avec mon mari, et non seule avec notre enfant à naître. Mais la vie en a voulu autrement...

Je n'ai pas encore eu le cran de tout lui raconter, de réduire ses espérances à néant. Je me sens honteuse, pitoyable vis-à-vis de mon fils, de ce qu'il pensera de moi, sa mère, celle qui n'a pas su empêcher que le destin le prive de son père.

Un profond soupir s'échappe d'entre mes lèvres. Je replie maladroitement la lettre que j'ai écrite il y a deux jours déjà et la glisse dans l'enveloppe, déterminée cette fois à l'envoyer à mon mari. Mais mes doigts restent figés. Mon cœur cogne, chaque battement semble n'être plus qu'un froissement douloureux.

Me pardonnera-t-il ce terrible échec ? Cela va-t-il briser ce qu'il reste de nous ? Ai-je bien choisi mes mots ?

Est-ce qu'il m'aimera encore ?

Les doutes m'envahissent. Ce sont toutes ces questions qui tournent en boucle dans mon esprit et m'empêchent de tout lui avouer, et de savoir ce qu'il décidera pour… nous. J'ai la gorge serrée par l'angoisse, et je me rends à l'évidence. Je dois la relire, encore. Une toute dernière fois…

Bébé,

Cela fait déjà trop longtemps que je n'ai pas senti l'odeur de ta peau, la chaleur de ton corps contre le mien. La nuit, je rêve que je me noie dans la mer de Glace que sont tes yeux, que ton sourire éclatant illumine mes cauchemars pour en faire de doux songes. J'ai besoin de ta présence, et je ne l'obtiens que dans le sommeil. C'est peu de bonheur, pour énormément de douleur.

Ce moment, rien que toi et moi, a été bien trop court, mais je n'ai pas la force de revenir dans cette prison pour t'avouer ce qui va suivre. Oui, je n'ai pas le courage de te fixer droit dans les yeux et te dire que j'ai échoué, que Meredith a été brûlée vive dans sa maison, que les preuves de ton innocence sont réduites en cendres. Tant d'atrocités, alors que tu en subis déjà trop. Je ne veux pas lire dans ton regard la douleur, la déception, et combien je ne suis plus digne de la promesse que nous nous sommes faite. Pour le meilleur et pour le pire... mais ai-je été à la hauteur d'un tel honneur ? Je n'ai pas été capable de réunir ma famille, de libérer l'homme que j'aime plus que tout sur cette terre. Je ne mérite pas d'être ta femme, Braxton. Tu as fait de moi une autre personne, tu as façonné mon âme et mon corps à ton image : pure, entière, passionnelle. Et je ne te remercierai jamais assez de m'aimer et de me faire t'aimer autant que tu le fais.

Si, après cette lettre, tu veux encore de moi, sache que chaque fois qu'il le faudra, je serai là. Chaque fois que tu le désireras, je serai là. Pour toujours et en toutes circonstances, je serai là. On le sera tous les deux, ton fils et moi, puisqu'il pointera le bout de son nez dans environ un mois... De savoir que tu ne pourras être là, à mes côtés, brise une partie moi à chaque seconde passée loin de toi.

Je ferai tout pour que notre fils sache combien son père est l'homme le plus grand et le plus merveilleux des hommes (Après lui, bien sûr :-) !). Je te jure de lui enseigner les valeurs que tu aurais tant voulu lui transmettre toi-même (et de ne pas laisser tonton Andrew le dévergonder !).

Lily connaîtra son frère, et je te promets d'éprouver pour chacun d'eux un amour sans limite ni disparité. Ils sont tous les deux mes enfants, l'un de cœur, l'autre de sang. Simplement parce qu'ils ont une chose en commun que je ne peux pas renier : ton ADN qui coule dans leurs veines, comme mes sentiments pour toi coulent dans les miennes.

C'est toi, Braxton, qui as fait de moi Kathleen Miller, et bien que notre histoire ne se déroule pas comme nous le rêvions, tu es l'unique homme qui a réussi à faire palpiter ma vie. Tu es le premier et tu seras le dernier, n'aie aucune crainte là-dessus. (Je sais que tu en as !)

Un jour, tu m'as écrit « N'oublie pas que tu es ma lumière, même dans l'obscurité ». Alors, toi, n'oublie pas que tu seras la mienne, à tout jamais.

Je te fais donc l'ultime promesse de t'aimer

comme une folle et de te soutenir envers et contre tout... jusqu'à ce que l'éternité nous sépare.

Je t'aime aussi fort que je me sens vivante grâce à toi.

Ta Beautiful

Chapitre 24

Braxton

J'entre dans l'appartement et la revois, *enfin*. Discrètement, je dépose mes affaires sur le sol pour ne pas l'alerter. Mon cœur a tambouriné comme un malade mental quand Andrew m'a dit que je la trouverais chez moi, chez nous devrais-je dire, et la voir hors de cette maudite prison, c'est au-delà de tout ce que j'avais imaginé.

Elle est de dos, à demi étendue sur le canapé, elle ne m'a pas entendu arriver. Elle tient contre elle une lettre que j'imagine être pour moi. Parce que je la connais par cœur, et que je sais combien il lui a été difficile d'avoir cru échouer. Alors qu'au contraire, sans le savoir encore, elle a remporté la guerre, ma battante. Un fin sourire étire mes lèvres, tandis que je prends encore quelques secondes pour profiter de cet infini bonheur. Puis, je brise le silence.

— Dis, Beautiful, j'espère que cette lettre n'est pas pour moi ?

Ma femme sursaute, laisse échapper son stylo ainsi que sa

feuille et se lève précipitamment.

Au moment où ses yeux se posent sur moi, sa bouche s'ouvre et se referme à plusieurs reprises sans émettre un son. Je souris, attendri, euphorique, admiratif, dingue d'elle, tandis que j'aperçois les larmes grandir dans ses prunelles azur. Et à en juger par son teint rougi, je devine qu'elles ont déjà coulé.

— Bordel, est-ce que je me viens de m'endormir ? Je rêve encore, c'est ça ? demande-t-elle, sous le choc.

Un rire glisse entre mes lèvres, l'idée qu'elle ait pu s'imaginer cette scène un bon millier de fois m'a traversé l'esprit, puisque c'est aussi ce que j'ai fait durant toute mon incarcération.

— Je ne sais pas, dis-je en hochant les épaules. Serre-moi contre toi, juste pour voir ?

J'ai à peine le temps de terminer ma phrase, que Kathleen est déjà dans mes bras. Et c'est l'extase à l'état brut. Son parfum, sa douceur, elle tout entière, à moi.

— Bébé… sanglote-t-elle.
— Ma princesse… chuchoté-je, le visage caché dans ses cheveux.

Je contracte mes biceps autour d'elle si fort que j'ai presque peur de l'étouffer. Mes poumons s'emplissent d'oxygène et, pour la première fois depuis des semaines, j'ai enfin l'impression de respirer sans souffrir.

Et dire que j'ai failli ne plus la prendre dans mes bras ailleurs que dans une des salles glauques de la prison…

Parler me semble dérisoire et, pourtant, ma femme en a décidé autrement. Tout en écartant son visage de quelques centimètres du mien, elle essuie ses larmes d'un revers de la main, et je me noie dans son regard magnifique. Ses lèvres s'entrouvrent, un soupir traîne dans sa gorge et un son s'en échappe enfin. Un seul mot.

— Comment ?

Une nouvelle fois, je souris et glisse mes doigts derrière sa nuque pour l'amener plus près de moi. Kathleen pose la tête sur mon torse, ses paumes se fraient un chemin dans mon dos. Sous mon pull, ses ongles effleurent mon épiderme, et c'est comme si des milliards de frissons d'extase venaient picorer mon cœur.

— J'ai su pour Meredith. Il ne faisait aucun doute qu'il s'agissait des hommes de Mike. D'après mon avocat, ils ont tous été arrêtés hier soir après un trafic qui aurait dégénéré, m'expliqué-je. Et… me concernant, c'est Noa qu'il faut remercier.

En entendant ce prénom, ma jolie blonde se tend de la tête aux pieds et redresse le nez pour, j'en suis sûr, scanner mon regard. Mais je ne suis plus jaloux, je ne suis plus rancunier, c'est fini. Ce mec a joué un rôle crucial dans ma libération, s'il nous avait voulu du mal, il se serait bien gardé de nous aider. Je l'ai compris, aujourd'hui.

— Noa ? Mais qu'est-ce qu'il a fait ? À part des conneries, bien entendu ! peste-t-elle.

Je me retiens de rire, reconnaissant bien là, la hargne de celle qui fait battre mon cœur.

— Justement, Noa, en allant lui aussi voir Meredith, a provoqué en elle un déclic. Ta visite, plus celle d'un flic… Cela l'a fait réfléchir. Deux jours après sa mort, le commissariat central de police a reçu un colis contenant les journaux intimes que Mike avait tenus durant toutes ses années de crimes.

— C'est pas vrai ? Ce type était assez con pour tout consigner dans des cahiers ? Même ce qu'il cachait à ton sujet ?

— Surtout ça, en fait. Plusieurs n'étaient remplis que de l'aversion qu'il me vouait. Sa vengeance y est inscrite noir sur blanc. Il me haïssait de ne pas vouloir le suivre en prison et décrivait clairement la façon dont il allait se venger : en me faisant croire que j'étais l'auteur d'un meurtre qu'il avait lui-même commis. Il avait certainement griffonné ces lignes-là quelques heures avant son arrestation, à l'époque.

Alors que Kathleen m'écoute attentivement, un sourire se peint sur ses lèvres finement dessinées, et je recommence à vivre en voyant apparaître sur son visage les traits du bonheur. Il y a si longtemps que cela n'était pas arrivé.

— Franchement, comment peut-on être aussi immature, en gardant une trace de ses méfaits, et aussi organisé pour ne pas s'être fait choper dès son premier braquage ?

Je ricane. C'est vrai qu'elle n'a pas tout à fait tort !

— Je crois que, comme Callie, Meredith était chargée de détruire les « preuves », on peut dire que la concernant, c'est une chance qu'elle les ait gardées. Une analyse graphologique, et le tour était joué.

— Putain, j'en reviens pas…

Ma Beautiful se laisse aller contre mon torse en soupirant bruyamment, comme libérée d'un poids immense, celui de sa culpabilité.

— Et… il y a autre chose, dis-je doucement en caressant sa nuque du bout des doigts.

Anxieuse, Kath se redresse et écarquille les yeux, l'air de dire, « non, pas de mauvaise nouvelle maintenant, cela serait trop cruel ! ».

— Oh non, hein ! Quoi ?

Je me penche et dépose un baiser sur sa tempe. D'ailleurs, la première chose que j'aurais dû faire en entrant, c'est l'embrasser à pleine bouche, alors pourquoi on discute ? J'en ai marre de discuter, je veux ma femme !

Mais puisqu'il doit en être ainsi, parlons vite… !

— Non, ne sois pas inquiète. Je pense que tu vas être contente, je suppose qu'il s'est bien gardé de t'en faire part.
— Qui ça ?
— Le juge refusait de me libérer pour les braquages, malgré la lettre que Meredith avait jointe à son colis. Elle me discréditait de tous les chefs d'accusation et expliquait que les preuves conservées chez Callie avaient été falsifiées par Mike. Mais il

trouvait ça louche, et je peux le comprendre !

Au moment où je prononce ces mots, le visage de Kathleen se décompose.

— Tout va bien ? ajouté-je en fronçant les sourcils.
— Meredith a vraiment fait ça ? balance-t-elle, sans avoir l'air encore d'y croire.
— Oui, ç'a été pour elle une manière de se racheter, je pense.

Kath ne dit rien, mais je suis certain qu'elle regrette d'avoir été si dure avec Meredith, qu'elle n'imaginait pas qu'elle puisse faire un geste aussi altruiste, surtout en sachant qu'il lui coûterait la vie.

— Et alors, comment le juge a-t-il changé d'avis ?
— C'est ton père, Kathleen.

Elle blêmit.

— Mon père ? On parle du même homme, là ?

J'acquiesce, un sourire au coin des lèvres.

— Et plutôt deux fois qu'une ! Il a plaidé ma cause, il s'est porté « garant » de ma bonne conduite. C'était assez drôle, mon avocat m'a raconté qu'il aurait demandé au magistrat s'il pensait qu'il aurait « laissé sa fille épouser un voyou ».

Kath ricane, le nez dans le repli de mon pull.

— Le plus canon des voyous, alors…

Sa langue court sur mes lèvres, et je ris à mon tour.

— Le tien, en tout cas.

Elle dépose un baiser tout doux sur ma barbe râpeuse, l'extase me fait frissonner.

— Mais pourquoi ne m'avoir rien dit ?
— On avait peur que tu espères une nouvelle fois pour rien, si ça n'avait pas abouti…
— Mais j'aurais pu être présente pour ta sortie ! Tu es venu comment ?
— Mon ange, tu es enceinte. C'est Andrew qui m'attendait là-bas. Puis il m'a prêté sa voiture, je suis allé voir Lily et ensuite, toi. Tu m'en veux ?

D'un geste tendre, sa main caresse ma joue.

— Bien sûr que non. Je suis juste étonnée de la générosité de mon paternel et en même temps pas tant que ça. La témérité, c'est dans la veine des Anderson.

La fierté que je peux sentir dans la voix de ma femme lorsqu'elle parle ainsi de son père me ravit au plus haut point. C'est si bon de voir qu'elle a su se réconcilier avec ses parents.

— Oui, Georges Anderson est un grand homme. Sa parole a de la valeur aux yeux d'un juge et, de ce fait, j'ai été libéré immédiatement avec l'interdiction de quitter l'État de l'Ohio durant les cinq prochaines années à venir, mais qu'importe, non ?

La future mère de mon fils me fait languir. Elle laisse planer un silence qui me semble interminable en tapotant son menton. Comme si elle avait besoin de réfléchir pour répondre à cette question !

— Kathleen ? Si tu ne dis rien dans les trois secondes, je vais…

Et elle explose de rire en me sautant au cou, ce qui m'interrompt net. Je suis d'abord surpris, puis mes mains glissent lentement jusqu'à ses reins. C'est seulement à cet instant que je remarque qu'elle ne porte qu'une de mes chemises, et que mes attributs de mâle en manque se réveillent.

— Idiot, murmure-t-elle tout près de mon oreille. Je me fous de moisir dans l'Ohio si c'est avec toi !
— Je suis un idiot, c'est toi qui l'as dit, je ne peux donc pas tout savoir, bébé.

Une vague de frissons fait tressauter Kathleen. Je ne suis visiblement pas le seul à qui ce surnom « bébé » fait de l'effet, et ça me plaît, tout autant que d'être à ses côtés.

— J'hallucine, franchement… j'accouche dans un mois, et toi, t'es enfin là !

Un torrent s'abat soudain sur ses joues.

Merci les hormones !

— Je suis libre, princesse, libre comme l'air ! m'exclamé-je, euphorique, en écartant les bras. Moi non plus, je ne réalise pas, tu sais. J'ai... Eh, mais attends !

Le ventre de ma femme attire mon attention et j'en perds mes mots. Consciencieusement, je fais un pas dans sa direction. Son souffle chatouille mon cou, ma bouche tout près de la sienne, je concentre mes doigts tremblants autour des boutons du vêtement qu'elle porte. Dans une lenteur calculée, je commence à les défaire, l'un après l'autre, Kathleen ferme les yeux pour mieux apprécier ce contact.

Quand finalement, les pans de la chemise s'ouvrent et laissent apparaître ses hanches voluptueuses, mon cœur tombe à la renverse.

Un merveilleux ventre rond de future maman, celui de ma femme !

Je me mords la langue, réprime un grognement au fond de ma gorge et dépose un baiser chaste sur les lèvres de Kathleen en souriant.

— Heureusement que mon fiston m'a attendu.
— Puisque tu en parles, il va falloir être patient d'après ce que m'a expliqué le médecin lors de la dernière visite. Un miracle avec les évènements récents ! Mais que veux-tu, notre fils n'est pas pressé !
— Il n'est pas pressé... répété-je, amusé. Est-ce que j'ai le droit de dire « tant mieux », juste pour cette fois, dis ?

Ma jolie blonde sourit et comprend immédiatement où je

veux en venir.

— Tu es incorrigible ! Mais oui, tu peux.

Mon rire est sombre et rempli de promesses indécentes.

— Je n'y peux rien, c'est toi. Tu es… exquise, magnifique, splendide, et je te désire, maintenant, avoué-je dans un chapelet de baisers. Est-ce que j'ai le droit ? Je veux dire, est-ce que tout va bien de ce côté-là ?

Elle sourit encore.

— J'ai un col en béton armé et je n'ai pas eu une seule contraction. RAS « de ce côté-là », bébé.

Je pousse un juron et capture sa bouche avec plus de violence cette fois.

— Je n'aurais jamais pensé être excité un jour en entendant « j'ai un col en béton armé », Kathleen, ricané-je. T'as le don pour me mettre dans tous mes états…

Ma femme arbore une moue innocente qui me fait fondre.

— Ah bon, tu es excité ?

J'arque un sourcil, trop impatient pour entrer dans son jeu.

— Je crois que c'est encore pire, mon ange… (Je me penche dans son cou, mordille le lobe de son oreille.) Je veux bouger en toi jusqu'à en avoir mal… dis-je dans un murmure.

Un couinement franchit ses lèvres, je frémis.

— C'est une perspective qui me plaît assez, répond-elle sur le même ton.

Et l'afflux de sang le long de ma masculinité s'accentue d'un coup.

— Dans ce cas, tu es à moi, amour de ma vie…

Je la fais basculer délicatement sur le canapé, arrache sa culotte en un tour de poignet et me colle à elle sans attendre. Ses mains témoignent à leur tour de son impatience en palpant chaque partie de moi, et je me retrouve rapidement complètement nu, son corps brûlant sous le mien.

— Je t'aime si fort, Braxton, me dit-elle fébrilement entre deux baisers.

Un rictus satisfait se forme sur mes lèvres contre les siennes.

— Je t'aime encore plus, et je vais te le prouver.

Avec mon genou, je l'incite à écarter les cuisses. J'ai tout juste le temps de sentir son sexe trempé au bout de mon érection, que déjà, je m'enfonce en elle jusqu'à la garde.

C'est tellement bon !

Son corps moulé contre le mien s'arc-boute pour mieux recevoir mes coups de reins. Elle gémit « encore, encore », et je jure à tout va.

Ma langue traîne contre sa clavicule, sa peau est sucrée, son souffle erratique, le mien bruyant. Je n'arrive pas à être tendre, je ne sais qu'y aller franchement, pour assimiler l'étau de son vagin divin qui se resserre autour de ma queue. Alors que j'imaginais devoir oublier ce que cela faisait. Après avoir flirté avec l'enfer, je pénètre enfin dans mon petit coin de paradis. Celui que je ne partage pas, qui n'appartient qu'à moi et qui me fait éprouver des choses… mon Dieu, des choses incroyables.

C'est à cet instant, quand je prends mon pied en Elle, la femme que j'aime, ma femme, que je me sens réellement délesté de tous mes démons passés. Parce que c'est libérateur d'être amoureux, pour de vrai. Rien ni personne d'autre n'aurait pu faire de moi celui que je suis devenu aujourd'hui. Seuls les sentiments inébranlables et la confiance de Kathleen m'ont permis de comprendre que l'homme, quelque part au fond de moi, était encore vivant.

Désormais, je sais qu'aucun obstacle ne pourra dorénavant se placer sur notre chemin. Parce je l'ai eu, l'Amour, le vrai, celui qui soulève le cœur, réanime l'âme, fait frémir le corps. Et je compte bien en prendre grand soin, jusqu'à ce que l'éternité nous sépare…

Épilogue

Trois ans plus tard

Braxton

Après un meeting d'entreprise de quinze jours non-stop à l'autre bout de l'État, je rentre enfin à la maison. Si dans l'avion j'étais épuisé, revenir chez moi me revigore.

Ce vendredi sera une bonne journée. Dans quelques heures, Lily arrivera pour sa semaine de garde.

Sa semaine !

Parce que sa mère s'est remise en question et a enfin accepté la garde alternée. Une façon de se faire pardonner, je suppose. Mais quel bonheur de vivre au quotidien avec ma petite fille adorée ! Même si ce n'est pas encore assez à mon goût, c'est déjà plus supportable que quatre jours par mois, surtout avec le rythme de malade que je m'impose au boulot.

L'année dernière, la MPC s'est étendue à l'international, d'abord Paris, ensuite Shanghai, et récemment Londres. Je n'ai toujours pas le droit de quitter le territoire, mais je n'arrête pas d'avoir des réunions partout dans l'Ohio. Alors, lorsque je peux retrouver ma famille, je n'en perds pas une miette.

Il y a tout juste un an, nous avons emménagé dans une maison située aux abords de la ville, non loin des parents de Kathleen, et de nos amis les Tillman. Sur le tapis du salon, quelques jouets traînent par-ci par-là, la climatisation me rafraîchit instantanément, tandis que je desserre le nœud de ma cravate et dépose ma valise dans le hall d'entrée.

Quelques rires attirent mon attention à l'arrière de la villa. En quelques enjambées, je me dirige vers le jardin. Une fois sur place, appuyé contre l'encadrement de la baie vitrée, j'ai le plaisir d'admirer ma femme et mon fils en pleine baignade dans la piscine.

— Papa ! Papa ! Papa !

Si Kath ne m'a pas encore remarqué, je vois déjà mon garçon tendre les bras dans ma direction, ce qui alerte sa mère. Elle se retourne, ayant compris l'excitation soudaine de Willy, un fin sourire aux lèvres. Immédiatement, je m'approche de l'eau en remontant les manches de ma chemise et me saisis de mon joli crapaud pour l'enrouler dans son peignoir. Ses boucles blondes humides retombent sur son front, tandis qu'il m'admire de ses grands yeux gris qui brillent comme des étoiles.

— Salut, mon petit ourson !

J'embrasse sa joue trempée, tandis qu'il serre ses bras autour de mon cou.

— Salut, mon petit ourson ! répète-t-il, ce qui nous fait exploser de rire, sa maman et moi.

Mais, très vite, après avoir fait le clown, Willy baye aux corneilles. C'est l'heure de la sieste ! Je le dépose sur le transat, toujours emmitouflé. Ses yeux clignotent, je prédis qu'il ne tardera pas à s'endormir.

— En voilà un qui va vite piquer un somme, murmuré-je à Kathleen qui s'approche des escaliers pour sortir de la piscine.

Une fois hors de l'eau, elle affiche son corps de déesse moulé dans un minuscule bikini bleu turquoise, sous mon regard affamé. J'attrape une serviette avec laquelle j'entoure ses épaules tout en la lovant contre moi.

— Magnifique, chuchoté-je en collant son dos à mon torse.

Ma main libère sa nuque, je dépose mes lèvres au creux de son cou.

— Moi ou le maillot ?

Elle ricane.

— J'ai passé quatorze nuits dans un hôtel merdique, et tu me demandes qui je trouve magnifique ? Toi, bien entendu.

Son corps refroidi par la température de l'eau fait frissonner le mien. La chair de poule s'étend sur mon épiderme, et je sens peu à peu une chaleur ardente grandir dans mon boxer.

— C'était long, comme toujours. Je me languissais de te

retrouver, souffle-t-elle.

Mon érection désormais bien présente, je l'appuie volontairement contre ses fesses presque nues.

— Et moi, si tu savais ! La prochaine fois, c'est dans six mois, on pourrait laisser Willy à tes parents, ou à Andrew et Cassidy, et y aller tous les deux ?

Dis oui !

Un ange passe, ma Beautiful ne me répond pas et pivote sur ses talons pour me faire face. Elle dépose ses mains sur mes épaules, puis les descend sur mes biceps. Du bout de ses doigts, elle redessine mes pectoraux sous ma chemise à présent mouillée.

— Je ne sais pas, le centre reçoit de nouveaux résidents dans cinq mois, ils auront sûrement besoin de moi.

Je soupire.

— J'oubliais ce détail, excuse-moi.

Surmené par le travail, j'ai tendance à oublier que ma femme l'est aussi. Désormais à la tête d'un club équestre destiné aux enfants en situation de handicap moteur ou psychique, – qu'elle a ouvert sans l'aide financière de son cher papa ! –, Kathleen gère la situation d'une main de maître. Je suis heureux qu'elle ait pu quitter son job de vendeuse, pour enfin faire un métier qui lui plaît vraiment. Je n'ai jamais douté de ses capacités à vivre de sa passion, ma femme est une battante, dans tout ce qu'elle entreprend et à tous les niveaux.

— Tu travailles beaucoup, tu ne peux pas retenir mon emploi du temps en plus du tien, bébé, ce n'est rien, me rassure-t-elle.
— Hum, oui… Mais c'est toujours trop long de passer deux semaines sans toi ! Et ta mère râle constamment qu'elle n'a pas assez souvent le petit, alors ça aurait été l'occasion rêvée, c'est tout…

Sentant ma déception, ma jolie blonde dépose un baiser au coin de mes lèvres et colle un peu plus son corps dénudé contre le mien. Mes mains glissent le long de ses reins, puis sur ses fesses. Je jette un œil à Willy qui dort maintenant profondément, et étreins brusquement Kath de toutes mes forces, pour qu'il n'existe plus aucun millimètre de vide entre nous.

— T'es trop sexy, ma femme est vraiment trop sexy… ajouté-je au creux de son oreille en faisant courir ma langue sur sa carotide. Et dans neuf mois ? Est-ce que tu seras libre pour t'enfuir avec moi ?
— Pour un meeting ?
— Non, juste toi et moi, quelques jours. J'aurai probablement enfin le temps de poser un week-end.

Un sourire radieux illumine ses lèvres.

— Je ne sais pas trop comment te dire ça, mais dans neuf mois…
— Quoi dans neuf mois ?!

Je me crispe, inquiet.

— Chhht… détends-toi, mon cœur, chuchote-t-elle, avec un petit rire.

Sa main vient épouser les formes de ma mâchoire. Elle trace ensuite un chemin de baisers de ma joue jusque derrière mon oreille. Je frémis, ferme les yeux et ma queue se tend un peu plus entre mes jambes.

— Alors, dis-moi ce que tu as de prévu dans neuf mois ? demandé-je plus doucement.
— En fait, c'est plutôt nous deux qui risquons d'être occupés.

Je m'écarte un peu pour mieux la regarder.

— Pourquoi ?
— Pendant ton absence, j'ai été légèrement malade, et j'ai pris rendez-vous chez le médecin, parce que j'avais aussi du retard… enfin t'as compris.

Putain de merde. Et comment que je comprends ! Mon cœur s'emballe, si j'avais envie d'elle il y a quelques minutes, cette fois ce n'est plus le désir, mais la folie qui s'empare de mes pulsions. Je souris comme un débile heureux.

— T'es… enceinte ?

Mes yeux glissent sur son ventre tout plat, une larme perle sur ma joue et mon rictus s'agrandit lorsqu'elle acquiesce.

— Ce n'est que le début, un mois et quelques jours, m'explique-t-elle, le regard humide, une main sur son abdomen.

Bordel ! Ce que la vie peut être belle parfois !

Tout en éclatant de rire jusqu' en pleurer, je soulève Kath dans les airs. Lorsqu'elle touche à nouveau le sol, nos iris se retrouvent, et je l'embrasse doucement. Ma langue se mêle à la sienne, le bonheur se répand dans tout mon corps, je suis comme électrisé par cette nouvelle qui me remplit d'extase.

— On va avoir un autre petit bébé, chuchote-t-elle, un fin sourire aux lèvres.

Je dépose un minuscule baiser sur le bout de son nez et prends son visage en coupe pour revenir capturer sa bouche. Les battements de mon cœur sont fous, mes mains sont moites, et je la désire à en crever. Mais avant tout, tendrement, je caresse son ventre en la gardant collée à moi, et regarde à nouveau Willy. Je repense à ce que Kathleen disait : « Être père, c'est le rôle de ta vie, Brax ! », et puis, je murmure :

— Merci, Beautiful, merci de faire de moi le plus heureux des maris, des amants, mais surtout… *des papas.*

Fin.

Remerciements

Pour commencer, j'aimerais vous dire ce que Conviction représente à mes yeux. Braxton et Kathleen sont nés d'une idée, d'une chanson. Pour tout vous dire, cela faisait si longtemps qu'ils trottaient dans ma tête, et si longtemps que j'ai posé le premier mot de la première partie, que je ne saurais même plus vous dire quelle était cette chanson ! Mais, ce que je peux vous dire, c'est qu'il y a beaucoup, beaucoup de moi dans ce roman. Je n'ai jamais été aussi transcendée, émue, bouleversée, en faisant vivre des personnages, qu'avec M. Miller et Melle Anderson !

Il y a des moments dans la vie où le quotidien n'est pas tendre avec nous, où la réalité nous rattrape et où le rêve cède, comme pour Braxton, du terrain à la réalité. Vous l'aurez compris ou non, il y a une petite partie de ma vie dans cette histoire. Une toute petite, à vous de deviner laquelle…

Maintenant, c'est le moment où j'ai la trouille d'oublier quelqu'un ! Parce que vous êtes si nombreux à contribuer, à votre façon, à mon avancée dans le monde de l'édition que je ne pourrais tous vous citer. Alors, ne m'en voulez pas, si je ne l'ai pas fait, cela ne veut pas dire que vous n'êtes pas important ! Pour moi, chaque lecteur est une petite pierre qui s'ajoute à l'édifice qui me permet de vivre ce rêve, celui d'être auteure.

D'abord, je voudrais remercier mes parents, ma famille, qui ont toujours cru en moi et n'ont jamais freiné mon besoin d'écrire.

Ensuite ma fille, Giulia, l'amour de ma vie, qui a su faire preuve d'une grande patience lorsque je passais des heures à écrire, réécrire, corriger, relire. Je t'aime plus que ma vie ♥
Merci à ma dernière fille Hazel de faire de moi une femme totalement épanouie, tu es le bébé le plus merveilleux de la terre ♥ Je t'aime plus que ma propre vie.

Merci à l'homme qui partage ma vie, parce que même si ce roman était bouclé bien avant notre rencontre, notre histoire elle aussi, était écrite. Il fait partie intégrante de mon quotidien, il est celui qui m'a fait réaliser que les belles personnes et le véritable amour ne se trouvent pas que dans nos livres. Je n'imaginerais pas vivre autrement qu'à ses côtés. Je t'aime mon amour ♥

Merci à Aurore LC, mon coup d'âme amical de ces dernières années, pour tout, je t'aime ♥

Merci également à vous lecteurs, aux chroniqueuses et aux groupes de lectures sans qui nous auteurs, ne serions pas ce que nous sommes !

En bref, merci. MERCI à toutes et à tous de me faire vivre ce rêve éveillé. À très bientôt, je l'espère…

Tendrement,
Laly